U0913402

城市狩猎

闫志洋 著

時代文藝出版社

图书在版编目（CIP）数据

城市狩猎 /闫志洋著. —长春：时代文艺出版社，2014.1

ISBN 978-7-5387-4038-7

Ⅰ. ①城… Ⅱ. ①闫… Ⅲ. ①长篇小说－中国－当代 Ⅳ. ①I247.5

中国版本图书馆CIP数据核字（2013）第321097号

出品人 陈 琛
产品总监 郭力家
责任编辑 付子耘

本书著作权、版式和装帧设计受国际版权公约和中华人民共和国著作权法保护

本书所有文字、图片和示意图等专用使用权为时代文艺出版社所有

未事先获得时代文艺出版社许可，

本书的任何部分不得以图表、电子、影印、缩拍、录音和其他任何手段

进行复制和转载，违者必究

城市狩猎

闫志洋 著

出版发行/时代文艺出版社

地址/长春市泰来街1825号 时代文艺出版社 邮编/130011

总编办/0431-86012927 发行部/0431-86012957 北京开发部 /010-63108163

网址/www.shidaicn.com

印刷/廊坊市兰新雅彩印有限公司

开本/700毫米×990毫米 1/16 字数/200千字 印张/16

版次/2014年4月第1版 印次/2014年4月第1次印刷 定价/29.80元

如发现图书质量问题，可联系调换。质量投诉电话：010-80269336

目 录

第一案　**食艳狂狼 / 001**

“人可以鉴别出来的气味大概有六百种，更特别的人可能有上千种。但是对于它们来说，恐怕这真是小巫见大巫了，它们可以分辨出来的气味有上万种之多，而且其中的一些气味对它们的刺激就像是葱蒜对蜜蜂的刺激一样！”沈玄说这些话时目光炯炯有神。李鹏还从未见他如此认真过……

第二案　**饕餮之宴 / 056**

一个穿着肥大睡衣的女人用一只枯干的手抓着铁门，另一只手从铁门中伸向外面。她的脸夹在铁门上两根钢筋之间，脸上的皮肤如同受热的蜡一般从两腮垂下，松软的肉皮包裹着两旁的钢筋，双目圆瞪，眼睛里布满血丝，呈现出一副痛苦的表情。那只从铁门中伸出的手，指甲上涂着鲜红的指甲油。整个人宛如活鬼一般……

第三案　**红衣女子 / 090**

北卦村自从清朝开始便有一个不成文的规矩，那便是外人不得轻易进入北卦村半步。据坊间传说，是因为当时这村子中的两座大山山形宛若两个龙头，当年的风水先生断言此处必有一处龙穴。皇帝闻言，立刻让人在这北卦村的两山顶上修建两座高塔，将两条龙镇住，并且派人专门看守此地。这些张姓人家便是在那个时候来到此地定居的。虽然这仅仅是坊间流言，不过那两座塔的痕迹却依旧依稀可辨……

第四案　**嗜血娃娃／125**

当时有一个叫陈升的目击证人称，当天傍晚他看见受害人正在和一个形若两三岁婴儿的东西一起向草丛的方向走去，之后一个小时左右，那婴儿便匆匆从草丛中奔出，口中衔着一截肠子之类的东西。但是当时天色已晚，根本看不清楚，只能隐约看到那婴儿向一条山谷中跑去……

第五案　**魔术师／162**

魔术师轻轻地在唐悦身上拍了两下，唐悦觉得眼前的灯光越来越炫目，渐渐地不知道发生了什么，宛若进入了梦境一般。片刻之后，掌声再次响起。而唐悦醒来的时候发现自己已经躺在床上了，昨夜发生的一切就像是自己的幻觉。自己做了一场梦，一场美梦……

第六案　**河神／201**

正在他看得出神的时候，一个黑乎乎的东西从河灯下面一点点地脱水而出。张铁一惊，身体连忙向后退，谁知这河边的淤泥太滑，他一脚滑了出去。那黑乎乎的东西向前一把抓住了张铁拖入水中，他只觉得眼前一黑，河水冲进鼻孔，挣扎了几下便失去了知觉……

第一案
食艳狂狼

引子

1995年刚一入冬，S市便迎来了一场罕见的暴雪，几个小时之内这座城市便被埋在厚厚的白雪之中。气温骤降，天地昏暗，午后和夜晚几乎分不清楚，硕大的雪花扑簌簌地飞转直下。位于S市正北的香椿街，街面上覆盖着厚达一尺的白雪。平日里熙攘的街道此时寂静无声，唯有几盏不甚明亮的路灯孤独地立在雪中。一个醉汉穿着一件黑色皮袄，嘴里哼着没有调的小曲，半闭着眼睛，仅凭着模糊的记忆向旁边密集的居民区走去，身后留下一串歪歪斜斜的脚印。忽然，他停住了脚步。借着灯光，他隐约看到在距离自己十几米远的地方有一个黑乎乎的东西，那东西趴在雪堆里，像是一件黑色的皮袄。醉汉心里窃喜，平白无故捡到一件皮袄，难得自己也遇见天上掉馅饼的事儿!想到这里，醉汉加快步子向前走了两步，越往前走他的步子越迟疑，在距离那东西两三米的时候，他完全停了下来，双眼圆瞪着，呼吸急促，身体剧烈颤抖着。

眼前分明是一个躺在雪地里的女人，那女人的脑袋扎在雪堆里，黑色的长发上落满了雪花，脖子上有一个碗口大的创口，殷红的鲜血已经将周围的雪染成了红色。女人身上的衣服早已被撕碎，而最让醉汉胆战心惊的是，这女人的腿叉开着，下体血肉模糊，大腿内侧的肌肉翻着，从小腹露出的肠子堆叠在她下体的三角部位。

男人痴痴地看了半刻，这时他已经完全清醒了过来，大声喊道："杀人了！杀人了！"那声音在这寂静的街道上显得有些空洞。就在他喊完几声之后，忽然，他隐约感到似乎有一双眼睛正在某个黑暗处死死地盯着自己，他甚至能够感觉到那个凶手的呼吸。醉汉不知从哪里来的力气，扭过头拼命向后面跑去。谁知他这样一跑，立刻听到身后有人紧追了上来。醉汉知道从这里到刚刚喝过酒的小店不过四五百米，他没命一般向前狂奔，一面跑一面呼喊："杀人了，救命啊！杀人啦，救命啊！"

就在这时，醉汉忽然感觉脚下一滑，他心道不好，接着身体猛然向前一倾，整个人扑出一两米，他的脑袋撞在地上有些疼，不过，他立刻感觉到那东西似乎也迫在身后了。他缓缓地扭过头，刚刚摔倒的地方恰好是两盏路灯之间的盲区，眼前的光线十分有限，然而他还是依稀看见了身后追赶自己的东西，那东西就像鬼魅一般，一步一步正在缓缓向自己逼近。他双手在地上胡乱抓着，但是除了雪什么也没有。最后他慌乱无措地抓起一把雪向那东西扔去，那东西像是被激怒了一般立刻扑了上来，醉汉只感觉一股恶臭扑面而来，接着胸口被重重地压了一下便失去了知觉。

1

2011年7月的S市炎热异常，在S市火车站出站口一旁的台阶上坐着一个蓬头垢面的男人，他幽幽地点上一根烟，他左手边放着一个二十厘米见方的铁箱子。这箱子让这个男人在进行安检的时候引来了安检警察的目光，警察随即将他叫到一旁询问身份证。

警察拿着男人脏兮兮的身份证，又瞧了瞧他，分明像是两个人。身份证上的人眉清目秀，颇有几分学生气，而眼前这个男人则胡子拉碴，脏兮兮的长头发盖住半张脸。

“叫什么名字？”安检警察将警惕的目光从身份证移向眼前的男人。

“沈玄！”男人的声音低沉，头一直微微地低着，目光始终落在前面不远处的地面上。

“这箱子里装的是什么？”安检警察拍了拍放在自己身旁的那个铁箱子说道。

沈玄的嘴角微微敛起一丝冷漠的微笑，却始终没有说话。正在这时，旁边的一个安检警察走了过来，轻轻地拍了拍那个警察的肩膀，在他的耳边低沉地说了几句什么。

只见那个警察的眉头先是皱紧，接着又松弛下来，片刻之后说道：“你说的是真的？”

另外一个警察点了点头说道：“那边的人马上就过来……”

警察这时才半信半疑地点了点头，回头再看那个邋遢的男人，那个男人早已经拎着那个铁箱子慢吞吞地走出了候车大厅。

“人呢？”

“快快，咱们先找到他！”两个安检警察说着，一面挥手让人接替自己的岗位，一面从正门追了出去。

此时沈玄正在大太阳底下贪婪地吸着烟，一口就是一大截，两三口就将那根烟吸完了，他将烟蒂掐灭，四顾却并未发现垃圾箱，摇了摇头将烟蒂塞进了口袋中。这时两个安检警察才气喘吁吁地奔过来，他们两个弯着腰喘着粗气说道：“你……你的身份证没拿！”说完伸出手将身份证递了过来。

沈玄接过身份证放在口袋里：“我只是出来抽根烟罢了！”

两个安检警察对视了一下，心想：让你先得意一下吧，一会儿就有你好看了。

刚刚他们接到的是S市刑警大队的电话，电话中大队长李鹏大吼着对他们说一定要将那个人留下，刑警队马上会派车过去。于是在S市火车站的广场上便出现了这样一幅场景：两个手执橡胶棒的安检警察将一个穿得如同乞丐一般的人夹在中间。

旁边的人都用一种大快人心的眼神盯着沈玄，他却始终低着头，此时他在想另外一个问题，这个问题已经足足让他苦恼了十年。所谓“十年树木”，一个人一生能有几个十年，而沈玄人生中的第三个十年却无时无刻不在追寻着它的踪迹。

想到这里，沈玄伸手在口袋里摸了摸，两个安检警察立刻警觉地握紧了手中的橡胶棒，沈玄笑了笑，掏出一根已经被口袋挤压得变形的烟叼在嘴里，拿出火机点燃之后，又是三两口便吸掉了。

“这家伙还真是个烟鬼！”一个安检警察小声地嘟囔着。

正在此时，一辆警车疾驰着从对面的街道开了过来，两个安检警察笑眯眯地望着眼前这个将烟蒂揣进口袋的男人。警车径直开到沈玄的身旁，从车上下来两个人，一个是刑警大队队长李鹏，另外一个是他的警员孙乾。

李鹏下了车之后便走到沈玄的旁边说道：“你终于来了！上车吧！”

沈玄站起身来。孙乾走上前想帮沈玄提着那个铁箱子，谁知沈玄却将他的手拨到一边，之后慢吞吞地上了那辆车。

“李队长，你们这儿抓到犯人不戴手铐？”那个安检警察显然对李鹏的举动有些失望，李鹏扭过头想要说什么，最后还是将话咽了回去，微微笑了笑说道：“二位辛苦了！”然后便跟着上了那辆车。

警车在众人的目光中绝尘而去，两个安检警察对视了一下，均是一头雾水。

车子在川流不息的街道上快速行驶着。李鹏与沈玄两个人并坐在后面的位子上。

“你可算来了，长话短说，你先看看这个！”说着李鹏从副驾驶的位置上拿出一个黑色的公文包，从里面抽出几张照片和一叠厚厚的卷宗。

沈玄将铁箱子放在自己的双膝之上，接过那几张照片的瞬间，眼睛像是被什么东西电到了一样，他快速地翻阅着那几张照片，一直慵懒的双眼此时变得炯炯有神。他放下照片，又拿起卷宗，惊喜，兴奋，忽然他感到一阵剧痛从后背上传来，他赶紧将手伸进口袋中拿出一颗药吃下，这才长出了一口气。

7月初，S市作为全国首屈一指的火炉城市，依旧不负众望地艳阳高照，燥热在这座新兴城市的钢筋水泥建筑之中肆意蔓延着，室外温度在37℃左右。

一辆警车在警笛的喧嚣中飞驰着向民心河一带的暖荣小区而去，坐在车子里的李鹏一面解开衬衣上面的两个扣子，一面咒骂着这能晒死人的鬼天气。他有些烦躁地拿起一个卷宗使劲地扇着，其实让他感到烦躁的不仅仅是S市的天气，更主要的是手头上的这件案子。

一周之内三次入室杀人案，到现在为止一点头绪也没有。原本今天他在市局汇报工作，谁知刚汇报到一半忽然接到电话，在民心河旁边的暖荣小区再次发生了入室杀人案。刚刚在领导面前保证尽快破案的李鹏觉得自己的脸被狠狠地打了一记耳光。

前三次入室杀人案被害人均为女性白领，年龄在三十岁上下，致命伤均在喉咙上，现场并未发现凶器。凶手像是一个超级变态狂，硬生生将被害人的脖子咬断，被害人的颈脖上有凌乱的齿痕，法医鉴定这齿痕更像是某种动物的。而且除第一被害人之外，其他被害人的家都在二十层楼以上，凶手是破窗而入的，究竟是什么人能攀爬二十几层楼然后作案呢?

他正在毫无头绪的时候忽然想起了一个人，他就是沈玄。与沈玄相识完全是出于偶然。李鹏的妻子娘家在燕山深处的一个小山村之中，去年夏天李鹏与妻子一起回乡参加婚礼，无意中听说村子之中有一个奇怪的年轻人。

说这年轻人奇怪，不如说这个年轻人与大多数人格格不入更准确些，其中原因倒不是他性格孤僻，而是八九年前他家中发生的血案。那年夏天的某一天，刚刚上了大学的沈玄趁父母不在，带着从城市来的女友回到了家乡，当天晚上他家中发生了血案，刚刚来到村子之中的女友竟然被人杀死。沈玄也受了重伤，在医院中躺了两周才苏醒过来。醒过来的沈玄便开始精神恍惚，总是说一些不着边际的话，什么牛头马面之类的。

因为没有找到杀人凶手，警方当时将目光落在了沈玄的身上，不过很快他的嫌疑便被排除了，法医认定死者并非凶器所杀，而是被某种动物咬死在睡梦中的。只是女方家长却一直不能接受这个事实。沈玄因为承受不了巨大的打击而辍学回家，前半年将自己紧锁在家中，半年之后忽然离家出走，好几年音信全无，最近才终于回到了老家。

出于警察的职业好奇心，李鹏忽然产生了拜访一下这个年轻人的想法。虽然他的这种想法立刻遭到了妻子的极力反对，但是李鹏像是着魔了一样非要见一见这个年轻人不可。

几天之后，李鹏瞒着妻子来到了沈玄家中，听村民说沈玄的父母因为儿子退学，早已经与他势同水火，可出乎意料的是，当李鹏来到沈玄家中的时候，竟然惊讶地发现，一家三口正坐在院子里聊天。

李鹏说明来意之后，沈玄父母便识趣地回到了屋子之中，院子里只有沈玄和李鹏两个人。沈玄一直低着头，长长的头发盖住了半张脸，似乎面对这个陌生人有些害羞，一开始的谈话竟然陷入了尴尬之中。

李鹏掏出一根烟递给沈玄，沈玄点上后三两口便吸掉了，也渐渐地打开了话匣子。话题很快便转到了沈玄女友的身上。沈玄沉默了良久之后淡淡地说道："我知道很多人都以为我疯了，可是他们却不知道在我身上究竟都发生了什么！"

"哦？"李鹏又递给沈玄一根烟。

沈玄摆了摆手拒绝了，接着说道："她……不是被人杀死的！"

"不是人？"虽然起初的那些话并未让李鹏发现沈玄像村中人所说的那样是疯子，不过这句话让他终于有些相信那些流言蜚语了。

"呵呵，也许我说的这些话你听了之后又会觉得是疯言疯语！"沈玄站起身说道，"很多人不知道它们的存在，有些人即便是知道，也对此讳莫如深！"

"你说的它们是指？"李鹏说这句话的时候，起初的些许相信已经变成确信无疑了，眼前这个年轻人的精神真的有问题。

"它们是一般人恐怕一辈子也不可能遇见的野兽，大多在夜里活动。它们往往对于某种气味或者某些物品感兴趣，性情暴戾，在遇到反抗的时候往往会袭击人。"沈玄说到这里，狠狠地握紧拳头，"只是我还没有找到它们的行踪罢了！"

2

李鹏似笑非笑地听完了沈玄的这席话便匆匆离开了。起初他觉得此行一无所获。时隔一年之后，在S市忽然发生了连环命案，而当李鹏第一次赶到命案现场的时候，便发现屋子内物品杂乱，似乎有打斗的痕迹。受害人颈脖动脉上留有开放性伤口，是失血过多造成的休克死亡。屋内贵重物品并没有损失，而且法医鉴定死者生前并未遭受侵害。看到这些之后，他的脑海中立刻闪现出一个奇怪的念头，说不定这便是沈玄所说的“它们”造成的。

当天李鹏便调来了十年前在沈玄身上所发生的那件血案的全部卷宗，让他感到惊骇的是，受害人受伤的部位几乎完全一样，而且法医鉴定的结果也惊人相似。就在李鹏琢磨要不要将沈玄请到S市的时候，又接连发生了两起命案，幸运的是第二起命案有一个目击者，是一个五十岁上下捡垃圾的大娘。

他们找到那个大娘的时候，她已经在医院里住了两三天了。李鹏他们正要走进病房的时候，大夫特意叮嘱他们病人心脏不好，加之受惊过度，一定要注意提问的方式。李鹏点头答应，之后大夫才同意他们进入病房。

当李鹏向大娘询问关于那天晚上的事情的时候，大娘立刻出现了惊恐的神情，呼吸急促，胸脯快速地上下起伏着，她嘴唇颤抖着说道：“狼……狼，像狼一样的人……”

她刚说到这里，摆在一旁的设备便开始狂乱地尖叫起来，片刻之后，大夫便从外面冲了进来，一面责怪李鹏没有注意提问方式，一面给那位大娘诊治着。

李鹏识趣地带着随从退了出来，随即给沈玄打了一个电话。谁知就是这么几句话竟然不胫而走，第二天S市的各大报纸的头条便出现了《狼人连环杀人案》的大标题。一大清早李鹏便接到了市局的电话，让他立刻到市局去汇报案情进展，并勒令其限期破案平息谣言。

事有凑巧，在他汇报工作的时候，又接到了发生凶杀案的报告。汇报会戛然而止，他急匆匆地带着人向凶杀现场赶去，谁知半路上却接到了沈玄的电话，电话里沈玄说自己已经到了S市火车站，只是遇到了一些麻烦。李鹏立刻联系S市火车站的安检人员，并立刻掉转车头，如果真的是沈玄所说的“它们”的话，那恐怕没有比沈玄亲临现场更好的方式了。

李鹏一直盯着坐在自己身旁望着卷宗出神的沈玄，从他的眼神中已经隐约得到了想要的答案，如果猜得没错的话，不管“它们”究竟是人或者是别的什么，应该正是沈玄所要找的。

大约过了半个小时，沈玄终于将那厚厚的卷宗放下了，李鹏连忙递过一根烟说道：“怎么样？”

“应该是它们！”沈玄接过烟狠狠地揉成两段，说道。

说话间车子已经驶入了暖荣小区。这个小区位于S市郊区，不远处是一片准备拆迁的废旧城区，车子在第五栋楼门口停下的时候，外面早已经围了许多看热闹的人。

沈玄和李鹏下车之后，沈玄环顾了一下四周，之后便挤出人群头也不回地向楼内走去，李鹏紧紧跟在沈玄的身后进入了电梯。

“这个楼总共几层？”沈玄扭过头望着李鹏问道。

李鹏指了指对面的控制板上面的三十二层。沈玄皱了皱眉，毫不犹豫地按下了三十二层的按钮，李鹏抢到前面说道：“命案现场在二十五层！”

“先到顶层看看！”沈玄说完便靠在电梯的一侧，眼睛微微闭着。

李鹏虽然一头雾水，但见沈玄那副神情，也便随他，毕竟这勘查现场并非一时半会儿的事情。电梯打开之后，两个人走出去，打开了顶层的那个小门走上了天台。

沈玄在天台上缓缓地向一侧走去，他四下观察了良久，李鹏终于有些忍耐不住了，便走到前面，谁知他还未开口，沈玄便道：“那边是旧城区吧？”

“嗯，是啊！已经准备拆迁了。”李鹏望着不远处的那片废旧的城区说道，“不过好像是开发商的资金不到位，那里已经荒废大半年了！”

沈玄讳莫如深地点了点头说道：“咱们去看看现场吧！”

他刚往前一步，却被李鹏一把抓住，他扭过头正好与李鹏那充满怒火的眼睛相对，李鹏怒道：“我说你小子究竟在找什么？带你来现场，你不先看看现场，却要到这楼顶上来，你究竟想知道什么？”

“呵呵，我只是想确定一下！”说完沈玄叹了口气说道，“确定一下它们究竟在什么地方！”

李鹏见沈玄似乎是胸有成竹，缓缓地松开了手，说道：“你有把握是它们吗？”

沈玄点了点头，之后向小门走去。李鹏紧紧跟在后面问道：“你说的它们究竟是什么？”

“恐怕很快你就能见到了！”沈玄一面说一面按下了电梯的按钮。

凶案现场在二十五层。此时事发的房间外面已经布置了警戒线，几个警察在忙碌着，应李鹏的要求，尸体暂时并未从现场抬走。几个警员见到李鹏身后这个有些邋遢的年轻人均有些意外，而沈玄似乎对这些目光毫不在意，跟着李鹏进入了房间。

这是个两室一厅的房间，死者是在主卧被害的。沈玄一面向内走，一面仔细打量着这房间的布局。客厅简陋但整洁，走进主卧，一股腥臭味扑鼻而来，受害人斜倒在床上，白色的床单已经被鲜血浸透，她头朝床尾，一只脚搭在床头，另一只脚落在地上。房间中除了床头附近，没有打斗过的痕迹，致命伤在死者的咽喉上。窗子敞开着，带着血腥味的风轻轻撩动着窗帘。沈玄环视了一下四周，又观察了一下受害人脖子上的伤口，之后便低着头沉默不语地向外走了出去。

李鹏见他离开，便追了出去，发现沈玄正弯着身子在垃圾箱前面剧烈地干呕着。虽然沈玄看起来淡定，但毕竟不像警察那般身经百战，他对死亡现场毫无抵抗力也在情理之中。李鹏轻轻走到沈玄身边拍了拍他的肩膀，剧烈呕吐后的沈玄脸色苍白，他偏着头看了一眼李鹏，李鹏掏出一根烟递给他。沈玄接过烟，李鹏立刻帮他点上。沈玄大口大口地吸着，巨大的烟圈从他口中吐出。

“有什么发现？”李鹏靠在沈玄旁边的墙上问道。

“肚子有点饿了！”沈玄的答非所问让李鹏既好笑又好气，他看了看时间，已经到中午了，便拍了拍沈玄的肩膀说道：“走，我请你！”

两个人在市区外的一家小餐馆要了几道小菜，两瓶啤酒，沈玄用牙启开酒瓶说道：“我知道你们警察在有案件的时候不能喝酒！”然后便对着瓶口咕咚咚地一饮而尽。李鹏望着眼前的沈玄，心中不免生出些许厌恶。沈玄喝完那瓶酒之后又掏出一根烟，刚要点，李鹏一把夺过打火机说道：“你有完没完，究竟是不是，你让我心里有个底啊！”

沈玄将口中的烟拿下来在手中把玩了一会儿，说道：“你知道人为什么会抽烟吗？”

“什么？”李鹏觉得眼前这个人绝对是个疯子，但他还是耐着性子说道，“抽烟？不过是个嗜好罢了！”

“这就对了！”沈玄微笑着将李鹏手中的打火机夺过来点着那根烟，说道，“就是因为嗜好！它们也有嗜好，那种嗜好是致命的，一旦嗅到那种味道，它们便会不由自主地被吸引住，然后攻击受害人！”

“它们的嗜好？”李鹏终于从这“疯子”的口中听出了一些端倪，

一双眼睛紧紧地盯着吐着烟圈的沈玄。只见他不紧不慢地说道：“虽然这几个受害人表面上像是没有任何联系，但是你仔细观察，还是能发现她们有一个共同点！”

李鹏心中冷笑了一声，这几个人的共同点岂止是一点，比如都是单身女性，都是二十岁出头。

“气味！”沈玄一字一句地说道，“不知你发现了没有，那个屋子里有一种特别的气味。”

“特别的气味？”李鹏一面重复着沈玄的话，一面回忆着房间中的味道，可是除了一股淡淡的腥臭味之外，他再也想不起来还有别的什么味道。

沈玄笑着吸了一口烟，一个烟圈从他的口中吐出之后又被吸了回去，他说道：“是的，就像蜜蜂会疯狂地进攻那些身上带有葱蒜味道的人一样，因为那种气味很容易将它们激怒，而且它们的嗅觉极其灵敏，甚至十几里外的气味也能嗅得到！”

李鹏忖度着眼前这个疯子的话。“那……究竟是一种什么样的……气味啊？”李鹏将“气味”两个字咬得极重。

“人可以鉴别出来的气味大概有六百种，更特别的人可能有上千种。但是对于它们来说，恐怕这真是小巫见大巫了，它们可以分辨出来的气味有上万种之多，而且其中的一些气味对它们的刺激就像是葱蒜对蜜蜂的刺激一样！”沈玄说这些话时目光炯炯有神。李鹏还从未见他如此认真过。

沈玄伸出手，李鹏会意地将自己旁边的档案袋递了过去。只见他快速打开档案袋，从里面拿出那几个受害人的尸检报告，分别从中抽出一页，从左到右整齐地摆在桌子上，说道：“你看看这有什么共同点。”

李鹏站起身走到沈玄的身后，扫视了一下这几张尸检报告，仔细端详片刻，这是对于死者血液成分进行分析的部分。“死者生前曾大量饮酒？”李鹏道。

沈玄伸出大拇指肯定地点了点头：“没错，这几个女死者在生前都曾大量饮酒！”他说着又点了一根烟，见李鹏依旧有些不解，便说道，“女人酗酒之后大量的酒精味和女性本身所散发出来的气味混合在一起，形成了一种对它们具有挑衅性的味道，因此她们才会遭受攻击！”

“呵呵！”李鹏觉得沈玄说得虽然有几分道理，但是这城市中晚上酗酒的女人何止一两个啊，为什么会偏偏选中了这几个女人呢？

沈玄似乎看出了李鹏的疑问，说道：“这几份卷宗你也看看！”说着，将另外几页递给了李鹏。

李鹏看了几眼说道：“这个我早就知道，几个受害人都集中在这一带，所以我们也在这一带加强了控制！”

“不，其实你们漏掉了一个地方！”沈玄说道，“受害人集中在这一带的原因确实是她们就在这一带，可你们没有发现所有受害人的家都在那片废弃的城区附近吗？”

“啊？”李鹏连忙接过那几张纸看了看，然后恍然大悟地说道，“你这么一说倒确实如此，你的意思是它们就躲在那片废弃的城区？”

沈玄点了点头，李鹏立刻来了精神，说道：“我倒要见识见识它们究竟是个什么东西！”

“呵呵，别那么着急，天还太早，而且你们未必能找到它们的藏身之处！”沈玄淡淡地说道。

“这你就别管了！”李鹏说完招了招手，叫来老板埋了单，之后将一张房卡放在桌子上说道，“房间，河北会馆二楼，你先去休息吧！”说完李鹏拿起卷宗头也不回地走出了餐馆。沈玄望着李鹏的背影大口地吸了一口烟，拿过桌子上的房卡笑了笑，站起身也离开了餐馆。

李鹏一面开着车，一面布置警力。他不愿沈玄参与的原因有两个：

第一，他不知道沈玄这个“疯子”的话可信程度有多少，至少现在在他心里沈玄和巫医神婆没有什么区别，倘若真的抓到它们还好，如果抓不到的话，自己岂不成了大家的笑柄；第二，他也考虑到，如果正如沈玄所说是一群什么非人的动物作怪的话，难免会引起舆论。因而李鹏撇下了沈玄。这多少有点过河拆桥、卸磨杀驴的意思，不过案情严峻，李鹏也顾不得那么多了。

3

废弃的城区原本是属于S市一家房地产公司的。起初因为搬迁的相关事宜一直迟迟未与其中的几个钉子户达成共识，终于达成共识之后，开发商的资金链又出现了问题，诸如此类的原因将这拆迁事宜一拖再拖，一下就是两年。两年的时间，这里已经变成了城市的无人区。虽说是无人区，倒成了一些小情侣偷情的好去处，不过自从发生了案件之后，由于此处距离案发地点近，一些情侣也避之唯恐不及，现在这片荒废的城区才真真正正地变成了无人区。

李鹏将车里的空调开到最大，S市的夏天简直就是太上老君的八卦炉，燥热难耐，本来早晨聚集在头顶上的那片饱含着水汽的云彩也被晒干了。他很快便来到了这片废弃的城区。

S市是一座新兴城市，近年来随着经济的发展，城市规模不断扩大，以前这片废弃的城区曾经是一个城中村，顾名思义，便是城市将一些发展相对较好的乡村吞并，像这样的村子在S市不胜枚举。李鹏将车停在村口向里望去，这废城区中的房子高低不齐，有一层的平房，也有两三层的小楼，大多破败不堪。荒草从道路两旁向中央蔓延，将原本便狭窄的道路几乎覆盖，而道路两旁的梧桐树却长得十分茂盛。

李鹏下了车沿着城区之中狭窄的小路向里面走去，虽然这里距离城市中繁华之地只有两条街之遥，却异常安静，微风吹过，头顶上的梧桐树叶沙沙作响。有那么一瞬间，李鹏几乎忘记自己此刻身处市区，像是回到了某个古老的乡村一般。他驻足在一棵梧桐树下，向四周打量着。

废弃的街道，发黄有裂缝的玻璃窗，丛生的杂草，草中的烟头，还有一些已经糟透的衣服碎片挂在房门外的铁栅栏上。忽然，出于刑警的直觉，他发现有什么人似乎在盯着自己，他连忙向四周打量。当他的目光落到身后一座三层民房的玻璃窗上的时候，一个黑影倏忽间从玻璃后面闪过。

李鹏立刻向那栋三层民房奔去，那座民房的门用铁链紧锁着，但一旁的窗子早已被来这里厮混的情侣打开。他攀着窗子进入房间，一股霉潮味瞬间冲进了鼻腔，他禁不住打了个喷嚏。地面上满是灰尘和纸屑，楼道里有些发暗，他一面寻找楼梯，一面观察着周遭环境，终于，他在走廊的尽头找到了楼梯口，顺着那楼梯噔噔噔向上奔去。正在此时，他的耳边传来玻璃碎裂的声音，那声音似乎是从二楼的某个房间传来的。他来不及多想，向二楼的房间奔去。当他赶到的时候，二楼的一个房间的门敞开着，一扇窗子已经被砸碎。他向下望去，只见楼下瘫坐着一个二十岁左右的年轻人，正双手抱着脚在地上痛苦地呻吟着。李鹏叹了口气，沿着原路出了民宅。那个年轻人依旧坐在地上，蓬头垢面，见到李鹏说道："哎哟喂，疼死我了！"

"你是什么人？"李鹏站在那个年轻人身边问道。

"我？"那年轻人抱着脚上下打量着李鹏说道，"我是在那边工地上打工的！"

"你怎么会在这里？"李鹏向对面望去，不远处确实有个工地。

“我是想借着没人的机会看看这里还有什么值钱的东西没有，卖了换点烟钱！”那个年轻人抱着脚说道。李鹏上前搀起那个年轻人，谁知他一咧嘴说道，“不行，不行，脚崴了！”

“你见到我跑什么啊！”李鹏一面试着再次搀起那个年轻人一面说道。

“我看你在那边站了很久，以为你是以前这里的住户呢，所以……”年轻人的语气中有些责怪。忽然他像是想到了什么，一把推开李鹏，一只腿一跳一跳地说道，“话说回来，你是什么人啊？”

“我？”李鹏冷笑了两声说道，“我看你小子也没有那么严重吧，自己能走回去吗？”

那年轻人低下头说道：“好像也没啥事！”

“那你自己走吧，以后尽量少到这里来！”李鹏说着便转身要走，谁知那年轻人却撇了撇嘴说道：“切，你不也是来这里找宝贝的嘛！”

“宝贝？”李鹏扭过头望着年轻人说道，“什么宝贝？”

年轻人见李鹏神色严肃，顿时觉得自己言语有失，说道：“没，没什么！”说完便一瘸一拐地向外走去，谁知却被李鹏一把揪住说道：“你刚才说的宝贝是什么意思？”

年轻人被他这样一抓立时不耐烦起来，怒目相视：“我说你这个人还有完没……”他最后一个“完”字还未出口，便见到李鹏掏出了警官证，脸上立刻堆满了笑说道，“警察叔叔好，嘿嘿！”

“要不要跟我回到局里说说你刚刚提到的那个宝贝啊？”李鹏收起警官证放开手说道。

“嘿嘿，这倒不必。我跟您说，前几天晚上我和一个工友半夜到这里来抽烟，看到一个长得像是狼又像是人的东西钻进了这栋楼里，我那个工友说以前有南蛮子憋宝，那宝贝都是被这种怪物守护着，既然这些怪物出现在这里，肯定这里就有什么宝贝，所以我就趁着他们都在上工的时候到这里来试试运气了！”年轻人一面堆着笑一面说道。

“你刚刚说长得像是人又像是狼？”李鹏心想这与几天前那个清洁工大娘所说的情况基本吻合。

“是啊，跑起来呼哧呼哧的，像是一只狼，到了楼下的时候又站起身子来，身上都是毛，还长着狗一样的鼻子，你说到底是人还是狼啊？”年轻人一边回忆一边描述着。

“会不会是人假扮成那样子的？”李鹏思索着说道。

“怎么可能啊，它跑的那速度就算是赛跑运动员也追不上啊，再说了，我还见它嘴上血红血红的，像是刚吃了死孩子一样！”年轻人说到这里，眼睛中显然露出一丝恐惧。

“你们是在什么地方看到的？”李鹏忽然想起这个问道。

“你瞧，就是你刚刚站着的那棵梧桐树，只是我们是在树上往下看的！”那年轻人指着前面不远处的那棵梧桐树说道。

“这就奇怪了，你说你和工友来这里抽烟，怎么会爬到树上去呢？”李鹏的话显然让眼前的小伙子心头一惊。他咬着嘴唇，眼珠子滴溜溜乱转，想了半天才说道：“警察叔叔，你也知道这附近吧总是有些情侣来这里……”

他不说李鹏也能猜到个八九不离十，这些人肯定是为了偷窥那些亲热的情侣才特别躲在梧桐树上的。

“好了好了，别说了，这次就先放了你，如果下次被我抓到的话……”李鹏故意恶狠狠地说道。

“您放心，绝不会有下一次了，绝不会有了！”年轻人连忙接过话茬说道。

“走吧！”李鹏见年轻人已经认错，便放了他，然后自己又走进那座民房中。既然刚刚那年轻人说他看见那个半狼半人的东西藏在此处，那么一定会留下什么蛛丝马迹的。他从一楼的房间一间挨着一间搜查。

霉潮味、灰尘味……各种味道冲进李鹏的鼻腔，让他这个本来就对气味极度敏感的鼻子饱受摧残。其实对于沈玄的话，李鹏心中有一半是相信的，这一半便是气味。关于气味，很小的时候李鹏就开始对气味极为敏感，别人不以为然的味道往往让他头疼不已，而且他总能闻到别人根本闻不到的味道，因此一度被视为异类。从那之后李鹏便有意将这件事藏在心中，今天沈玄的话让他备感意外，因为他确实也闻到了那个房间中的味道，一种说不清楚却很明显的味道。

他一连查了一层二层十几间屋子，却并没有丝毫发现，他捂着鼻子走上三楼，一间接着一间地推开房门。就在他推开第三个房门的时候，他的眼睛像是忽然被什么东西电到了一样。

而此时另外一个人却真真被电到了。沈玄洗了个澡，正在用吹风机吹头的时候，还未干的手不小心按在了插口上，他连忙缩回手，咒骂了一句之后，从背包里掏出一件新衣服换上。在回到河北会馆的路上，沈玄已经想好了今晚要做什么。他穿上合体的衬衣、西裤，剃光了胡子，站在立镜前面看了看，总觉得哪里有些不对劲，忽然他笑了笑，摸了摸脑袋上那蓬松的头发。

出了河北会馆，他钻进了一家理发店。半个小时之后，沈玄简直换了一个人，利落的短发、一身得体的衣服瞬间将之前那种格格不入的感觉一扫而空。他摸了摸兜，掏出一根烟点上，又是三两口将那根烟吸完，这才长出一口气，沿着街道向市中心走去。

夜晚的城市总是灯红酒绿，再加上所有人又熬过了一个燥热的白天，于是更显得此时潇洒一下是理所应当的。因此马路上满是穿着各异的人，或是勾肩搭背的情侣，或是成群结队的行人。沈玄双手抄在兜里，嘴里叼着一根未点燃的烟，目光在过往行人身上打量着。

一个身材高挑的女孩从他身边走过的时候，沈玄的眉头皱了皱。几乎是在那个女孩走过身边的瞬间，沈玄也掉转了方向，紧紧跟在那女孩的身后。女孩走他便走，女孩停下他也便停下来，很快女孩便发现了这个跟在自己身后毛手毛脚的小子。

当女孩在一个街道的转角处忽然失踪之后，沈玄一个箭步冲了上去，谁知刚一拐弯，顿时觉得脚下被什么东西绊了一下，之后雨点般的拳头落在自己的身上。那人一面打，一面不停地喊道："打死你个臭色狼，打死你个臭色狼！"

不一会儿，一大群看热闹的人便围在了巷口，直到警察到来的时候沈玄才从地上爬起来，他的嘴角和左眼分别挨了一拳，此时他撇着嘴望着巡警。

"怎么回事？"巡警一面询问沈玄，一面向刚刚打沈玄的男人问道。

"这个色狼跟了我一晚上了！"未等沈玄开口，刚刚的那个女孩便抢着说道。这时警察才注意到一直躲在那个大汉身后的女子。

"她……说的是真的吗？"巡警指着那女孩询问沈玄。

沈玄舔了舔嘴角的伤口说道："嗯，我刚刚确实是跟着她来着，我就是想问问……"

"好，你们两个跟我回局里一趟！"巡警抢过沈玄的话头说道，"大家都散了吧，这有什么好看的！"

"嘿，我说他是色狼，你要我跟着回去做什么啊？"那个女孩大叫着说道。

"跟我回去做个笔录！"巡警说着便挥了挥手，另外一个巡警将车开过来，沈玄和那个女孩都被他推进了车里。

车子缓缓驶离闹市区，沈玄舒服地靠在车子的后座上，隔着中间的那个警察对那女孩说道：“嘿，美女，我想问你一件事。”

那女孩扭过头瞪了沈玄一眼，然后又瞥向车窗一边。中间的巡警拍了沈玄脑袋一下说道：“都上了警车了你还不老实！”

沈玄笑了笑说道：“哎，恐怕你今晚还要感谢我呢！”

“精神病！”女孩听了沈玄的话，冷冷地吐出一句，她看了看手腕上的表说道，“做笔录大概要多久？”

“要半个小时到一个小时！”巡警礼貌地回答着。

“哎呀，不行啊，时间来不及了。”女孩听了巡警的话，有些焦急地说道，“能不能改天再做笔录啊？”

巡警笑了笑，无奈地摇了摇头。

女孩望了一眼沈玄说道：“要不这样，我不告他了，这样可以吗？”

“嘿，你不告我怎么行啊？我可是色狼啊！”沈玄抢在巡警之前说道，“你今天不告我，明天我要是万一一不留神犯罪了，那可得不偿失了。警察同志，还是让这位小姐做做笔录吧！”

“你是精神病啊？”女孩破口大骂着说道，“警察同志，我今晚要赶着去见一个人，去晚了我就什么都没有了，您行行好吧！”

“不行，警察同志，今天您要是万一把我给放了，我做出点害人害己的事情……对了，最近那个闹得沸沸扬扬的连环谋杀案，说不定您今晚抓到我就告破了！”沈玄说着微微笑了笑。

“行了，你们两个有完没完？”巡警已经被这两个人折磨得不耐烦了，他大喊着说道，“天大的事情到警察局再说！”

车子里这才平静下来，那女孩狠狠地瞪着沈玄，那眼神似乎要将沈玄扒皮抽筋也不解恨一般。沈玄则抽出一根烟用鼻子得意地闻着，他只希望李鹏能快点，稍微快点应该来得及。

可是沈玄不知道的是，李鹏此刻已经深陷泥潭，根本快不起来。他打开那扇门，房间中破旧的床垫上竟然真的有一绺毛发，在那床垫上还沾着斑斑血迹，他立刻拨打了电话，让鉴定科的人过来提取了毛发和血迹回去化验。

李鹏自己则带着一队人埋伏在这座楼里守株待兔，从下午一直到晚上，他们埋伏在这个房间旁边的几个小屋子里，霉潮的气味熏得李鹏一把鼻涕一把眼泪，一直等到晚上10点左右，却始终未发现半点痕迹。

“老大，消息可靠吗？咱们全部的人马可都调过来了，如果外面发生什么事情的话……”旁边的小赵有些担心地说道。

其实李鹏心里也在打鼓，一方面他此刻还未拿到鉴定科确切的结果；另一方面，如果附近真的发生凶杀案的话，他将所有的人都安排在了这里，确实有些不妥，不过他还是希望赌一把。“再等等看吧！”

所有人又蹲在房间之中，大气也不敢喘，外面刮起一阵夜风，开着的窗子在夜风中发出啪嗒啪嗒的声音，像是老人沉重的脚步声。一个女队员不禁紧紧地握着手中的枪。

忽然李鹏口袋中的手机震动了一下，李鹏咒骂着究竟是谁会在这个当口打来电话呢。他拿出手机，上面显示是鉴定科的电话，他面露喜色。可是电话却让他失望了，那血迹和绒毛都是属于狗的。

李鹏听到这些话，顿时觉得像是挨了当头一棒，他挂断电话说道：“警戒解除，大家各自回到之前的岗位上。”

“怎么了，头儿？”小赵疑惑地问道。李鹏拍了拍小赵的肩膀，一句话也没说，扭过头向楼下走去。此刻李鹏怒火中烧，他觉得自己像是个傻子一样被一个疯子给耍了，而这个疯子此刻恐怕正躺在河北会馆的大床上滋润着呢。他想到这里，开着车疾速地向河北会馆的方向奔去。人在发火的时候总要找个出口发泄的，很不幸现在李鹏认定的发泄对象便是那个满口胡说八道的沈玄。

当所有的警车都撤离之后，一个黑色的身影闪电般从一旁的楼里跳出来，然后以迅雷不及掩耳之势钻进了这座房子……

4

李鹏此行当然是扑了个空。当他来到河北会馆的时候，发现房间里空无一人，他拿起手机顿了一会儿，将手机重重地摔在床上，那个疯子就没有手机。李鹏双手抓着脑袋咬着牙发誓，如果见到沈玄，一定要亲手掐死他。

谁知手机这时震动了起来，李鹏走到床边拿起手机，上面显示着一个陌生的号码，他接通电话，那边是一个年轻人的声音："请问是刑警队李队长吗？"

"嗯，我是李鹏，你是……"李鹏诧异地说道。

"哦，我是桥西分局的民警，刚刚抓到一个……一个疯疯癫癫的人，他说他认识您！"民警似乎对于沈玄的言论还是无法给予一个更好的形容词。

"他叫什么？"李鹏立刻来了精神。

"沈玄！"民警的话让李鹏握紧了拳头，不过让他诧异的是这个疯子似乎每次出场都不同凡响。

李鹏来到桥西分局的时候，沈玄正在号子里大喊大叫着："谁让你们放她走的？快留住她，联系李鹏啊！”

“李队长，就是这个人！”民警指着号子里的沈玄说道，“像是个疯子，开始承认跟踪人家姑娘，来了之后就矢口否认，人家姑娘要走，还大喊大叫要把她留下！”

李鹏透过玻璃窗看着沈玄的样子，多少有些诧异。在他心里，沈玄一直都是一副邋遢的模样，忽然一变，让他从心理上还真有那么一点难以接受。李鹏清了清喉咙说道：“这个是我远方的一个亲戚！”他有些难为情地指着自己的脑袋说道，“这里……有点问题！”

“哦！”民警恍然大悟般夸张地张大嘴说道，“难怪他说话东一句西一句的！既然这样，我们就把人交给你了，不过他这样的人还是看好比较好！”

李鹏点了点头，握着民警的手说道：“麻烦你们了，放心吧，我一定看好他！”其实李鹏何止是想看好他啊，现在连让他安息的想法都有了。

民警打开号子的门，沈玄一下子冲出来，紧紧地抓着李鹏的手说道：“你终于来了，快拦住刚刚的那个女孩。”

“你又抽什么疯啊？”李鹏捏着沈玄的手，只见沈玄像是真的疯了一样说道：“快问问那个女孩叫什么名字，还有手机号，不然就来不及了，她应该就是下一个受害者！”

“什么？”李鹏虽然此时对沈玄恨之入骨，但是“受害者”几个字却像是一针兴奋剂一般让他心头一惊，他望着沈玄说道，“你说那个女孩是下一个受害人？”

“废话，不然我跟着她干什么？”沈玄急得口不择言，扭过头对民警说道：“如果那个女孩今晚出事了，你就是元凶首恶！”

民警被他这样一吓，顿时脸色变得煞白，他向李鹏望了一眼，李鹏说道：“那个女孩有没有留下名字还有手机号？”

“有，有！”民警连忙从桌子上拿过一张纸递给李鹏，李鹏接过那张纸一面看着上面的手机号一面按着手机，当他按下拨通键之后，在场的几个人全都安静了下来，寂静的房间里传来了空洞的声音：“您所拨打的号码是空号！”

“空号！”李鹏的眼神似乎是在求助眼前的沈玄。沈玄攥紧拳头重重地捶在墙上说道：“怎么会这样？怎么会是空号啊？”

“恐怕是受害人不愿意留下自己的号码，唯恐再被寻找的时候麻烦！”民警解释道。

“走，咱们去找她！”沈玄说着向门口走去，李鹏将那张纸递给民警，点了点头之后也跟了出去，他不知道还应不应该相信眼前这个疯子，或者自己此刻也变成了疯子。

沈玄推开车门坐进驾驶室，李鹏坐在副驾驶的位置上将钥匙递给沈玄，沈玄愣了一会儿，怒气冲冲地说道：“你给我钥匙干吗？我又不会开车！”他说完才注意到自己坐错了位置，推开车门悻悻地与李鹏换了位置。

李鹏发动了车子，却不知道究竟要往什么地方开，他盯着沈玄。沈玄扭过头望着李鹏道：“你能别用这种吃人的目光看着我吗？”

“我连看你都懒得看，但是咱们去哪里找啊？”李鹏怒骂道。

沈玄皱了皱眉头，想了一会儿说道：“刚刚在车上的时候，好像听那个女生说准备去一个叫民和公园的地方！”

沈玄的话音刚落，李鹏便发动了车子，李鹏当然知道这个民和公园的位置，而且他更清楚的是，民和公园距离那片废城区只隔着两条街而已。

李鹏开着车子在马路上快速地穿行着，他一面开车一面对着手机喊道：“看看谁现在距离民和公园最近，让他们马上赶过去！”说完便挂断手机，对沈玄说道，“你怎么知道那个女孩会是下一个受害者？”

“气味啊！”沈玄似乎心不在焉地望着灯红酒绿的街道说道。

“你不是说它们的藏身之处就在那边废城区吗？怎么今天我们去没有抓到？”李鹏追问道。

“呵呵，这可都是些聪明的家伙。”沈玄轻蔑地笑着说道。

“你是不是早就知道我今天会无功而返。”李鹏瞥了一眼沈玄。

“对啊。”沈玄会如此轻松地回答，倒是大出李鹏的意料。如果不是时间紧迫，他恨不得现在就停下车，然后到外面狠狠地揍一顿眼前这个疯子。

“那女孩身上也有酒精的味道？”李鹏压抑着心中的怒火问道。

“谁知道呢，可能还有点别的味道吧！”沈玄耸着肩膀，完全与刚才是两个状态。

几分钟之后，车子停在了民和公园门口，李鹏下意识地看了看表，此时是晚上11点15分，公园门口的大牌子上规定晚上11点公园是会关闭的。此时李鹏的几个同事已经站在门口等待他了。

“头儿，你来了，我们刚来的时候公园就已经关门了！”小赵走到李鹏的面前说道，然后奇怪地打量着李鹏身边这个陌生的男子。

“没有发现什么异常吗？”李鹏向公园里面望去，路灯早已经关闭，公园之中漆黑一片，像是个巨大的坟墓。

小赵无奈地摇了摇头：“没有，这附近的人应该都知道公园是会在晚上11点准时关闭的，所以里面应该不会再有人了！”

“不对！”沈玄刚刚一直在公园门口游荡着，好像发现了什么，他说道，“那种味道还在，恐怕那个女孩子还在公园里面！”

“什么……什么味道？我怎么没闻到什么味道！”小赵一脸茫然

地望着眼前这个年轻人，虽然白天他曾经见过沈玄，但是因为沈玄此时的衣着发型与当时完全不一样，因此并未认出。不过经由他这样一提醒，李鹏倒是觉得鼻子里有股子怪味，那味道像是什么东西烧焦了一般。

正在这时，公园里忽然传来一阵惊呼声，沈玄一怔，几乎瞬间扭过头，双手把住自动门的上沿，手上一用力，从门上翻了过去。那惊呼声是从民和公园正南方向传来的，沈玄沿着公园的小路向那个方向奔去，李鹏带着几个队员紧随其后。

那女孩子的惊呼声只响了一次便消失了，沈玄沿着小路一直跑进前面的凉亭之中。这个凉亭是建在一座小土山上的，山上种植着各种竹子，密密地将这个凉亭遮蔽了，平日这里是那些小情侣最佳的幽会地点，而此刻沈玄却根本没有心情想这些，因为他除了闻到那种奇怪的味道之外，还闻到了一股血腥味。

“找到人了吗？”李鹏带着人追到沈玄身旁说道。

沈玄双手掐着腰，喘着粗气摇了摇头，忽然他的目光被地上一片黑乎乎的东西吸引住了，他伸出手说道：“有手电吗？”

小赵将自己的手电递给沈玄，沈玄打开手电向前面那片黑乎乎的东西照去，只见殷红一片，毫无疑问这是血迹。李鹏见到那血迹心中一急，大吼着说道：“大家分开去找，小赵你去找公园的管理员打开所有的路灯！”

小赵点了点头，向管理室跑去。沈玄则手中握着手电，钻进了那片竹林。这竹林中竹子的品种比较繁杂，有楠竹、凤尾竹、小琴丝竹、佛肚竹、大佛肚竹、寒竹等，多用于观赏，而此时却成了寻找受害者的障碍。沈玄身体消瘦倒还方便一些，李鹏则有些吃力了。不一会儿工夫，沈玄便钻到了竹林深处，将李鹏远远地甩在了后面，却始终未发现血迹。沈玄蹲在竹林深处，眉头早已经拧成了一团，他所在的地方是公园的边缘，再走几步就到公园的铁栅栏处了，从栅栏出去便是那片废城区了。

正在这时，公园中的路灯齐刷刷地亮了起来，一抹亮光从他的眼角闪过，沈玄弯着身子奔到铁栅栏旁边，发现铁栅栏上挂着一条断裂的水晶手链，沈玄将那串手链握在手中，他清晰地记得在警察局的时候，他见到这串手链就挂在女孩子的手腕上。

他将手链揣进怀里，然后小心地从铁栅栏上翻了过去，跳进废城区的草丛中。这草丛有明显倒伏的痕迹，他沿着那痕迹快速地向前奔跑着，苍白的月光洒在远近低矮的建筑上，建筑发出一种让人有些眩晕的光。

那光线确实让人有些眩晕，男孩睁开双眼的时候，一束光正好照在他的脸上，他下意识地用手挡住光线。李鹏蹲在他面前问道：“你是什么人，怎么会这么晚还在公园里？”

“我？”男孩像是忽然想到了什么说道，“快去救人，我女朋友被人抓走了！”

“什么？”李鹏狠狠地咬着嘴唇说道，“你说清楚点，你是说刚刚那声惊呼是你女朋友发出的？”

“嗯，刚刚我和她在凉亭里坐着，忽然我感觉脑袋被谁打了一下，就失去了知觉！”男孩摸了摸脑袋，觉得手上湿乎乎的，他拿到前面一看，竟然是血。“在我晕倒之前，我见那个人向我女朋友的方向走去了！”

“小赵打电话叫救护车！”李鹏放开那个年轻人向四周打量着，此刻他心急如焚，说道，“其他人给我继续找！”

千万不要再发生血案了，李鹏心中祈祷着。

千万不要再发生血案了，沈玄焦躁不安地祈祷着。他这样想着，加快了步子，沿着那草丛倒伏的方向来到了一栋三层建筑的门前。那扇门被铁链紧紧地锁着，一侧的窗子却敞开着，沈玄走到窗前，发现那窗口处竟然有细微的血迹。

他四面看了看，从门口拿起一根头上带着铁钉的木棍，然后从窗口爬进了楼里。这是一座废弃的居民楼，眼前黑乎乎一片，沈玄将手电关闭了，他知道在夜晚那家伙的视觉比自己灵敏得多，光线只会使自己暴露。当他的眼睛渐渐适应了黑暗之后，他手中握着木棍蹑手蹑脚地向前走去，一层所有房间的门都敞开着，他一个接着一个房间地察看，并未发现异常，这才缓缓地向二楼走去。

在二楼到三楼的转角处，沈玄又发现了一摊血迹，那血迹一直延伸到三楼。沈玄咬着嘴唇握紧手中的木棒，更加小心地向三楼走去。就在他刚刚爬上三楼的时候，一个黑影忽然从走廊中猛扑了出来，沈玄猝不及防，顺势将手中的木棒向前猛砸过去，几乎是瞬间他的右肩就传来一阵剧烈的疼痛。

沈玄的右手一下失了力道，木棒脱手而出，而木棒上的钉子却死死地钉在了对方的左肩上，它咆哮着再次向沈玄猛扑过来，沈玄早已有了准备，他倒在地上双脚一抬，踹在那东西的肚子上，那东西顺势向沈玄后面的墙上猛扑了过去，脑袋重重地砸在了墙上。沈玄借机爬起来，那东西被撞得七荤八素，却立刻掉转身体再次向沈玄扑过来。沈玄看准时机将那根木棒从怪物的左肩拔出，又是一下，硬生生地将木棒砸在怪物的脑袋上，一股血腥味一下子冲进了沈玄的鼻中。那怪物吃痛向楼下奔去，只是此刻沈玄却没那么幸运，钉子并未扎进怪物的身体。他见怪物向楼下逃窜，正准备去追那怪物，却忽然听到一旁的房间里传来女孩的尖叫声。

沈玄望了望怪物逃窜的方向，然后叹了口气，扭过头向一旁的房间走去。他刚一到门口，便觉得右肩挨了重重一击，他扭过头，见那女孩正双手握着一块木板，嘴角满是血污地盯着他。

“我说……”沈玄咧着嘴说道，“你疯了……”

女孩一见进来的是个人，不禁惊喜地丢掉手中的木板，一把抱住沈玄，身体微微颤抖着。沈玄本想接着破口大骂，却无论如何也开不了口了。

“那个……”过了几分钟之后，沈玄说道，“刚刚是怎么回事？”

“狼人……刚刚我被那个狼人击晕，醒来之后就在这里了！”女孩始终不肯放开沈玄，像是抓到了一根救命稻草一般。

“哦！”沈玄一点点扳开女孩的手，然后掏出手电在这屋子里寻找着什么，女孩一直跟在他身后警觉地环视着四周。

“它……被你杀死了？”女孩见沈玄聚精会神地观察着这个房间，犹豫地问道。

“啊？”沈玄顿了顿说道，“没有，只是跑了！”

“那我们快点走吧！”女孩确实被吓坏了，她一把抓住沈玄的手臂说道。

“放心吧，它绝不会再回到这里了！”沈玄颇为自信地说道。女孩站在沈玄身后打量着他，过了一会儿才恍然大悟般说道：“原来是你？”

沈玄顿了顿，扭过头瞥了那女孩一眼说道：“怎么了？我就跟了你一会儿，挨了两顿打了，差不多了吧！”

女孩有些不好意思地笑了笑：“没想到你还挺幽默！”

沈玄立刻对女孩做了一个噤声的手势，然后侧着耳朵谛听着外面的动静，此刻楼道中传来了一阵急促的脚步声，似乎不止一个人。

“有人在里面吗？”这是李鹏的声音。

沈玄咳嗽了两声说道：“我在呢！”

“找到那个女孩了吗？”李鹏听到沈玄的声音明显有些激动。

“找到了！”沈玄说着便向外走，正好与李鹏迎了个正着。李鹏见到沈玄身后的女孩，总算是长出了一口气，然后说道：“它呢？”

“走了！”沈玄一面揉着右肩一面向门外走。

“你做什么去？”李鹏见沈玄离开，便说道。

“大哥，我受伤了，我得去医院看看！”沈玄揉着自己的右肩说道。

“哦！”李鹏点了点头说道，“我带你去！”

李鹏说着将那女孩交给一旁的队员，跟上沈玄，谁知那女孩叫道：“我也受伤了！”

李鹏扭过头看了看女孩说道：“那好，一起去吧！”

5

李鹏开着车，沈玄坐在副驾驶的位置上，女孩和两个队员坐在后排的座位上。沈玄始终揉着右边的肩膀一言不发，车子里死一般沉寂，只有发动机发出微微的嗡嗡声，李鹏一直在琢磨着要不要和沈玄说声谢谢。

“色狼先生，谢谢你！”女孩从后面拍了拍沈玄的座椅说道。沈玄扭过头，这句话他怎么听怎么觉得别扭。

“什么色狼啊，这是我兄弟，是这方面的专家，叫沈玄！”李鹏说着，无不自豪地拍了拍沈玄的肩膀。沈玄瞥了李鹏一眼没有说话，女孩倒是瞪了李鹏一眼。

“对了，你叫什么名字？怎么会这么晚出现在民和公园？”李鹏换了口气对女孩子说道。

“谢小沫，本来今天男朋友约我在民和公园见面……”女孩说到这里忽然想起来什么，“对了，他怎么样？”

“你是说那个男孩啊？没什么大碍，已经送到医院去了！”李鹏心不在焉地回答道，“接着说，怎么会这么晚约在那里见面呢？不知道公园是晚上11点准时关门的吗？”

“其实本来约好的时间是晚上10点，可是半路上遇见了色……不，沈玄，所以就迟到了一个小时！”女孩用余光扫视了沈玄一眼，见他始终望着窗外，便说，“谁知却发生了这样的事情！”

“你……”沈玄扭过头望着眼前的女孩，似乎要说什么，最终还是将话咽了回去，自顾自地掏出烟叼在嘴里，却并未点上。

医院里嘈杂不堪，到急诊室的时候沈玄的右臂已经抬不起来了。李鹏不得不帮忙将沈玄的外套一点点剥离，直到此时李鹏才发现，原来沈玄的右肩早已经红肿了起来。当李鹏准备帮沈玄将外套全部脱下来的时候，却被沈玄一把拦住。

“你小子，我帮你把衣服脱掉！”李鹏扯着沈玄的衣服说道。

“不用。”沈玄将李鹏手中的衣服拽过来缠在腰间。

李鹏心想这家伙实在是不识好歹，小声咒骂道：“好心当成驴肝肺！”然后在沈玄的右肩上重重地拍了一下，沈玄疼得“哎呀”一声叫了出来，李鹏这才没事人儿一样走了出去。

沈玄的伤势并无大碍，只是让医生奇怪的是，袭击沈玄的人不是用了重锤便是石块，不然怎么会有这么大的力道，幸好是打在肩膀上，如果打在手腕上，说不定早已经是粉碎性骨折了。

半个小时之后，沈玄从急诊室走了出来，那个女孩早已经和李鹏站在走廊中。她见到沈玄走出来，便急匆匆地走了上去问道："你没事吧？"

"没有大碍，你男朋友呢？"沈玄扫视了一下四周，却并未发现女孩口中的男友。

李鹏走上来说道："死不了就好，你那么关心人家私生活干吗？"

"哦，他可能已经回去了吧。"谢小沫腼腆地说道，"你……能不能送我回家？"

"我？"沈玄诧异地望着眼前的女孩，然后指了指身边的李鹏说道，"他才是警察啊！"

"呵呵！"女孩讳莫如深地笑了笑，这笑容让李鹏备感恼火，也许在她的心中警察还不如一个邋里邋遢的疯子。

"让你送，你就送，废什么话啊！"李鹏又抬起手，沈玄早有准备，躲到一边说道："好，你家在什么地方？让警察叔叔带咱们过去！"

"不用了，只有几百米而已！"女孩说到这里脸有些红。李鹏笑眯眯地盯着沈玄，那眼神里有一种说不出来的东西。

沈玄始终将双手插在口袋里，与谢小沫保持着一米远的距离，不远不近地跟着她，谢小沫停下脚步的时候，沈玄也下意识地停下脚步。

"你有没有觉得我们这样走路很别扭？"谢小沫扭过头望着沈玄说道。沈玄无辜地望着谢小沫。过了一会儿，谢小沫向后退了几步，与沈玄并肩走着，说道："好了，现在可以走了！"

沈玄一面与谢小沫向前走，一面低着头说道："你身上怎么会有那种味道？"

"嗯？"谢小沫扭过头望着沈玄，"什……什么味道？"

“哦，没什么！”沈玄说着仰起头继续向前走去。果然走出数百米之后，谢小沫带着沈玄走进了一个小区。这个小区高楼林立，谢小沫站在门口微笑着伸出手说道：“谢谢你，色狼先生！”

沈玄一愣，伸出手，谢小沫微笑着扭过头向小区里面走去。沈玄站在小区门口，望着谢小沫的背影渐渐消失在夜色之中，然后掏出一根烟，点上之后舒畅地吸了一口，巨大的烟圈在他眼前飞舞，他脑海中闪过一丝疑惑，她身上怎么会有那种味道？

只是沈玄却不知道，在不远处的楼顶上，一双眼睛正在虎视眈眈地盯着自己，那东西呼呼地喘着粗气，月光之下，它的身上长着长长的黑色鬃毛，肩膀上的那摊血迹早已经干涸，成为黑乎乎的一片，一双翠绿色的眼睛从沈玄身上移向小区中刚刚从自己手中逃脱的谢小沫。

两声鸣笛，沈玄抬起头见一辆车停在前面不远处，车灯打开，李鹏从车子里钻出来，一脸坏笑地走近沈玄，刚要拍他肩膀，像是忽然想起来什么，手停在半空说道：“怎么样，一出英雄救美让你也抱得美人归啊！”

“什么和什么啊？”沈玄颇为不耐烦地说道。李鹏有些恼，本想着开个玩笑，谁知却碰了一鼻子灰。沈玄径直走到李鹏车前，拉开车门钻了进去。李鹏跟着上了车，见沈玄一脸茫然地望着那个小区。

“怎么了？”李鹏笑着说道，“刚认识就这么恋恋不舍啊？”

“什么？”沈玄显然根本没听到李鹏说什么，李鹏有些无趣地耸了耸肩，发动车子向河北会馆驶去。

“你说它们还会作案吗？”李鹏一面开着车一面说道。

“不知道！”沈玄掐着一支烟，目光木讷地望着前方，“但是我知道下一个受害者一定是谢小沫！”

“为什么？”李鹏诧异地问道。

“这是习性！”沈玄像是泄了气的皮球一样说道，“动物的习性！”

“唉，当时你要是早点通知我过去，恐怕我们就抓住它了！”李鹏颇为惋惜地说道。

沈玄摇了摇头，他在想另外一个问题，关于气味。世界上的气味可以说有成千上万种，这些气味会给人和动物带来各种情绪，比如幸福感、满足感、厌恶感、仇视感。如同我们在描述一个美丽女子时总是会说她说话“吐气如兰”一般，给我们一种美好的感觉。然而并非所有人都觉得如兰是芳香，或者一定能带给自己某种美好的感觉。这就不得不说到一个词——气味记忆。这种气味记忆一部分是与生俱来的，另外一大部分则是后天形成的。

因此我们在闻到冬天晒好的被子上面的气味时会感觉温暖，而闻到旧书页的味道时会有种怀旧的感觉。这些都是属于后天的，而一些后天的气味记忆却并不那么美好。

有些人闻到某些气味会显得激动、烦躁，甚至有暴力倾向，而它们对于那种气味的狂躁感应该也来自于气味记忆。可是让沈玄想不明白的是，这种能让它们做出残暴举动的记忆究竟是什么呢？那些气味又为什么会出现在死者的身上？

沈玄游魂一般跟着李鹏进入河北会馆自己的房间中，便痴痴地躺在床上。李鹏在他床前站了一会儿说道：“怎么才能抓到它们？”

沈玄仰起头看了看李鹏，忽然霍地从床上站起来说道：“帮我办一件事！”

“什么事？”李鹏的眼神中闪烁着光芒。

沈玄皱了皱眉站起身，缓步走到柜子旁边，拉开柜门，将他之前随身携带的铁箱搬出来。铁箱有些笨重，沈玄搬起来有些吃力。李鹏坐在沙发上，好奇地盯着沈玄手中的铁箱子。说实话，自从在火车站见到沈玄的那一刻开始，李鹏便对这个被沈玄视若珍宝的铁箱充满了好奇，只是李鹏从来不是一个喜欢刺探别人隐私的人，因此并没有表现出来。

沈玄吃力地将铁箱放在床上，从口袋里掏出一把钥匙轻轻插进锁眼。只听见轻微的咔嚓声，锁打开了。李鹏好奇地站起身来，沈玄瞥了李鹏一眼，李鹏尴尬地笑了笑。沈玄似乎并不介意，面无表情地打开铁箱的盖子。随着铁箱的盖子被打开，一股淡淡的墨香从里面散发出来。

李鹏此刻已经完全站了起来，只见铁箱的正上方是几个摆放整齐的笔记本，沈玄轻轻将那几个笔记本从里面拿出来放在一旁，在笔记本的下方是几个相册。沈玄停止手上的动作思忖片刻，从其中抽出一个相册放在床上，随后又将笔记本整齐地放在了铁箱中，盖上盖子。

沈玄做完这一切之后将铁箱搬到一旁，拿起床上的相册，目光专注地一页接着一页翻。忽然他停下了，从相册中抽出一张剪报递给李鹏。李鹏惊异地接过那张剪报，四个大字立刻映入眼帘：嗜血狂魔。

李鹏的眉头立刻拧住了，他盯着那张剪报逐字逐句地看着。这篇报道写的是1995年发生在S市的一起离奇凶杀案：棉纺六厂女工在下班路上被人残忍杀害，致命伤是在她的喉咙上。死者的喉咙上留下了一排奇怪的齿痕，这些齿痕似乎不是人类的：而更为恐怖的是，凶手在杀死受害人之后，还残忍地将其下体破坏掉了，现场惨不忍睹。

沈玄坐在床边点上一根烟轻声道：“这个案子是不是与咱们现在遇见的这个案子有些相似！”

李鹏幽幽地说道：“对，我当初第一次去案发现场的时候便隐约觉得有些似曾相识！”他顿了顿，说道，“那时候我还没有进入刑警队，但是这个案子在当时却轰动一时，那时人心惶惶，很多人天一黑便立刻回家了！市局也出动了大批警力寻找凶手，只是那凶手像是一个流窜犯，从这个案子之后便再也没有出现过！因此这个案子便成了悬案，至今也没有一个结果！”

“我看到现场的照片时便想起了这个案子！”沈玄吸了一口烟，接着道，“但是我手里关于这个案子的资料只局限于当时的这张剪报……”

“所以你要我帮你找出这个案子的档案，是吗？”李鹏似乎明白了什么。

沈玄微微点了点头：“实际上我不明白为什么它会在1995年之后消失了十多年又忽然出现！”

“这个暂时不是我们想的问题，当务之急是尽快抓到他。我现在就去找当年的档案。”说完李鹏有些激动地站起身，“我想应该不难！”

两个小时之后，李鹏发现自己的那句话说得太早了——寻找1995年冬天凶杀案档案的难度远远超过了他的想象。当他来到档案室的时候已经是深夜1点，档案室管理员早已回家休息了。李鹏无奈之下只能在办公室勉强凑合了一夜，无数个疑问就像是无尽的噩梦一般折磨着他。

终于熬到上班，李鹏便急匆匆地赶到了档案室。档案室的管理员是一个年过五旬姓赵的老刑警，因为在一次办案过程中受了伤，之后便一直做一些整理档案的工作。平日李鹏对他十分敬重，二人关系非常好，因此每每李鹏要查阅档案的时候根本不用走太多的程序。可当李鹏告诉老赵自己想要查阅1995年冬天发生的那起凶杀案的档案时，他明显地感到老赵的肩头猛然一颤，然后扶了扶架在鼻梁上的老花镜，漫不经心地说道：“有条子吗？”

“条子？”李鹏诧异地问道，“以前我查阅资料的时候也没有说过要条子啊！”

老赵低着头看着一份最新的S市晨报，轻轻挥了挥手说道：“你想看的那份档案需要条子！”

“老赵，你……”李鹏哭笑不得地望着冷漠的老赵，紧紧地握着拳头，将已经到嘴边的脏话咽了下去。片刻之后李鹏转怒为喜，嬉皮笑脸地说道，“老赵，你看咱们这么多年的交情，再说我急需查阅那份档案，如果开条子，来回的程序怎么也要半天时间。那个档案和时下我手里的这几宗连环命案有关，你就行个方便吧！”说着李鹏掏出一盒刚开封的中华放在老赵的桌子上，轻轻向老赵的眼前推了推。

老赵瞥了一眼李鹏送过来的烟，轻轻抿了抿嘴唇，有些艰难地将那盒烟推了回去，说道：“贿赂我没用，没有条子我不能让你看那份档案！”

“我说你这老家伙是不是更年期到了，今天怎么软硬不吃啊？”李鹏有些恼怒地说道。

老赵抬起头看了一眼愤怒的李鹏，道：“李队，除了那份档案之外，你想查阅任何档案我都不拦着你，但是那个档案必须得有上面的条子！”

“为什么？”李鹏凭着多年当刑警的经验，已经从老李的话中嗅到了什么。

“唉！”老李叹了口气，低声说道，“李队，实话跟你说吧，那份档案属于绝密，没有上面的条子是绝对不可以让你看的！”

“好！”李鹏从老赵的眼神中看出他并不像是在有意为难自己，点了点头便离开了档案室。老赵忙站起身拿起那盒中华追了出去，道：“烟……”

“你留着抽吧！”李鹏小跑着向局长办公室奔去。

当他急匆匆推开局长办公室的门的时候，见三个陌生人正坐在办公室的沙发上。李鹏有些尴尬地站在门口说道：“局长有客人啊！”说完便拉着门向外退，谁知却被局长叫住了。

“李鹏啊，你来得正好！”局长向李鹏挥了挥手说道，“正好有一件事要跟你说！”

李鹏迟疑了一下，从嘴角挤出一丝微笑，走了进来说道：“局长，您有什么事？”

“你来见见这几位！”局长指着坐在沙发上那两男一女说道，“他们三位是公安厅刑事重案组的宋一、卞虎、黄怡婷。”

李鹏象征性地向那三个人笑了笑，除了坐在一旁的一个身材高大的汉子之外，另外的一男一女都向李鹏还以微笑。

“这是刑警队队长李鹏！”局长指着李鹏说道，“现在这个案子也是他接手主办的！”

“麻烦你了，以后你可以把这个案子的所有资料都交给我们了！”一直冷冰冰的强壮汉子语气强硬地说道。

李鹏对他的话有些恼火，刚要发作，局长却微笑着说道：“是啊，李鹏，把你手里的那个连环凶杀案的所有资料都交给重案组的同志就可以了！”

“可是……可是局长……”李鹏见局长挥了挥手，便将话咽了回去。

“好，肖局，那我们就和李队长做一下交接了！”那个汉子说着站起身。

肖局长也站起身说道：“嗯，那好！李鹏你要配合好重案组的同志！”

李鹏十分不解地看了肖局长一眼，只见肖局长轻轻点了点头，他也不便再说什么。接下来的一个上午，李鹏将这几起凶杀案所有的资料全部交给了重案组的那三个人。让李鹏感到惊讶的是，他们在看到那些现场照片和资料的时候似乎并不感到惊讶，而且一直在低声交流着什么。

李鹏轻轻走到黄怡婷身边低声说道：“你们在说什么？”

黄怡婷一直在电脑前保存那些资料，听到李鹏的话抬起头，讳莫如深地笑了笑。这三个人是在中午的时候离开的，虽然肖局长再三挽留他们一起吃个午饭，但他们还是委婉拒绝了。对这件事感到愤怒和不解的不光是李鹏，还有他的那些队员，让一群外人来侦查这个案子，对这些视荣誉如生命的一线刑警无疑是最大的侮辱。难道S市刑警队连自己手头上的案子也破不了吗？李鹏越想越气愤，站起身便怒火冲天地冲进局长办公室。

“局长，这是怎么回事？那几个案子我查了这么久，为什么要交给什么重案组？”李鹏拍着局长的桌子说道。

肖局长脸色阴沉难看，他瞥了李鹏一眼说道：“你知道你的对手是什么吗？”

“对手？”李鹏从肖局长的表情中似乎读出了什么，接着说道，“难道他们就知道是什么吗？”

“嗯！”肖局长肯定地点了点头说道，“这几起案子的凶手根本不是人！”

“还真让那个疯子猜对了！”李鹏小声嘟囔着。

“你说什么？”李鹏的声音虽小，但肖局长却听得真切。

“我有一个朋友告诉我，这几起案子的凶手很可能是一种生活在城市之中却鲜为人知的动物！”李鹏顿了顿说道，“而且这个案子似乎与1995年冬天发生的那个案子有关！”

“啊？”肖局长神情复杂地站起身来说道，“你的那个朋友是什么人？”

“一个……”李鹏很难给沈玄下一个比较贴切的定义，犹豫片刻说道，“专家……”

“哦！”肖局长若有所思地说道，“这个案子刚发生的时候，我也隐约觉得似乎与1995年发生的那起凶杀案的手法极其相似。”

“嗯，而且我们已经调查出了一些眉目！”李鹏见肖局长对重案组将案子夺走也心有不甘，于是便煽风点火地说道，“如果我们能赶在重案组破案之前破案的话，我想他们以后也不敢小瞧咱们了！”

肖局长有些动摇，手中捏着一根烟，烟丝已经被他从一端揉了出来。片刻之后，肖局长将那根烟掰成两截，斩钉截铁地说道：“你有没有把握？”

“嗯，有那个朋友帮忙，我想一定能在近期破案！”李鹏不知为何此刻对沈玄的信心倍增。

“好，既然你这么有信心，我给你三天时间！”肖局长顿了顿说道，“三天内必须破案……”

“三天一定破案！如果不能赶在重案组之前破案，我就脱掉这身警服！”李鹏虽然已经到了不惑之年，却依旧血气方刚。

“好！”肖局长点了点头，“局里会给你们提供最大的方便，把最好的资源调给你们！”

“不过……我想看一看1995年发生的那起凶杀案的档案！”李鹏借着这个机会说道。

“没了！”肖局长有些苦闷地说道，“那起凶杀案发生后不久，所有的档案便被重案组调走了，局里关于1995年的那起凶杀案的档案仅限于一些简单的记录，甚至连一张现场的照片都没有！”

“啊？”李鹏有些泄气地说道，“那……”

“不过……”肖局长想了想说道，“那起凶杀案有一个目击证人，据说那个人看到了凶手的真面目！我知道他的下落！”

“太好了，他在什么地方？”李鹏追问道。

6

S市的天气依旧炎热无比，尤其是午后，更是热得让人喘不过气来。李鹏眉头紧锁，开着车，沈玄坐在副驾驶的位置上，虽然车内的冷风已经开到了最大，但李鹏始终觉得大汗淋漓。他瞥了一眼一旁的沈玄，只见沈玄此刻面无表情地盯着正前方。

“说句话！”李鹏一手把着方向盘，一手抽出一根烟递给沈玄。

沈玄机械地接过那支烟，迟疑了半天，幽幽地说道：“你是说专门有一群人是处理这类案件的？”

李鹏双眼直视前方沉闷地点了点头，刚才在宾馆的时候，李鹏已经将今天早晨在市局见到的情形一五一十地告诉了沈玄。

“我……”沈玄吞吞吐吐地说道，“我想见见他们！”

李鹏一愣，瞥了一眼沈玄，他心里清楚沈玄之所以变成这副模样，与之前发生在他身上的那件案子有关。虽然他并不知道沈玄随身携带的那个铁箱内还有什么，但是据他猜测，一定是这些年沈玄从各种报刊和媒体上搜集到的关于这类案子的资料。他想要见那些人，无非是想得到更多关于这类案子的线索。

“你能帮我吗？”沈玄见李鹏迟迟不说话，目光炯炯，满含期待地望着李鹏说道。李鹏有些不忍地舔了舔嘴唇：“这个事情有些难办！”李鹏之前从不知道这些人的存在，和他们几乎没有交集，想要帮沈玄这个忙确实有些困难。

沈玄从李鹏的眼神中察觉到了什么，失望地长出一口气，窝在靠椅上，眼神空洞地望着前面已经晒裂的柏油马路。

“不过……”李鹏思索了片刻说道，“不过我倒是有个办法！”

“什么办法？”沈玄立刻来了精神，充满期待地望着李鹏。

“现在这个案子所有的资料都已经被重案组的人拿走了，案子也转交给他们处理，不过我想如果我们能够赶在他们之前破案的话，他们一定会主动来找我们。到了那时候，你不就见到他们了！”李鹏这样说一方面想让沈玄帮助自己破案，而另一方面也确实不失为一个绝妙的办法。

“好！”沈玄斩钉截铁地说道，他皱了皱眉头，“刚刚你说1995年那起凶杀案的目击者在什么地方？”

李鹏有些无奈，原来自己刚刚说的话这小子根本都没听进去。李鹏指了指前面的一座山说道：“就在那座山后面！”

沈玄顺着李鹏手指望去，只见在不远处有一座光秃秃的小山。

车子飞速地绕着这座小山走了一圈，沈玄隐约看见这座小山的背面竟然是一个很大的山坳，山坳中植被丰富，高大的松柏中隐约有三层白色建筑。车子在岔口处下了大路，头顶上一块牌子写着：北山康复中心。

“这是……”沈玄疑惑地指着前面的牌子说道。

“精神病医院！”李鹏说着将车停在路边，随手拿出一根烟点上说道，“目击者叫黄炳良，1995年41岁，案发时是S市棉纺六厂职工，离过一次婚，无儿无女。凶杀案发生不久，我们便在距离案发现场五百米处的巷口发现了昏迷不醒的他。他醒来之后便一直神志不清、疯疯癫癫。在调查凶杀案的时候，我们也曾想从他口中得到一些线索，然而最终还是失败了。”

李鹏深深地吸了一口烟，打开车窗将烟蒂丢到外面说道：“刚刚我已经和康复中心的人联系过了，据说目前黄炳良的精神状况良好，希望他能给我们提供一些线索吧！”

说完李鹏发动了车子，而在此期间沈玄却一直沉默着，手指轻轻捏着那根香烟，烟丝已经被他揉了出来。

因为之前李鹏已经和康复中心的人联系过，所以当他说明来意之后，很顺利地见到了黄炳良。他住在二楼最中间的一个只有十平方米的独立房间中。轻轻地推开门，里面开着灯，厚重的窗帘将屋子封得严严实实，室内有一张床，在床脚处的桌子上摆放着一台20世纪90年代的十二英寸黑白电视机，四壁贴满了报刊剪纸。此时电视机里全是雪花，发出“唰唰”的声音，而黄炳良穿着一件白色的康复服，蓬头垢面，满目血丝地盯着黑白电视机里面的雪花，正看得津津有味。

李鹏见此情形有些失望地皱了皱眉，扭过头对随行的大夫说道：“刚刚不是说黄炳良的精神状态良好吗？怎么……”

“哦，这已经算是好的了！”大夫解释道，“他来这里十几年，几乎每天都会大吵大闹，可不知为什么这几天却忽然安静了起来！”

李鹏若有所思地点了点头，在路上他还对黄炳良满心期待，可是此情此景却让他失望透了。他有些无奈地走到黄炳良身旁，而黄炳良似乎完全被黑白电视里面的雪花吸引住了，根本不予理睬。李鹏站在黄炳良面前轻声说道：“你是黄炳良？”

黄炳良木讷地抬起头，漫不经心地看了一眼李鹏，接着又低下头。李鹏凑近黄炳良，说：“你还记得1995年冬天你看到了什么吗？”

李鹏这句话一出口，只见黄炳良的身体猛然一颤，再次抬起头，眼神慌张地望着李鹏，胸脯剧烈地上下起伏，呼吸急促地摆着双手说道：“不是我，不是我，我没碰过那个女人！”

李鹏有些无奈地扶住黄炳良的肩膀轻声说道：“我知道你不是凶手，你还记得那天晚上看到了什么吗？”

黄炳良听到李鹏的话，呼吸渐渐平缓了下来，眼睛低垂着望着前面的桌角，双手拼命地绞着衣角，像个做错事的孩子一样低声说道：“你相信我说的话吗？”说着他又抬起头渴望般地望着李鹏的双眼。李鹏犹豫了一下，微笑着点了点头。

这微笑的动作给了黄炳良极大的鼓舞，他的身体激动地颤抖了起来，双手紧紧抓住李鹏的手，目光惊恐地说道：“狼……狼……”

“狼？”李鹏抬起头看了一眼站在门口的沈玄。沈玄此时正盯着墙上的报刊剪纸，当他听到黄炳良说出“狼”这个字的时候，立刻扭过头向李鹏的方向望过来，正好与李鹏四目相对。

“狼！”黄炳良点头的幅度很大，似乎想拼命证明自己所说的一切，“一头巨大的狼！”

黄炳良说到这里目光忽然浑浊了起来，嘴里不停地重复着：“是狼，一头巨大的狼！”

李鹏见再继续问下去也没有意义，便拉着沈玄离开了北山康复中心。坐在车里，李鹏有些郁闷，本以为可以从黄炳良口中获悉一些线索，谁知黄炳良的状态竟然如此糟糕。想到这里，李鹏用力地拍了一下方向盘。

沈玄微微笑了笑说道：“怎么了？”

“唉，本以为可以有所斩获，可最后还是一无所获！”李鹏长出一口气说道。

“呵呵，黄炳良的话至少证明了一点！”沈玄神色淡然地说道，“1995年冬天的那起凶杀案和今天我们所面临的这起案件属于同一类案件！”

“嗯！”李鹏点了点头，“虽说如此，但我们的线索也就此中断了！”

沈玄摇了摇头说道：“未必，我有一个大胆的猜测！”

“什么猜测？”李鹏渴望地望着沈玄。

女子的身上散发着一种低劣香水和红酒混合的味道。她将靠在自己身旁黑胖的醉汉向一旁推了推，醉汉睡得很香。女人掀开被子捡起掉在地上的黑色蕾丝内裤轻轻地穿上，又抓起床头柜上的文胸走进了卫生间。

镜子中的女人脸色绯红，这是红酒和激情留下的痕迹。她在镜子前面仔细地打量着自己的脖子和肩膀，在她的肩膀上有一块已经有些泛红的牙印。女人有些小小的恼怒，她对这些痕迹十分厌恶。她拼命地在肩膀上有牙印的地方抓了抓，用几道红色的指痕掩盖住牙印。当她看见镜子中那牙印已经完全被掩盖住了之后，这才满意地笑了笑。

收拾停当的女人穿着一身粉色旗袍从卫生间里走出来，这时之前一直酣睡的黑胖男人已经醒了过来，正赤裸着上身靠在床上，被子盖着下体，一只手拿着遥控器，看着无聊的相亲节目。

“要走了？”男人目不斜视地望着电视说道。

“嗯！”女人光着脚走到床头柜旁躬身提上鞋子。

这时，男人从衣服口袋中掏出几张百元大钞晃了晃，说道：“下次我来S市还会找你！”

女人的脸一红，接过男人手中的钱，说了一声“谢谢”，便离开了房间，走出宾馆。

已经过了午夜，街上冷冷清清的，夜风吹过，女人觉得有些凉，伸手在包里摸了摸，恰好碰到那几张百元大钞，她欣慰地笑了笑。她来自四川省一个偏远贫困的山村，下面还有两个妹妹一个弟弟。女人十五岁便出来打工，她吃够了没有文化的苦，因此她想让自己的弟弟妹妹可以接受更好的教育，免受歧视。可是在这座陌生而冰冷的大城市里，她那点微薄的收入仅够自己生活所用，她省吃俭用节省下来的钱根本无法支撑那个贫困的家庭。

女人为了多赚点钱，上班之余摆过地摊，在天桥上卖过小商品。

那段时间她不但要忍受路人的冷眼，还要被城管追着满街跑。后来有一天，她发现与自己同住的女孩花钱总是大手大脚，那个女孩自称有个大款将自己包养了。那个女孩告诉她，如果她需要钱的话，可以帮她介绍"生意"。女人虽然很穷，但是很传统。她知道女孩口中所谓"生意"的含义，所以只是微微笑了笑。

半个月后，一个冬天的晚上，女人穿着一件破旧的羽绒服，瑟缩着身体在天桥上出摊。她的摊位上都是一些不值钱的小商品，指甲刀、眉笔、廉价口红，还有一些杂七杂八的小物品。女人的手在口袋里瑟缩着，里面有一封家书。幺妹在信里说她考上了市重点高中，这是全家乃至全村人的荣耀。然而荣耀的背后却是高昂的学费，女人拿出自己所有的积蓄，却连学费的一半都不到。

正在这时，一辆写着"城管"两个字的松花江停在了天桥下面，两个大汉推开车门向天桥上奔来。当女人反应过来的时候，那两个如强盗般的大汉已经将女人的摊位包围了。女人死死地抓着一个大汉的手臂，拼命地抢夺自己的东西，然而那两个大汉熟练地将女人踹到一旁，用布袋装上女人的小商品，无所顾忌地离开了。周遭的行人远远地望着天桥上发生的一切，却没有一个人站出来仗义执言。

女人麻木地坐在天桥上，她觉得唯一攥在自己手中的那根救命稻草忽然间被人抽走了。她艰难地从地上爬起来，失魂落魄般向出租屋走去。一面走，她的脑海中一面回想着同屋女孩对她说的话，"这事只要不说出去，谁也不会知道"，"身体不过是一副臭皮囊而已"，"既然有臭男人喜欢，还肯出钱，何乐而不为呢"……想到这里，女人忽然停下了步子，她抬起头望着天愣了一会儿，像是忽然想明白了一样，脚步瞬间变得轻盈了。

红酒，暧昧的灯光，男人丑陋的身体，撕裂的疼痛，让人作呕的酒气，男人沉闷的喘息，血红的床单，一叠厚厚的钞票……女人那晚的记忆就像是掉在地上的玻璃一样，只剩下无数的片段，无法拼起来，也不想拼起来。

男人走后，她走进浴室拼命地用沐浴露擦拭着自己的身体，可是无论如何她总能闻到一股怪味，那种味道就像是烙印一样印在了自己身上。之后女人不停地接活，有了钱，便供弟弟妹妹上学，给自己买新衣服，买昂贵的香水，然而却丝毫掩盖不住那种奇怪的味道。

女人一路上没有遇见一辆出租车，抑或是她根本不想坐车，她更愿意在这深夜中享受这座城市的夜景。

回到家的时候，已经是凌晨3点多了，女人觉得有些累，却并不困。她换上睡衣，从柜子里拿出一瓶红酒倒了一杯，熄灭了房间内的灯，靠在床头。她喜欢这样的感觉。

女人喝了一口红酒，脸上立刻红润了起来。一股浓重的睡意袭来，女人觉得眼皮越来越沉。就在她即将入睡的时候，耳边忽然响起了一阵窸窣之声，那声音像是从窗外传来的。女人迷迷糊糊地发现窗外似乎有个黑影在乱窜，她微微笑了笑睡着了。

7

穿着睡衣头发凌乱的谢小沫打开房门的时候，见沈玄和李鹏正站在门口，她揉了揉惺忪的睡眼说道：“色狼先生……”

“能进去看看吗？”沈玄对于谢小沫对自己的称谓并不介意。

“哦！当然可以！”谢小沫一面用手整理着凌乱的头发，一面闪身让两个人进来。

走进房间后，沈玄的目光一刻不离地打量着这个屋子。这是一个两室一厅的房子，客厅和卧室之间有一个两层台阶的跃层，客厅的阳台上晾晒着女人的衣服，沙发上凌乱地摆放着各色零食。谢小沫一面收拾沙发，一面让李鹏和沈玄两个人坐下。

“今天没去上班？”李鹏坐在沙发上下意识地抽出一根烟，有些不好意思地说道，“可以抽吗？”

“呵呵，可以！”谢小沫尴尬地说，“我先去换件衣服！”

趁着这个机会，沈玄轻声对李鹏说道：“味道！”

李鹏点了点头。他刚一进入这个房间，便闻到了之前在凶杀现场出现过的那种味道，而且此时的这种味道似乎更重了。沈玄轻轻拍了拍李鹏，指着阳台上的女性内衣。李鹏的眉头顿时舒展开来，那种味道就是从阳台上的衣服上传来的。

沈玄微微笑了笑，这时候谢小沫已经换上了一身合体的家居服走了出来。她给沈玄和李鹏两个人倒上水，坐在一旁。

“你是自己一个人住？”沈玄首先问道。

“不是！”谢小沫微笑着说道，“这是公司给我们租的房子，除了我之外，还有两个女孩子也住在这里。因为昨天晚上发生的事情，所以今天我没有去上班！”

“哦！”沈玄若有所思地点了点头，接着有些尴尬地低下头。

“你们今天来是不是为了昨晚上的那件事？”谢小沫见沈玄一副为难的样子，便抢在前面说道。

“嗯。”李鹏指着阳台上的衣服说道，“这些衣服都是你的？”

“不！”谢小沫有些尴尬地说道，“是我们三个人的！”

“哦！”李鹏站起身说道，“为什么这些内衣的颜色和款式都一样？”

“呵呵！”谢小沫的脸有些红，“我们三个人的关系非常好，经常一起出去买衣服，而且大家的眼光也都差不多，所以不光是内衣，有些外衣的款式和颜色都一模一样！”

“那不会穿混吗？”

“偶尔也会！”谢小沫不知这两个大男人为什么会对女人的内衣这般感兴趣，不过为了配合警察办案，她还是如实地回答了他们的问题。

“还有一件事想问你！”沈玄像是忽然下定决心一般朗声说道。

“嗯？”谢小沫好奇地盯着沈玄。

深夜的S市终于有了一些凉意，李鹏拉开车门将一块面包和一瓶矿泉水丢给靠在车后座上的沈玄。沈玄接住面包，打开包装三口两口吃了下去。李鹏看着沈玄的吃相，忍不住哈哈大笑起来。

“你笑什么？”沈玄瞪了李鹏一眼说道。

“我笑你啊，你还真是够木讷的，那种事怎么能当面问人家女孩子呢？”李鹏想起下午沈玄问谢小沫是不是晚上出去做一些不正经的事情。谢小沫当即就怒了，如果不是李鹏在场拦着，恐怕谢小沫就要和沈玄打起来了。就这样，两人灰溜溜地离开了谢小沫的家。然而李鹏记得沈玄说过下一个受害者肯定是谢小沫，所以便一直将车停在小区内暗中观察和保护谢小沫。

“那要怎么说？”沈玄拧开矿泉水瓶咕咚咕咚地喝了几口，接着说道，“问清楚了总比她被杀强吧！”

李鹏笑了笑，坐在驾驶室内不再说话。时间一分一秒地流逝，所幸S市的夜晚并不是很凉，两个人在黑暗的车内点着烟沉默着，不时向谢小沫家的方向看一眼。

“喂！”李鹏向身后的沈玄喊了一声，说道，“我出去买盒烟，你先看着啊！”

沈玄贴着车窗望着谢小沫家的窗口，向李鹏挥了挥手。

李鹏推开车门向小区外面的二十四小时便利店走去。他刚一离开，沈玄隐约看见一个黑影出现在谢小沫所住的楼顶，只见那个黑影在天台上晃动了两下，身体忽然从天台上闪了出来。沈玄心知不妙，见李鹏买烟尚未归来，等不及了，便推开车门向对面的那栋楼奔去。

沈玄一面跑一面在心中祈祷千万不要出事，千万不要出事。楼道口的门紧闭着，沈玄用力晃动了两下门，却根本打不开。沈玄焦急地站在门口，正在这时，他忽然想到了什么，然后绕到了楼房后面。楼房后面的那扇应急门是敞开的，沈玄推开应急门沿着楼梯向顶楼爬去。

刚爬了八九层，沈玄便觉得体力不支，双腿像是被注入了铅锭一般沉重。他咬着牙拼命地向上爬，终于来到了谢小沫的家门口。他用力地敲着谢小沫的房门。

“里面有人吗？快开门！”沈玄大声呼喊着。

可是良久房间内一点声音也没有，沈玄更加焦急，难道谢小沫已经遭遇了不测？正在这时，他的耳边传来了一阵轻微的脚步声，接着是门轴转动的声音，谢小沫穿着睡衣打开了里面的那道门，惊异地望着焦急的沈玄说道：“你？你怎么又来了？”

“总算……总算赶上了！”沈玄见谢小沫安然无事，长出一口气说道。可这口气还没喘匀，沈玄便看见一个黑影出现在谢小沫家的阳台外。沈玄双目大睁着，对着门内的谢小沫喊道：“快，快开门，快开门！”

谢小沫白天与沈玄发生了口角，此时见到沈玄忽然猛砸自己的房门，更加不快，便怒道：“凭什么给你开门？”

“快！”沈玄焦急地指着谢小沫的身后说道，“你后面……”

谢小沫见沈玄神色慌张，似乎并不是在和自己开玩笑，顿时觉得脊背冰冷，她缓缓地扭过头，只见昨晚遭遇的那只毛茸茸的怪物此刻正用四肢紧紧地抓着阳台上的护栏，身体紧贴着玻璃向里面望去。谢小沫的身体立刻颤抖了起来，慌忙之间竟然打不开房门。

那怪物抬起头正好与谢小沫四目相对，一双如铃铛般大小血红的眼睛恶狠狠地盯着谢小沫，接着用头猛地向阳台上的窗子撞去，这一撞可是非同小可，玻璃应声而碎。那怪物一纵身从外面钻了进来，谢小沫颤抖着双手不停地晃动着门把手，终于在那个怪物即将扑上来的瞬间打开了房门。

沈玄见房门已开，立刻将谢小沫从里面拽了出来。那个怪物进入房间之后打量一圈，用一双鼻孔呼哧呼哧地嗅着，似乎是在寻找某种味道。正在这时，窗外忽然一声枪响，那怪物一愣，立刻警觉地从刚刚的入口蹿了出去。而几乎是在同时，一男一女从楼梯间奔了出来，这两个人手中各握着一把枪。男人径直冲进房间，而女人在门口打量了一下沈玄后跟着冲了进去。

“他们是什么人？”谢小沫惊讶地望着沈玄说道，沈玄茫然地摇了摇头，他也是丈二和尚摸不着头脑。

几分钟之后，楼道里传来了一阵急促的脚步声，接着李鹏手中握着一把枪出现在楼道口。见到沈玄和谢小沫安然无恙，他便大口地喘着粗气对沈玄说道：“快跟我来，那个东西现在在楼顶的阳台上！”

谁知李鹏的话音刚落，一个人便怒气冲冲地从楼道里走了出来。这个人李鹏认识，正是早晨在局长办公室见到的那个一直冷冰冰的宋一。宋一见到李鹏便不由分说地冲上去，在李鹏的胸口重重打了一拳。

李鹏被这突如其来的一拳打了一个趔趄，他怒视着宋一道：“你干什么？”

宋一根本不解释，上前又是一拳，李鹏眼疾手快早有准备，身体微微向一旁一侧，躲过了这一拳，接着反手上前去擒宋一的手腕，谁知宋一的力气极大，李鹏反而受制。宋一将李鹏的双手反拧在背后，挥起拳头就要打下去。正在这时，从屋子里赶出来的卞虎死死抓住宋一的拳头，道："宋队，你冷静点！"

宋一停在半空的拳头缓缓放下，长出一口气，放开了李鹏。李鹏见双手被放开，立刻冲了上去，却也被卞虎拦住了。

"你们究竟要干什么？"李鹏本来对这几个人就心怀不满，本来是自己手中的案子，却硬生生地被这几个人夺走，此时又被莫名其妙地打了一顿，自然更加恼怒。

"你问我？我还要问问你究竟要干什么呢？"宋一像一头被激怒的野兽一般大吼道，"这个案子本来已经告诉你不要插手，如果不是你刚刚的那一枪，我们今天晚上就能把它抓住了！"

"这是怎么回事？"沈玄见李鹏似乎和这几个人认识，又不明白具体发生了什么，于是疑惑地问道。

卞虎皱着眉打量了一下沈玄，迟疑地瞥了一眼宋一，宋一轻轻点了点头。卞虎道："本来我们三个人已经在这里给它准备好了陷阱，宋队负责天台，我和小黄负责这一层人员的安全。为了以防万一，我们事先并没有通知她，本来那东西已经来了，可是刚刚李队长的那声枪响却将它惊走了！"

"你们是怎么知道它会来到这里的？"黄怡婷向李鹏询问道。

"这……"李鹏瞥了一眼旁边的沈玄，说道，"是他说的！"

黄怡婷好奇地打量着沈玄，她的眉头渐渐拧紧，说道："我好像在什么地方见过你！"

"你们见过？"李鹏和宋一异口同声地问道，接着两个人对视了一下，互相瞪了对方一眼。

“不是，只是觉得很面熟，可忘记是在什么地方见过了！”黄怡婷的眉头渐渐松开了，说道，“不过你是怎么知道它会回来继续袭击这个女孩的？”

“不，恐怕它想袭击的不是她！”沈玄思忖着说道，“它刚刚进来的时候，本来有机会对她动手，可是它似乎是在寻找什么！”

“寻找什么？”黄怡婷开始对眼前这个叫作沈玄的人产生了一些兴趣。

沈玄忽然一把抓住谢小沫的手说道：“还是中午我问过你的问题，你究竟有没有在外面做过那些事！”

谢小沫的脸腾地一下红了，她盯着沈玄大声说道：“没有，现在你满意了吧！”

“不对！”沈玄自言自语道，他忽然想起了什么，说道，“那和你同居的女孩有没有做过？”

“你……”谢小沫觉得眼前这个人绝对是个疯子，“不知道！”

“你不是说你们的内衣都差不多，偶尔会有穿错的时候吗，你昨天晚上是不是穿错了？”沈玄追问道。

“你……你怎么知道？”谢小沫惊讶地望着沈玄，而沈玄此刻却兴奋了起来，抓着谢小沫的手说道：“快告诉我那个女孩在哪里？”

气味，一种会让它愤怒的气味从巷口传来。一个身材高挑的女孩子背着一个小包走在一条小巷子里，她叼着一根女士香烟，嘴里满是酒气。今天的客人是一个湖北佬，人长得猥亵，出手也格外小气。她在离开的时候有些鄙夷地往湖北佬的鞋子上吐了口痰，想到这里，她心里稍微平衡了一些。

此时已经是深夜了，街面上空着的出租车很少，她便索性步行回去，而且路上也能想出一个合适的借口，骗过和自己同居的舍友。毕竟她在外人面前还是一个十分保守而正派的女孩子，毕竟出卖肉体也不是什么光彩的事情。她沿着路走了几步，前面有一个公共厕所，她毫不迟疑地钻了进去，将衣服换下，换上一身素朴的衣服，然后照着镜子将一脸的浓妆卸掉。当她将这一切做完之后，抬起头望着镜子中的自己，满意地笑了笑。

而她的笑容很快便凝固在了镜子上，因为她从镜子里看见自己身后的窗子上竟然趴着一只浑身毛茸茸的狼。

她大声尖叫了一下，丢掉手中的包，没命地向外奔去。那只狼的速度极快，一个纵身便从窗口跳到门口，挡住了女孩子的去路。那只狼缓缓站起身来，简直和一个年轻人一般大小。它呼哧呼哧地喘着粗气，嘴角流淌着白色恶臭的液体，一步步向眼前的女孩逼近。

女孩已经被眼前这只怪物吓傻了，竟然连呼喊救命的本能也瞬间消失了。她一步步地后退，最后退到水池边。那只狼凑到女孩的身旁，在她的前面嗅了嗅，忽然张开大嘴向女孩的脖子咬去。

正在这时，厕所的门口传来一声枪响，一股炙热的液体喷溅到女孩的胸口上。女孩缓缓睁开眼睛，只见那只狼的头上被打出一个窟窿，鲜血正从它的脑袋中汩汩流出。那只狼怒吼一声，便重重地摔在地上，身体抽搐了两下，再没有了动静。

开枪的正是站在门口的宋一。

当沈玄向谢小沫询问内裤的来历之时，谢小沫告诉他前一天晚上她错拿了舍友薛泓的内裤。沈玄继续追问薛泓的去向，才知道原来薛泓说晚上陪朋友过生日，去了酒吧。宋一立刻意识到了问题的严重性，如果那只怪兽的目标不是谢小沫的话，那么肯定便是这个薛泓。

宋一立刻带着人向谢小沫所说的那家酒吧的方向跑去，李鹏和沈玄紧紧跟在他们的车后面。不久之后，他们便听到薛泓在卫生间里尖叫。

宋一停下车冲进卫生间，见那只狼正将薛泓逼入绝境，便迅即照着他的脑袋就是一枪。

这起发生在S市的连环杀人案到此为止便已经告破。后来宋一告诉李鹏，关于这个案子，李鹏他们疏忽了一点，就是之前所有的受害人都在暗中从事过卖淫工作。至于那只野兽为什么会选择她们，主要是她们身上所散发出来的那种气味。李鹏再继续追问，宋一便只是用微笑作答。

在离开的时候，李鹏向宋一提了一个请求，他说之前见过面的那个沈玄想要见见这个重案组的人，宋一微笑着，算是默许了。可是让李鹏不解的是，当他兴奋地来到会馆的时候，却发现早已经人去楼空了，沈玄失踪了。

重案组接到了新的任务，要离开S市，虽然李鹏再三挽留，但宋一还是拒绝了。经过这个案子，两个人算是不打不相识，约好以后宋一再来S市的时候一定要喝个痛快。宋一打趣道："最好还是别再见面的好，如果见面，就说明又发生了离奇案件！"

李鹏笑了笑，目送重案组的车缓缓离开，心里有些落寞。他觉得有些对不起沈玄，起初自己对他有太多的误会，唯一答应他介绍重案组的人给他认识，他却失踪了。

重案组的车通过高速路出口时，黄怡婷忽然惊叫了一声，说道："哎，对了，我想起是在什么地方见过他了！"

"谁？"卞虎好奇地望着黄怡婷。

"就是那个沈玄！"黄怡婷就像是发现了新大陆一般兴奋地说道。

"咦？"卞虎似笑非笑地说道，"是不是看上人家了？"

"和你说正经的呢！"黄怡婷轻捶了卞虎一下说道。

"那你说说在哪里见过他。"卞虎笑眯眯地说道。

"宋队也应该见过他！"黄怡婷十分确定地说道。只见宋一讳莫如深地笑了笑，对黄怡婷轻轻摆了摆手。

第二案

饕餮之宴

引子

2001年初夏，天未亮，晨风中的街道上有一股淡淡的臊腥味。京郊这条有些偏僻的街道上间或飞驰而过一辆出租车。

两个头发蓬松的民工，一老一少，站在尚未正式运营的地铁入口的高台处向下撒尿。年老的明显没有年轻的有持久力，半分钟后身体颤抖了两下结束了战斗。年轻的民工叼着一根烟，扭过头得意地瞥了一眼年老的民工，回头继续向下面的入口“发射”。

尿液在下面的台阶上汇集成“河”，顺着台阶向下流去。年轻的民工得意扬扬地看着缓缓流淌的“尿河”向入口深处流去，忽然怔住了，面色铁青，余下的尿液都被吓了回去。

一只如树皮般枯干的手!

一只枯干的手在昏暗的光影下显现了出来，他的嘴唇微微颤抖，烟蒂从口中滑出，落在入口处的地上。

“手……”年轻的民工嘶哑着声音指着下面的入口喊道。

年老的民工此时的表现显然要比年轻的民工沉稳得多，他虽然心里慌张，但脸上依旧淡定。缓缓两步走上前去，借着昏黄的光影，他隐约看到了那只骨瘦如柴的手，松垮的皮肤堆叠在手骨上。一时间，他的身体也猛然颤抖了两下。

年老的民工壮着胆子拉着年轻的民工从高台绕到入口处，二人一前一后沿着入口拾级而下。因为这段地铁还不曾正式运营，因此入口处有一道巨大的铁门，那只手便是从铁门中伸出来的。当他们走到铁门的前面时，不禁完全怔住了。

一个穿着肥大睡衣的女人用一只枯干的手抓着铁门，另一只手从铁门中伸向外面。她的脸夹在铁门上两根钢筋之间，脸上的皮肤如同受热的蜡一般从两腮垂下，松软的肉皮包裹着两旁的钢筋，双目圆瞪，眼睛里布满血丝，呈现出一副痛苦的表情。那只从铁门中伸出的手，指甲上涂着鲜红的指甲油。整个人宛如活鬼一般。

两个人早已经惊得面面相觑。正在这时，那女人伸出来的手忽然猛地抓住年轻民工的脚踝，圆瞪着的眼睛动了动，用近乎皲裂的嗓音说道："救救我……"

接着，那年轻的民工看见入口深处有一双幽蓝色的眼睛……

他一屁股重重地坐在地上，双脚慌乱地乱蹬着，甩开了女人枯干的手，一骨碌爬起来，一面跑一面大喊道："鬼啊，有鬼……"

当天早上5时许，警察就把地铁4号线的这一入口严密封锁了起来，并且紧急找来了负责该路段的相关部门打开了铁门。铁门内受害者为一女性，警察赶到的时候已经死亡。

打开铁门之后，警察在其身后五米处发现了一个红色的女式挎包，挎包中除钱包外，还有一部手机、一些廉价化妆品、两包减肥茶、一包卫生巾、一串钥匙。在挎包的夹层放着一些零钱和一张地铁通磁卡。

警察随即在死者的钱包中找到了身份证，死者名叫黄飞燕，23岁，河南平顶山人。让警察觉得怪异的是身份证上的照片与死者的相貌大相径庭，而更为怪异的是死者的身体。

死者被发现的时候，一直保持着一只手从铁门的缝隙中向外拼命地伸展，而另外一只手牢牢地抓着铁门上的钢筋，脸颊卡在两根钢筋的缝隙之间的姿势。死者脸上的皮肤松弛，从两颊垂下来，嘴角却带着一丝极为诡异的微笑。而在搬动死者的时候，警察发现她非常轻，只有七八十斤的样子。

尸体被抬走送往法医部。随即警察在给那两个最先发现死者的民工做笔录的时候发现，二人惊人一致地提到了出现在隧道深处的一双幽蓝色的眼睛。这使办案民警觉得哭笑不得，难道凶手会是长着蓝色眼睛、披头散发的鬼魅不成?

而从法医那里得到的消息就更让这个案件变得离奇了。经法医鉴定，死者生前没有发生过性行为，可以排除凶手见色起意的可能性。而让法医们备感困惑的是，死者骨瘦如柴，身上的脂肪几乎被抽得一干二净。同时在死者身上发现三十六个细小的针孔，针孔主要集中在腹部、胸部和臀部。而且在死者的身体内残存着一些静松灵成分。静松灵常用作动物麻醉剂，具有镇定作用，能使动物出现精神抑郁、嗜睡和熟睡的状态。当两个民工最初发现死者的时候，她应该正处于熟睡状态。

这份尸检报告送到局里的时候，办案民警个个面面相觑，一头雾水。死者的财物没有损失，生前未遭到性侵犯，而身上的脂肪却被人在麻醉的状态下硬生生地抽干。凶手必定是一个极度变态的杀人狂，抑或真的如那两个民工所述是鬼魅。

而紧接着外线调查的民警带来了另外一个消息，黄飞燕生前在一家财务公司就职，来京两年有余，与人合租了一套两室一厅的小公寓。她性格随和，待人宽容，从未与人发生过矛盾。用同事的一句话描绘，她就是“心宽体胖”。民警在黄飞燕就职的公司发现了一张摆在她办公桌上的照片，可是让民警觉得惊讶的是，照片上的黄飞燕确实如同事所说的那样长得很胖，这张照片上的人与他们发现的尸体似乎完全不是一个人。

这些线索一一汇集到局里，很快办案民警就发现了一个问题，那就是一个漆黑的夜晚，一个穿着睡衣背着背包的女孩子独自一人来到尚未正式运营的隧道中究竟是为了什么？还有那两个民工口口声声说在隧道中见到了一双幽蓝色的眼睛，那是他们的错觉，还是真有其事？这些疑问令办案民警极为困惑，难道那隧道中隐藏着什么不为人知的秘密？

为了解开这个谜团，局领导决定派人进入隧道一探究竟。之后一个民警走进了隧道，只是他再也没有出来。后来几个民警一起进入隧道，可是从这个入口一直走到尽头，却始终没有发现之前那个民警的一点痕迹。他就这样人间蒸发了。

而就在这时，另一起案件发生了。死者依旧是一个单身女性，死亡地段是地铁4号线的另外一个入口，死亡现象与之前极为类似。死者生前很胖，而被发现的时候身上的脂肪已经被吸光殆尽。关于这个案子的消息不胫而走，很快媒体便以“闹鬼隧道”“吸脂狂魔”这样惹人眼球的字样连续报道，一度引起市民恐慌，很多人对地铁敬而远之，谈地铁色变。市民一方面恐惧，另一方面则指责警察的不作为。

形势十分危急，面对这个情形，市局决定将之前的两起命案并案侦查，成立“7 · 12”专案组。可是随着时间一天天过去，案件却没有丝毫的进展。越来越多的离奇事件让一些民警隐约觉得这将是一个悬案，也许真的让那两个民工说对了，这世上真的有鬼魅存在。

就在这时候，局长想到了一个人，这个人是自己多年前的战友，当年在一次车祸中受了伤，现在隶属于公安厅重案组。这个重案组正是负责处理这一类离奇案件的。于是他拨通了老战友的电话。

1

黄怡婷的手指飞速地在键盘上敲击着，一双灵动的眼睛盯着电脑上不时闪过的页面。卞虎靠在旁边的桌子上，手中拿着水杯看着黄怡婷的屏幕，不时喝一口水。

忽然黄怡婷停了下来，重重地敲击了一下回车键，然后拍了拍手，指着屏幕自信满满地对卞虎说："你自己看！"

卞虎皱了皱眉，见屏幕上闪出一份档案。

这是发生在河北山区的一个离奇案件，受害人是一个叫田雨的女大学生。据说死者是陪同男友回老家过暑假，却在当晚发生了不测。死者被发现的时候内脏丢失殆尽，尸体上有一些离奇爪痕。而与死者同时被发现的还有其重伤昏迷的男友沈玄。

沈玄醒来后竟然对那天发生的事情一无所知，他一直沉默不语，因此警方一度怀疑沈玄是杀死女友的凶手。经过一个月的调查，终于排除了沈玄的嫌疑，然而之后沈玄承受不住巨大的心理压力，退学回家。

黄怡婷轻轻按了一下向下键，立刻弹出了沈玄的照片。照片上的沈玄是个阳光男孩，与之前见到的那个颓废成熟的沈玄判若两人。

"嘿，真的是他！"卞虎放下手上的杯子，竖起大拇指对黄怡婷说道，"黄姐果然不愧是警队的万花筒，这所有案子的记录都了然于心啊！"

黄怡婷轻捶了卞虎一下，说道：“什么时候学得这么油嘴滑舌了？”

“嘿嘿！”卞虎笑了笑说道，“真奇怪，他怎么会出现在那个案子里呢？”

黄怡婷听到这句话，神色立刻黯淡了下来，她望着照片柳眉微颦地说道：“卞虎，你有没有觉得沈玄和一个人有点像？”

卞虎立刻放下手中的杯子，拿过黄怡婷身旁的鼠标，将沈玄的照片放大了一倍，盯着那张照片出神地看了一会儿，然后拍了拍黄怡婷的肩膀说道：“别想了，都过去了！”

黄怡婷微微点了点头。卞虎终于明白为什么在车里当黄怡婷说起沈玄的时候，宋队会摆手，想必宋队早已发现沈玄和那个人长得有些像了。

“对了，宋队去哪里了？”卞虎想岔开话题，打破这种有些尴尬的气氛。

正在这时，办公室的门被推开了，宋一脸色铁青地走了进来。他刚一进来，便将帽子重重地摔在桌子上，抄起桌子上的水一口气咕咚咕咚地喝了个精光。卞虎和黄怡婷面面相觑，不知究竟发生了什么。

“宋队，怎么了？这是和谁啊？”卞虎走到宋一身边好奇地问道。

宋一瞥了一眼卞虎，又看了看黄怡婷，坐在椅子上说道：“重案组要进新人了！”

“新人？”卞虎回头看了一眼黄怡婷，说道，“老头子不是说重案组不会再进新人了吗？这究竟是什么人啊？”

宋一抬起头小心翼翼地看了一眼黄怡婷，说道：“不知道老头子是不是吃错药了，竟然让这么一个人进入重案组！”

“究竟是谁啊？”卞虎极为好奇地问道。

“不行，我再去找老头子说说！”说着宋一站起身拿着帽子走出了办公室，卞虎和黄怡婷两个人满脑子问号地耸了耸肩。

推开办公室门，宋一径直走到沙发上坐下，掏出一根烟沉闷地抽着，对坐在桌子后面戴着眼镜的老者视而不见。

老者抬起头看了一眼宋一，又低下头接着看手中的报纸。宋一抽完一根烟，又在怀里摸了摸，正在这时，一根烟出现在了宋一的眼前。宋一抬起头，见老者拄着拐杖站在自己的面前，他的手向前凑了凑。宋一迟疑了一下，接过烟点着。

“我知道你为什么不希望他进入重案组！”老者坐在宋一旁边的沙发上，将拐杖放在一旁，轻声说道。

宋一也不抬头，继续沉闷地抽着烟，脸上的表情极为难看。

“因为黄怡婷吧！”老者微笑着说道。

“你知道高铭对她的打击有多大，现在你让这个人来，无疑是往她的伤口上撒盐！”宋一愤愤不平地说道，“而且这个人也完全不具备加入重案组的资格！”宋一据理力争。

这重案组的成员原本有五个人，老者叫吴华忠，属于中国第一批特种部队成员。不过因为一次意外，右腿粉碎性骨折，之后便一直从事特殊案件的处理工作。

宋一也是特种兵出身，转业之后一直从事一线刑警工作，办案经验丰富，只是脾气火爆。

卞虎特种兵出身，擅长枪械和近身肉搏，重案组成立之初便从部队被抽调过来了。他平时油嘴滑舌，遇事则极为冷静。

黄怡婷是警校毕业，记忆力惊人，有过目不忘的本事。所有经过她手的案件以及她看过的案卷，全部能滴水不漏地记住。

而重案组的另外一个人则是和她一起从警校毕业的她的男友高铭，擅长狙击，而且对于足迹鉴定有相当好的成绩。一年前，高铭因为一个案件被困在火场，被发现的时候，人早已被烧得面目全非了。

吴华忠拿过拐杖站起身来说道："那你为什么要带他来见我？"

吴华忠的话让宋一的身体微微一颤。在破获了上个案子之后，沈玄便找到了宋一，他们两个人在宾馆整整谈了一个下午。那个下午，宋一隐约感觉眼前这个人似乎天生具备发现这类案件的本事，因此他决定安排吴华忠与沈玄会面。在他做出这个决定的时候，心中已经对之后的事情有了预估，可是当吴华忠十分确定地将沈玄留下的时候，他心中又有些矛盾。人有时候就是这样，明明是自己所期待的事情，真的面对的时候却有些难以接受，甚至坚决地反对。

"这……"吴华忠这样一问，宋一顿时不知如何作答。

吴华忠轻轻拍了拍宋一的肩膀说道："物尽其用，沈玄天生就是做这行的。他身上所具备的东西是上天赐给他的，这么久我一直在寻找这样一个人。现在他终于出现了，你说我们能这么轻易地放弃吗？"

"可是……可是我怕黄怡婷她……"宋一担心黄怡婷会因为沈玄的出现勾起伤痛的回忆。

"在沈玄正式加入我们之前，我会单独和她谈的！"吴华忠用力地拍了拍宋一的肩膀说道，"我相信黄怡婷是一个称职的特警队员，她一定能处理好这件事的！"

"唉……"宋一长出一口气，站起身戴上帽子说道，"那他什么时候正式进队？"

吴华忠无奈地摇了摇头说道："他还在犹豫，他一直在追查多年前发生在他身上的那个案子。如果他对那个案子不能释怀的话，恐怕即便进入重案组也不能完全发挥自己的潜力！"

宋一若有所思地点了点头。

"你去把黄怡婷叫来吧，我想和她聊聊！"吴华忠轻声说道。

宋一长出一口气，点了点头离开了。

黄怡婷一脸惶惑地坐在沙发上，她一直对吴华忠极为敬重，那种感情就像是女儿对父亲一样。不过这次她有些忐忑，因为聪明的黄怡婷早已从宋一闪烁的眼神中察觉到了一些异样。

“吴老，您找我有什么事？”黄怡婷见吴华忠一副难于启齿的样子，便抢在前面说道。

吴华忠拄着拐杖坐在黄怡婷的对面，说道：“孩子，我想要一个人进入重案组！”

黄怡婷皱了皱眉头，说道：“沈玄？”

黄怡婷的话倒是大出吴华忠的意料，他愣了一下，沉沉地点了点头，说道：“没想到你猜到了！”

“呵呵！”黄怡婷苦笑了一声说道，“我看了这次案子的档案，上面详细记录了沈玄在这个案子中做所的一切。他具备的东西不是光靠努力就能得到的。”

“嗯，你说得对！”吴华忠肯定地说道，“不过……不过这也是我一厢情愿的想法，他还在犹豫着！”

“犹豫？”黄怡婷诧异地望着吴华忠，“难道他不想加入重案组吗？”

吴华忠无奈地点了点头，说道：“他现在一心想找到当年那个案子的真相，他找我们的唯一目的就是希望能从我们这里得到一些关于那个案子的详细资料！”

“原来是这样啊！”黄怡婷想了想，站起身来说道，“让我去！”

“让我去劝说他！”黄怡婷坚决地说道。

“你？”吴华忠抬起头，望着目光坚定的黄怡婷思忖片刻，点了点头说道，“也好，说不定会有作用！”

黄怡婷推开门进去的时候，沈玄穿着一件耐克半袖、一条肥大的裤子。见是黄怡婷，沈玄先是有些诧异，片刻之后似乎明白了什么，皱了皱眉说道：“你是来帮吴老劝我的吗？”

黄怡婷轻轻摇了摇头：“我不是来劝你留下的，只是想给你看一些东西！”

沈玄笑了笑，闪身将黄怡婷让了过来。黄怡婷背着笔记本电脑走进房间，只见房间内烟雾缭绕，床头的烟灰缸内有数十根烟蒂。沈玄有些不好意思地推开窗子。黄怡婷将笔记本电脑放在桌子上，打开。

沈玄下意识地抽出一根烟，坐在床尾盯着黄怡婷的电脑屏幕。黄怡婷似乎全然不在意身边的沈玄，聚精会神地在文件中寻找着什么。当她找到目标文件之后，才停下来低声说道：“这里的东西我从未给任何人看过。”她抬起头注视着沈玄，“不过，我希望你能看看！”之后按下了回车键。

这是一段录像……

录像只有短短五分钟，然而对沈玄的震撼却异乎寻常。他静静地看完这段录像，陷入了深深的沉思之中，甚至连手中的烟何时燃尽都不知道。直到烟蒂烫到手，沈玄才恍如从梦中惊醒一般丢掉手中的烟蒂。他忽然觉得胃内一阵剧烈的痉挛，立刻奔向卫生间，打开水龙头干呕了起来。

他只觉得胃内一阵阵地难受，直到眼泪从眼眶中流出，却呕不出半点东西。他洗了一把脸，伸手去拿毛巾，这时黄怡婷将毛巾递到了他的手上。沈玄愣了一下接过毛巾，擦了擦脸说道：“告诉吴老，我答应进入重案组！”

“好！”黄怡婷激动地拿出手机，正要告诉吴华忠这个好消息，沈玄想了想说道：“不过我有个条件！”

“你说吧！”

“如果发现那个东西，我一定要亲手杀了它！”沈玄望着镜子中的自己幽幽地说道。

“嗯！”黄怡婷点了点头。

2

一辆商务车快速行驶在高速路上，窗外的风景迅速地被甩在了后面。卞虎坐在黄怡婷身旁，腿上放着一台笔记本电脑。电脑上是B市公安局刚刚传过来的资料。

“吸脂狂魔？”卞虎看着一张报纸上的头条啧啧说道，“还鬼魅作案呢！”

“嗯，这是那边刚刚传过来的关于‘7·12’大案的所有资料！”吴华忠坐在前排望着高速路说道，“你们都看一看，然后谈谈你们的看法！”

“从现有资料来看，作案者并不图财，这一点从两个死者的钱包和手机并无损失就可以确定。而且也不图色，这一点从法医报告可以得出结论，死者无论生前还是死后都未曾遭遇过性侵犯。最大的疑点就是死者身上那些细小的针孔，还有丢失的脂肪！”黄怡婷尽量简短地总结着。

“嗯，还有那两个民工口供中所说的那双幽蓝色的眼睛也很值得回味！”卞虎摸着下巴说着，瞥了一眼坐在最后面望着外面的沈玄。

“宋一，你怎么看？”吴华忠向开车的宋一询问道。

“你们有没有注意到死者在死亡前曾经被人注入了大量麻醉剂的成分？据我所知，静松灵属于动物麻醉剂，一般只会用在动物身上。而且让我最为好奇的一点是，究竟是什么让这两个受害者在深夜前往那段尚未正式启用的地铁隧道呢？”宋一一面开车一面分析道。

等宋一说完，吴华忠抬起头看了看后视镜，镜子中沈玄一直神态轻松地望着窗外的风景发呆，他轻声咳嗽了一下，说道：“沈玄，对于这个案子你有什么看法？”

沈玄收回目光，看着自己面前的电脑屏幕，一字一句地说道：“受害人！”

“受害人？”卞虎疑惑地瞥了一眼沈玄。

“嗯，受害人！”沈玄点了点头说道，“从表面上看两个受害人除了受害方式相同，受害地点类似之外，似乎并没有共同点。但实际上这两个受害人还有一个共同点！”

“共同点……”黄怡婷皱着眉头，两个受害人的档案在她的脑海中快速闪过，忽然她打了一个响指说道，“变化……”

沈玄微笑着看了黄怡婷一眼。

“什么变化？”卞虎见沈玄和黄怡婷简直就像是两个情报员在对暗号，根本听不懂他们在说什么。

“你看！”黄怡婷说着从电脑中调出两个死者的照片，这两张都是死者死后的照片，死者面黄肌肉，脸上松弛的皮肤垂到脸颊两旁，眼窝深陷，身上骨瘦如柴，尸体像是一个被掏空的布袋，皮肤松垮地从肋骨两边垂下来，堆叠在身体下面的解剖台上。

“这……”卞虎看了一眼黄怡婷，只见黄怡婷的手微微一抖，屏幕上的照片立刻换成了两个死者生前的生活照，照片上两个死者的身材略显臃肿，与之前的照片简直判若两人。剧烈的反差让卞虎深刻理解了“变化”这两个字的含义。

“我的乖乖……”卞虎啧啧道，“这反差也太大了点儿吧！”

“沈玄，你认为他们的目标是这些有些胖的人吗？”黄怡婷琢磨了片刻问道。

沈玄微微点了点头。

吴华忠听完几个人的议论微笑着点了点头。

来到市局，吴华忠与局长简单寒暄了几句便来到了会议室门前。在进入会议室之前，局长忽然拉住吴华忠，笑着在他耳边说道：“这个案子你怎么看？”

吴华忠讳莫如深地笑了笑道：“我想这次你找对人了！”

“唉，既然是这样，你们一定要尽快破案！”局长拍了拍自己的肩膀说道，“压力大啊！”

吴华忠刚进入市局，就从民警行色匆匆的脚步中察觉到了一种急迫的氛围。他点了点头，两个人一起进入会议室。

黄怡婷做记录，吴华忠、宋一、卞虎和沈玄几个人一上午都在会议室里专心致志地听着一线民警关于前面发生的两起恶性凶杀案的汇报。

一直到中午，几个人几乎没挪窝，只是黄怡婷不时偷偷瞟一眼沈玄，只见沈玄一面听一面在思索着什么。

听完汇报之后，局长站起身来说道：“今天中午我特意在饭店订了一个包厢给大家接风洗尘！”

吴华忠抽着烟轻轻摆了摆手道：“接风洗尘还是免了，咱们是老战友，不用这么见外，给我们准备几份工作餐就可以了！”

局长哽了一下，微笑着说道：“好！”

大概半个小时后，当工作餐送来的时候，民警却发现会议室里早已人去楼空了。

想获得最详细最具体的第一手资料，只有一条路可走，那就是去案发现场。重案组听完汇报之后便马不停蹄地来到第一个案件的案发现场。

自从发生了“7 · 12”大案之后，这里宛然成了一个奇特的景区，很多市民，尤其是年轻人，在报纸上看到报道之后，便满心好奇地来到此地参观。更有甚者则在地铁口附近搭建起帐篷，几个人整日整夜在此处蹲点守候，希望能看到传说中的吸脂狂魔。

当重案组的车赶到的时候，发现几个二十来岁的学生正手拿单反面对着地铁入口拍照。宋一瞥了一眼车里的几个人，几个人的眉头都皱了皱。从眼前的迹象来看，现场早已被这些好奇的人破坏了。

卞虎推开车门从里面钻出来，对一个二十来岁手持单反的学生厉声道：“你们在干什么？”

那个学生正在聚精会神地调焦距，被卞虎打断，一脸不耐烦地上下打量了卞虎一番，说道：“你管呢！”

卞虎碰了一鼻子灰，愤愤地说道：“这里是凶案现场，你们最好离开这里！”

“嘿！”那个学生冷笑了一声，说道，“还真是闲吃萝卜淡操心，你以为你是谁啊……”那学生还要继续说什么，当他看到卞虎掏出的警官证时，立刻将话咽了回去，接着说道，“警察有啥了不起的，一群无能之辈，案子发生这么久了还没有告破！”

“你……”卞虎紧紧握着拳头，但是那学生说得不无道理，这案子从发生到现在已经有半个多月的时间了，而他们却一点眉目也没有。

正在这时，吴华忠拄着拐杖在黄怡婷的搀扶下缓缓向这边走来，他微笑着拍了拍卞虎的肩膀，然后又笑着对那个学生说道：“同学，我看这里有不少人啊，你们是一起的吗？”

学生上下打量了吴华忠一番，见他语气和蔼，脸上一直挂着微笑，语气也随即缓和了下来，说道：“嗯！”他指了指站在隧道口对面的高台上的两个支着三脚架的男生说道，“那两个……还有……”他又用手指了指旁边的帐篷边的两个女孩和一个男孩说道，“他们几个也是一起的，至于那边的几个人我们就不认识了，貌似也是特意来这里蹲点的！”

吴华忠环顾了一下四周，发现除了那几个学生外还有三个人，他们手中的设备比这些学生要专业得多。他招手让宋一过来，在他耳边低声说了几句，宋一点了点头，向另外那几个人走了过去。

一个学生极为生疏地摆弄着手中的佳能狗头机，黄怡婷微微笑了笑，走上前去拍了拍那个学生的肩膀，拿起相机对准地铁口，手指在镜头上轻轻拨弄了几下，然后退到后面耸了耸肩。那学生将信将疑地看了看狗头机，不禁大喜道：“哇，没想到竟然是个高手！”

黄怡婷微微笑了笑说道：“我想不明白你们怎么会对凶案现场这么感兴趣。”

“呵呵！”那学生摸着脑袋憨笑着指着眼前的几个人说道，“我们几个人都是校园悬疑社的成员，一直对这些悬案、疑案特别感兴趣。之前我们几个人就曾经去过有名的劲松鬼楼，在那里蹲点半个月，却没有丁点斩获。我们想网上说的那些地方大多是后人臆造出来的，正巧看见报纸上关于吸脂狂魔的报道，于是我们就决定到这里来蹲点了！”

“真不知道你们现在的学生脑子里都在想些什么。”卞虎无奈地说道，“现在都什么社会了，哪还有那么多鬼神啊？”

“切！”那个学生极为不屑地说道，“那你们怎么还没有破案啊？”

卞虎将要说的话硬生生地咽了回去。

黄怡婷笑了笑说道：“难道你们不怕有什么危险吗？”

“我们有武器啊！”说话的是刚刚一直在帐篷旁边的长得极为清秀的女孩子，有着大学女生特有的那种文艺范儿。她掏出一张灵符和一个十字架说道，“这些我们每个人都配备了一份！”

“这个……”黄怡婷哭笑不得地望着这个单纯的女孩，有些担忧地说道，“你们有没有想过，如果根本不是你们想象的那样，那凶手是一个凶悍的恶徒怎么办呢？”

“这……”女孩瞥了一眼旁边的男同学，低声说道，“这不大可能吧！”

正在他们说话间，沈玄已经悄无声息地下了车，沿着地铁的入口处向案发地点走去，他站在铁门外面，那铁门上依稀留着死者皮肤接触钢筋留下的痕迹。沈玄弯下身子抚摸着那根钢筋，究竟是什么令那个女人会在深更半夜来到这个尚未正式运营的车站？那两个民工在这隧道之中见到的那双幽蓝色的眼睛究竟是什么？沈玄似乎隐约感觉到了什么。

“你有什么感觉？”吴华忠此时已经来到了沈玄身边，沈玄睁开眼睛沉默了一会儿，说道：“饥饿！”

3

他们确实太饿了，几个人坐在会议室内，每个人眼前摆放着一桶康师傅红烧牛肉面，他们如饿狼一般狼吞虎咽地咀嚼着，就连黄怡婷现在也完全不再顾及淑女形象了。

“大家吃，但是耳朵不能停啊！”吴华忠吃着方便面说道，“宋一汇报一下你那边有什么发现！”

宋一喝了一口汤，擦了擦嘴说道：“我下午和另外三个人谈了一下，他们几位是作家，居住在本市，听说了最近发生的这个案子，便过来想寻找写作素材。他们几个人是在案发三天后到达案发现场的，在此处待了十几天，白天夜里都有人值班蹲守那个地铁出口，却毫无斩获。据他们说，那群学生好像比他们来得早一天！”

“卞虎和黄怡婷，你们两个呢？”吴华忠放下方便面询问卞虎。

“嗯，那几个学生确实是学校里悬疑社的成员。他们在报纸上看到那则新闻就立刻来了。他们原想准备一个灵异展，因此几个人驻守在那里，希望能发现新闻上所说的吸脂狂魔，可以在同学面前炫耀一下。”卞虎说着打了一个嗝，“不过那几个人好像对黄姐特别有好感，别的你还是问她吧！”

“下午的时候我和这几个学生都单独谈了谈，看上去也没有什么特别的。只是我察觉他们似乎隐瞒了一些事情。”黄怡婷皱着眉头说道。

“嗯，我也是这样想的！”吴华忠点上一根烟，思忖着说道，“我想这两批人一定都隐瞒了什么，如果真的是一无所获的话，他们不可能在那里驻扎那么久，所以怡婷接下来还要多接触一下那些学生，争取能从他们口中得到一些有价值的线索！”

“好！”黄怡婷敲着笔杆子瞥了一眼始终一言不发的沈玄。她一直很好奇在下午勘查现场的时候，沈玄和吴华忠说了一些什么之后便离开了，直到刚刚才风尘仆仆地从外面赶回来。

这时吴华忠也将头偏向沈玄，用一种询问的目光望着他说道：“沈玄你呢？”

沈玄微微地摇了摇头，吴华忠讳莫如深地叹了口气。黄怡婷和卞虎疑惑地互视了一下，卞虎不明所以地耸了耸肩。

经过一晚的商议，重案组最后决定从被害人身上寻找突破口。被害人究竟为何会在那么晚前往一个尚未正式运营的地铁隧道呢？这一点令所有人不可思议。吴华忠决定让宋一和卞虎两个人去向受害人所在的公司以及亲友寻找线索，另一方面让黄怡婷继续和那几个学生搭讪，希望能从他们口中得到一些有价值的线索。至于沈玄，吴华忠并没有交代具体工作。

可就在这一切全部布置完成之后的第二天，第三起案件发生了……

有人说地铁是一个城市历史的标记，一个城市的梦。然而地铁更是一个世界，白天这个世界里有脚步匆忙行色匆匆的路人，而在夜晚这里便迎来了长期的住户，生活在幽暗处脏兮兮的老鼠、无家可归的乞丐……还有那些藏在黑暗处的交易更是给地铁这个名词增加了些许神秘的面纱。

关于地铁里的灵异事件更是在城市之中广为流传，譬如网上流传着一个极为经典的地铁灵异事件。据说某市地铁在末班车结束之后会空车运行一次，究其原因，竟然是运送那些死去的亡灵。诸如此类的传说不胜枚举，想必这也是那些学生和好奇者之所以对吸脂狂魔深信不疑的原因。至于那幽深的隧道之中究竟隐藏着什么，却不得而知。

孙涵走下末班地铁的时候，地铁上的人已经寥寥无几了，忙碌了一整天的他此刻饥肠辘辘，正如很多人所说的“IT界女人当男人用，男人当牲口用”。半个小时前他刚刚做好明天准备用的策划案，忙得连口水也没顾得上喝。幸好地铁口的小摊还没有收，他要了一份烤冷面，正准备付钱的时候却惊讶地发现钱包不见了。

他慌忙在身上摸了摸，口袋里空空的，忽然他想起来刚刚从地铁出来的时候好像有什么东西从口袋中滑落。想到这里，他抱歉地对摊主笑了笑，说明缘由，匆忙向地铁内奔去。

此刻已经是晚上10点55分，地铁11点钟关门，因此留给他的时间并不多。这钱包对于孙涵来说，不但意味着一顿可口的晚餐，包括身份证在内的所有卡片也全部都在钱包内，一旦丢失那麻烦可就大了。想到这里，孙涵顿时觉得脑袋都涨起来了，不禁加快了脚步。

大约一分钟之后，孙涵来到了站台前，此刻他早已经忘了饥饿，凭借着模糊的记忆仔细地观察着站台的每一个角落，希望那钱包会奇迹般地出现。虽然身为一个悲观主义者，始终觉得这种奇迹发生的概率和中一次双色球的概率一样低。

从站台的一端走到另一端，孙涵有些泄气了，他垂头丧气地坐在站台的长椅上，眼睛下意识地向四周环顾着。正在这时，孙涵的目光被厕所前的一个白色物件吸引住了，那是一个乳白色的女款挎包，一个黑色的皮夹子从背包中露出一部分。孙涵拧紧眉头想了片刻，站起身蹑手蹑脚地向那个背包走去。

他弯下身子拾起包，发现里面除了黑色的钱包之外，还有一堆零散的东西，包括两片没有用过的卫生巾，还有几包减肥茶和一些散落在包底的硬币。他拿着钱包犹豫了片刻才轻轻打开，钱包里有几张银行卡、一张身份证，还有几张百元大钞。孙涵不知哪里来的勇气，他左右看看，见四周无人，便匆忙将那几张百元大钞拿出来塞进了口袋，想了想又从口袋中掏出一张放进了钱包里，然后将钱包塞进挎包放在地上。

正在他转身离开的时候，忽然他眼角的余光捕捉到了什么，他缓缓地扭过身子，只见一只赤裸的脚从旁边的厕所里伸出来，指甲上涂着红色妖冶的指甲油。他咬了咬嘴唇，心想：难道那个挎包是厕所里的女人的？这女人又怎么会在这时候独自一人躺在厕所里呢？难不成是喝多了？他略作犹豫地转身向厕所方向走去。

站在厕所门口，他轻轻地拍了拍门，小声地说道："姑娘？你怎么了？"

良久里面没有回答，他侧着耳朵，只听里面传来极其轻微的呼吸声。孙涵忽然壮起胆子轻轻撩开厕所上的帘子向内望去，瞬间他觉得自己身上的血液几乎凝固了，他眼睛大睁着，急促的呼吸让身体不由自主地颤抖着向后退，一不小心踩在挎包上，跌了一个倒栽葱。他匆忙爬起来，从口袋中摸出那几张百元大钞，慌乱地塞进女人的挎包里，然后一路小跑着离开了站台。

晚上12点的时候，重案组除了吴华忠和沈玄之外，所有人都到达了案发现场。吴华忠因为舟车劳顿致使旧伤复发，早早休息了，因此重案组成员并未通知他。而沈玄却始终找不到人，宋一有些生气地带着卞虎和黄怡婷来到了案发现场。

这次的案发现场在地铁5号线鼓榆街站的一个女厕所里。死者表情痛苦，脸和身上只剩下一层软塌塌的皮，双眼深陷在眼窝中，嘴唇青紫，身上满是细小的针眼。而与之前案发现场有所不同的是，这一次在厕所外发现的女士挎包很明显被人翻动过，恐怕在这女子被害的时候现场应该还有另外一个人。

沈玄赶到案发现场的时候，警察已经给女尸盖上了白色的尸布，正欲抬走。沈玄急匆匆地拦在尸体前面，愤然道："是谁让你们搬动尸体的？"

卞虎冷哼了一声，低声在黄怡婷耳边说："瞧，咱们的专家来了！"

宋一走上前去说道："现场已经勘查完了，我让他们把尸体抬走的！"

沈玄撩开尸布，仔细地观察着躺在担架上的女尸，片刻之后缓缓盖上尸布，责问道："你们为什么不能等到我来？"

这句话让一直对沈玄颇有怨言的卞虎立刻愤怒了起来，他大声说道："我们整晚都在会议室研究和分析案情，你呢？你去哪里了？来现场都找不到人！"

"你……"沈玄一肚子怒火都被卞虎这句话压了回去，他叹了口气，向女厕所走去。抬着尸体的两个警察木讷地看了一眼宋一道："宋队，这……"

宋一摆了摆手道："送走吧！"

卞虎凑到宋一前面，望着沈玄的背影说道："这家伙，还真当自己是专家了！"

宋一不置可否地看了卞虎一眼，说道："一会儿你去查看一下监控录像，从钱包里那几张折叠的钞票来看，在我们赶到案发现场之前必定有人来过，说不定能从他口中套出一些线索！而且……"

卞虎见宋一不再说话，便去保安室调取监控录像。宋一跟着抬尸体的警察回到了警察局。宋一走后，黄怡婷来到女厕所前面，见沈玄正在搜索着什么。

"你在找什么？"黄怡婷的话让沈玄的身体猛然一颤，他顿了顿，不说话，继续在厕所的角落里寻找着。

"这里我们刚刚已经找遍了，应该不会有什么遗漏的东西了！"对沈玄冰冷的态度，黄怡婷并不生气，继续说道，"你说要找什么，我可以帮你！"

沈玄这才停下手上的动作，站起身扭过头满脸阴沉地盯着黄怡婷，良久之后才伸出手，他的手掌上有几根灰黑色的毛发。

"这是什么？"黄怡婷圆瞪着眼睛，看着沈玄手上的东西说道。

"它们……"沈玄幽幽地说道。

4

工作进展顺利得有点令人难以置信，卞虎一面喝着茶，一面向宋一和吴华忠汇报着。原来宋一让卞虎去查监控录像，果然发现了那最后一个人的影子。监控画面显示此人在大约晚上11点8分一直在站台上徘徊，似乎是在寻找着什么东西，在11点17分的时候匆忙离开了站台。

所幸监控录像上清晰地保留了这个男人的正面影像，就在卞虎准备离开监控室的时候，一个保安忽然惊叫一声说道："这个人……"

"怎么？你对他有印象？"卞虎惊讶地问道。

"嗯！"保安点了点头说道，"刚刚在地铁的出口处捡到一个钱包，钱包里有身份证，好像就是这个人！"

"钱包还在吗？"卞虎如同抓住了一根救命稻草一般说道。

"在，你稍等，我去给你拿！"保安说完走出了监控室。大约两分钟之后，保安攥着一个黑色钱包走了进来。卞虎接过钱包，从里面掏出身份证，与监控录像上的人仔细对照之后，脸上露出了欣慰的笑容。

有了身份证，想找到这个人就容易多了。卞虎很快便根据身份证上的信息查到这个人名叫孙涵，河北唐山人，现在是一家IT公司的小中层。他顺藤摸瓜很快找到了孙涵现在的住址。

当卞虎出现在孙涵面前的时候，孙涵正坐在沙发上瑟瑟发抖。当卞虎表明身份之后，孙涵立刻辩解道："那女孩……那女孩的死和我没有关系！"

卞虎冷笑了一声。

审讯室内的孙涵显得格外紧张，当宋一带着黄怡婷走进来的时候，孙涵立刻站起身来。宋一轻轻摆了摆手，说道："你先坐下！"

孙涵这才点了点头，如坐针毡般坐在椅子上，低着头不敢正视宋一和黄怡婷。过了片刻，宋一清了清嗓子说道："孙涵，我们这么晚找你来，是想让你配合调查一件事！"

"哦！"孙涵木然地点了点头，"那……那女孩的死和我没有关系，我发现她的时候她就已经不行了！"

"已经不行了？"黄怡婷警觉地和宋一对视了一眼，猛然站起身来说道，“你是说你发现那女孩的时候她还活着？”

孙涵自觉说错话，唯唯诺诺地低着头不敢继续说话。

“我问你，你发现她的时候她还活着是吗？”黄怡婷这句话的音量极高，一字一句地问道。

“好像……好像是吧！”孙涵轻轻咬着指甲皱着眉头说道。

“那你为什么不救她？为什么不报案啊？”黄怡婷严厉质问道。

“我……我怕……”孙涵用力地搓着手心的汗，“那些东西实在是……实在是太多了！”

“什么东西？”宋一追问道。

“好像……好像是老鼠！”说到这里，孙涵眼神里满是惊恐，“上百只拳头大小的老鼠围在她身边！”

“老鼠杀人？”宋一立刻站起身向门口走了过去。

此时黄怡婷从审讯桌后面走到孙涵身旁，说道：“今天在这里说的话我希望你能保密！”

孙涵诺诺地点了点头，接着好奇地问道：“警花，难道这就是报纸上所说的吸脂狂魔？”

黄怡婷忽然冷冷地在他耳边轻声说了几句话，孙涵如同鸡啄米一般点头道：“放心，放心，这些话我绝对不会说出去！”

“这就好，小心好奇害死猫！”黄怡婷说完拍了拍他的肩膀，“现在你可以走了！”

孙涵连忙站起身，头也不敢回地离开了审讯室。

刚走出审讯室，卞虎便迎了上来，笑呵呵地对黄怡婷说道：“黄姐，你和那小子说了什么，他一边走一边嘀咕：这警花敢情比男警察还狠！”

“呵呵！”黄怡婷嫣然一笑说道，“你还记得死者包里那几张皱巴巴的钱吗？我想当时他肯定是想把钱拿走，后来发现了女死者，又怕和自己扯上关系，才急匆匆将那几张钱又塞进了死者的挎包。如果这件事让他的领导知道了，你说他会怎么样？”说完黄怡婷翩然向会议室走去，只留下惊愕的卞虎站在原地不住地摇头，喃喃自语道：“果然警花比男警察要狠啊！”

至此案情有了巨大进展，虽然现在并未抓到孙涵口中所谓的“老鼠”，但是其中几点还是与现在的案情相符的：第一，从几个死者身上密布的针眼状伤口来看，袭击死者的东西必定数量极多，至于孙涵口中所说的上百只也不甚可信，多半由于当时他神经过于紧张导致了记忆错觉；第二，“老鼠”喜欢穴居在下水道以及地铁的隧道内部，这与发现死者的地点相符。

现在虽然案情有了重大突破，然而却陷入了一个更深的僵局，那就是这些老鼠怎么会忽然开始袭击人类？而且它们选择袭击人类的方式竟然是吸脂。

根据目前情况，吴华忠重新给重案组分配了任务。黄怡婷依旧和那些好奇的学生搭讪，希望从他们口中再找到一些其他有价值的线索。而卞虎和宋一两个人则寻找这几个死者的共同点，弄清死者遭遇那些罪兽袭击的原因。至于沈玄，吴华中似乎忘记了这个重案组的新成员，和上次一样，并未给他单独安排任务。

接下来的几天，重案组成员各自开始忙碌起来。黄怡婷不但长相清纯，很像是刚毕业的大学生，更对单反相机运用熟练，因此颇受那几个大学生的欢迎，很快便和他们打成了一片。她从其他几个人口中得知那个喜欢玩单反的男生叫焦辉光，是这个悬疑社的社长。几个人自从在报纸上看到关于这个案子的报道之后，便在焦辉光的怂恿下来此处蹲点，只是至今尚无半点有价值的发现。然而身为社长的焦辉光似乎对此事颇为认真，他告诉其他几个人，在此处必定会有所发现。

他异常坚定的态度让黄怡婷更加相信他似乎在隐瞒着什么。虽然她觉得现在与几个人的关系已经到了相当熟悉的程度，然而黄怡婷对焦辉光一旦提起案情的时候，焦辉光便立刻变得警觉起来，顾左右而言他。

卞虎和宋一两个人在调查中发现三个死者除了生前和死后的模样完全变了之外，便再也找不出任何共同点，几个人的社会关系都相对简单，没有任何交叉点。恐怕她们受害的唯一共同点便是肥胖。可是这城市里肥胖的人何止一个两个，凶手为什么偏偏会选中这几个？还有一个问题其实一直萦绕在重案组每个人的心中，那就是第一个死者怎么会穿着一件睡衣半夜三更跑到尚未施工完毕的隧道入口呢？

至于沈玄，正如吴华忠忘记了沈玄的存在一样，重案组的每个人都忙碌起来之后，沈玄再次失踪了，几天都不曾有人见过他。卞虎和宋一早已经习惯了四个人的重案组，因此并没有感到丝毫不习惯。恐怕唯一在意沈玄的便是黄怡婷。

她一面和那些学生接近，一面抽出时间不时给沈玄打个电话。而沈玄的态度却一直很冷淡，总是不温不火地问候两句，便以事情忙为由挂断了电话。黄怡婷总是无奈地挂断电话，她捉摸不透沈玄究竟在做什么。

5

这世上没有不透风的墙，虽然警方对在地铁内发生的第三起吸脂案件严格保密，但依旧走漏了风声，很快这起案件再次成为头条爆炸性新闻。各种惹人眼球的标题充斥着报纸的版面，而且其中一大部分文章笔锋犀利，措辞激烈，直指警方在这几宗案子上办案不力，致使受害人一再增加。警方承受着前所未有的压力，市委领导多次打电话催问案件进展情况，市局的部分警员开始怀疑重案组是否有能力侦破这一案件，这点从他们起初和现在的态度中很容易分辨出来。

宋一和卞虎对此极为恼怒，倒不是因为民警对他们前后态度的变化，而是因为在一张报纸上竟然写着吸脂狂魔极有可能是一群活动在地铁周围的老鼠。这一点足以证明这风声是从警察局内部泄露出去的，而且知道这个机密的人，除了重案组成员之外，不过屈指可数的几个公安局的高层。

为了平息事态，吴华忠只能当着市局领导的面立下军令状，在一周之内破案，并且不能再有任何人员伤亡。重案组面临着前所未有的压力和挑战，那些质疑的目光让几个人如芒在背。可就是在这个时候，沈玄却再次整日不见人影。

宋一和卞虎二人将愤怒以对沈玄不满的方式表现出来，他们不明白吴华忠究竟为什么一定要这样一个人来到重案组。沈玄完全不像是一个能当警察的料。然而当他们将自己的不满反映给吴华忠的时候，他只是静静地听着，听完之后抬起头严肃地说道：“你们两个说完了？”

“是！”宋一和卞虎异口同声地说道。

“好，现在你们出去继续调查。我们只有七天时间，七天之后如果不能破案的话，不要说沈玄，我们几个人也都要脱掉这身警服回家哄孩子去！”他们两个人从吴华忠严厉的语气中听出事态的严重性，立刻离开了办公室。

然而他们一天天调查下去，关于吸脂狂魔案却始终没有丝毫线索。两个人整日早出晚归，晚上在会议室内汇总一天内得到的所有线索，期待着有所发现，然而，结果却是令人失望的。

案件的突破口依旧来自那几个好奇的大学生，在距离最后期限只有两天的一个午夜，黄怡婷忽然接到了悬疑社那几个学生的电话。打电话的是其中的一个女生，她显然极为恐慌，声音颤抖地告诉黄怡婷，焦辉光给他们留下一张字条之后便失踪了，到现在为止已经失踪两天了。

黄怡婷立刻驱车赶往那个女生的住所，这是一处距离大学城很近的两室一厅的日租房，此前已经被焦辉光租下来了一个月。这一个月的时间里，他们除了上一些必修课之外，其余时间全部是在这里度过的。

当黄怡婷推开房门的时候，一个女生梨花带雨地跑过来紧紧抓住黄怡婷的手，紧张地说道："黄姐，您快救救社长吧！"

黄怡婷轻轻拍了拍女孩的肩膀，轻声说："你先冷静一下慢慢说，究竟是怎么回事？"

女孩子坐在沙发上，身体随着啜泣微微颤抖着，随后平静了一会儿，从口袋中掏出一张皱巴巴的字条递给黄怡婷。黄怡婷疑惑地接过字条，皱着眉头轻轻展开，上面写着一行字：我走了，我已经找到了那个杀害我姐姐的凶手了，这件事不要告诉黄姐，我想亲手了结这一切。

黄怡婷看完这张字条也紧张了起来："谁是焦辉光的姐姐？"

女孩子颤抖着双手从茶几下面的抽屉里拿出一个相框，相框中是一张两人合影。一个胖乎乎的女孩子双手攥成拳头轻轻地夹着男孩子的脑袋，两个人的脸上露着幸福的笑容。

"这……"黄怡婷不可思议地望着眼前的女孩说道，"他们是姐弟？"

"嗯！"女孩子点了点头说道，"这也是社长在一次酒醉之后说的。社长说他们都是孤儿，从小在爱心之家长大，那时候他们两个人的感情特别好。后来两个人被两户人家收养了，可是两个人的感情却依然和亲姐弟一样。"

“焦辉光有没有和你说他发现了什么？”黄怡婷心中的不安在一点点升级，女孩子皱着眉头想了想，忽然说道：“我好像记得他离开的前一天一直看着一份传单！”

“什么传单？”黄怡婷追问道。

“好像是一则减肥广告！”那女孩说到这里，拼命地在杂乱无章的茶几上乱翻，一面翻着，嘴里一面碎碎念道，“怎么就找不到了呢？怎么就找不到了呢？”

黄怡婷也帮女孩子一起在茶几上翻弄着，直到最后茶几上的东西都被清空，却依旧没有找到那份传单。女孩子站起身继续在屋子里翻动着，而黄怡婷却无法平静。正在这时，女孩子忽然欣喜地喊道：“找到了！”

黄怡婷霍地从沙发上站起身来，抓过女孩子手中的那份传单。那份花花绿绿的传单上写着几个字“伊人减肥康体中心”，下面是几张身材妖娆的美女的图片以及这些美女减肥之前臃肿的样子。这则广告的广告语十分诱人：“无须节食，绿色瘦身，迅速恢复你迷人的身材！”

当黄怡婷的目光移动到这则广告的最下方的时候，一瞬间她便像是被闪电击中了一样。几秒钟之后，黄怡婷拨通了吴华忠的电话。

吴华忠接到黄怡婷的电话之后，立刻带着宋一和卞虎赶到了“伊人减肥康体中心”。康体中心位于刚建成的大厦一层。吴华忠看了看表，现在已经是凌晨3点钟了。卞虎找来了保安打开了大厦的门，这才来到康体中心的玻璃门前。

此刻康体中心内一片漆黑，玻璃门紧锁着。保安立刻联系康体中心的负责人，怎奈电话却始终处于关机状态。正在这时，康体中心内忽然传来了一声尖叫，宋一望了吴华忠一眼，吴华忠微微点了点头，宋一退后两步，掏出枪瞄准门锁按下了扳机。

玻璃门应声而开，卞虎一用力推开玻璃门，瞬间一只拳头大小的老鼠从玻璃门内逃了出来。卞虎反应灵敏，一抬脚，那只老鼠立刻从脚下钻了过去。紧接着第二只、第三只……更多的老鼠从减肥康体中心内逃出来。

“卞虎，拦住那些老鼠！”忽然一个熟悉而憔悴的声音从康体中心内传了出来。卞虎一愣，这时宋一一把夺过保安手上的橡胶棍，用力地向脚下的老鼠砸去。

卞虎反应过来之后，一纵身从老鼠身上跳过去，在康体中心门口找到一把墩布，然后挥舞着墩布将那些老鼠砸死在康体中心的门口。大概半个小时之后，再也没有老鼠跑出来，这时候康体中心的灯打开了。

沈玄浑身是伤地搀扶着一个已经遍体鳞伤的男孩子从里面缓缓走出来，他见到卞虎和宋一微微笑了笑，卞虎三步并作两步接过沈玄搀扶着的那个男孩子。沈玄走到门口，看了看那些老鼠的尸体，对吴华忠淡淡地说道：“他在里面！”然后摸了摸口袋说道，“有烟吗？”

吴华忠笑了笑掏出一包中华递给沈玄，沈玄接过烟径直向门口走去。

当黄怡婷赶到康体中心的时候，现场已经被警察封锁了。几个警察正在小心翼翼地打扫着门口那些老鼠的尸体，将其装进黑色的袋子里，有上百只之多。

“怎么样了？”黄怡婷焦急地望着满脸笑容的宋一，宋一坏笑着说道：“没想到那小子还真有两下子！”

“谁？”黄怡婷不明就里地问道。

“他啊！”宋一指了指门口。此刻沈玄正坐在距离康体中心不远的窗口，指尖夹着一根尚未吸完的香烟。

“怎么回事？”黄怡婷依旧不解地问道。

“这件事情的始末我也不清楚，但是我们赶到的时候他已经救下了那个叫焦辉光的男生，犯罪嫌疑人也受了伤，已经送到医院了！”宋一简短地说道。

黄怡婷在原地愣了片刻，吴华忠轻轻拍了拍她的肩膀，带着宋一和卞虎离开了。

黄怡婷悄悄地走到窗口，黑暗中看不清楚沈玄的模样，只能隐约感觉到沈玄平静的呼吸。黄怡婷轻轻坐在沈玄旁边的地上，淡淡地说道：“对不起，大家包括我在内都误解你了！”

沈玄依旧静静地低着头靠着身后的墙坐着，黄怡婷微微地笑了笑，说道：“其实自从见到你之后，我就一直以为你是他，因为你和他长得实在太像了！但是我却清楚地知道你不是他，他已经走了，再也回不来了！所以我在面对你的时候一直提醒自己，不要把你和他混淆了。可是即便这样，我还是受不了你对我冷漠的态度，沈玄……”

刚说到这里，沈玄忽然将头靠在了黄怡婷的肩膀上，黄怡婷的心猛然颤抖了起来。她能感受到这个男人身上所散发出来的那种说不清的东西，那是一种久违的安全感。黄怡婷轻轻闭上眼睛，正在这时，黄怡婷竟然听到了一阵轻微的鼾声。她偏过头见沈玄已经不知何时睡着了，手中的烟蒂无声地落在了地上。黄怡婷看着沈玄熟睡的样子，微微笑了笑，轻轻抚摸着他的头发。

6

这是一个幸福的时代，虽然整天有人在微博、微信以及所有允许留下足迹发泄不满的地方无度地辱骂着这个时代，但是依然不可否认，这绝对是一个全民幸福的时代，至少是一个可以让人迅速长胖的时代。

每天我们打开微博，登录QQ，立刻就会发现有大量女孩子在与肥胖进行着殊死搏斗。不知从何时起减肥成为一种时尚，而花样百出的减肥康体中心也一夜之间如雨后春笋，遍布城市的街边巷角。用其中一个女孩子的话说："不管其效果如何，至少能告诉大家，姐在减肥！"

而在众多减肥康体中心里，这"伊人减肥康体中心"绝对是佼佼者。这个减肥中心注册仅仅三个月，会员就已经超过了三千人，除了经营手段之外，正如他们广告上宣传的那般，真的实现了绿色减肥，短时间内让很多人骤然瘦了下来。然而这些瘦下来的人对于之前在减肥康体中心发生的事情却讳莫如深，更确切地说，这些当事人并不知道在康体中心究竟发生了什么，不过结果却是她们真的瘦下来了，因此极少有人追究过程，除了黄飞燕。

这是一个充满好奇的女孩子，当她身边的人向她推荐"伊人减肥康体中心"的时候，当时已经极度发胖的黄飞燕欣然接受了。虽然这个康体中心的价格不菲，但看着那些胖子朋友几天或者几周之内就瘦下来了，黄飞燕便省吃俭用将这笔钱积攒了下来。

这家康体中心有一个明显的与众不同之处，那就是你会被工作人员带进一个密闭的房间中。这房间非常舒适，舒适得让人很容易睡着。那种感觉非常奇妙，这样一进一出竟然就瘦下来了将近十斤。

黄飞燕去了一次之后，对这个康体中心信心倍增，她期待着几次之后能像其他人一样拥有美女蛇般妖娆的身材。她很想找人分享自己的这份喜悦，而她想到的第一个人便是在孤儿院里与她情同姐弟的焦辉光。

那是怎样一个充满了惊喜和期待的夜晚，我们不得而知，但是我们能从黄飞燕那长达三个小时的电话中感受到些什么。之后不久黄飞燕便再次走进了“伊人减肥康体中心”，不知是不是因为过于激动，黄飞燕这一次躺在那个舒适密封的小房间中再也睡不着了。

她安静地躺在床上，静静等待着之前奇迹的到来。然而这场奇迹却变成了一场噩梦。当她正濒于半睡半醒之间的时候，耳边传来了窸窣的声音。之后她感觉似乎有什么毛茸茸的东西爬到了自己的身上。她从小便惧怕老鼠，瞬间一种不祥的预感袭上心头，黄飞燕立刻从梦中清醒过来，眼前的情景让她毛骨悚然。在这狭小昏暗的屋子里，四五只拳头般大小的老鼠正伏在自己的身上，贪婪地吸食着自己的脂肪。

接着她便疯了一般向外狂奔。她惊魂甫定地回到家中，当她渐渐平静下来之后，忽然想起一条发财致富之路，她给康体中心的负责人打电话，以举报相要挟，索取一笔健康补偿费。对方很痛快地答应了她的要求，并且告诉她当天晚上交易。她在临行之前又不忘给焦辉光打了一个电话，内容大致是她即将得到一笔钱，会带着焦辉光出去玩一次。

可是这个幼稚的女孩万万没想到，这是她与弟弟的最后一次通话。当她按照对方所说的来到指定地点的时候，等待她的不是飞来横财，而是一场老鼠们的饕餮盛宴。那个夜晚，凄厉的惨叫声和惊呼声充斥着那条尚未竣工的隧道，终于老鼠在吸干了她身上最后一点脂肪之后离开了。

在第二天的报纸上，焦辉光看到了关于姐姐的报道，那一瞬间他便暗自下决心一定要亲手为姐姐报仇。这也是他带着悬疑社来到姐姐最后出现的地铁口蹲点的原因。在这期间，他发现有一个可疑的人经常会来这里，这个人便是“伊人减肥康体中心”的老板宋阳。

焦辉光很快发现了更大的疑点，那就是宋阳的这家“伊人减肥康体中心”的垃圾总是派专人送到远远的地方处理。他悄悄地跟在那些处理垃圾的人后面，终于发现那些垃圾中竟然有大量的老鼠屎。所有的一切豁然开朗了，他终于找到了杀死姐姐的凶手。

然而他没有发觉的是，他所做的一切都被另外一个人看在眼里。这个人就是沈玄。

沈玄第一次到达案发现场的时候，就隐隐地感觉到一种前所未有的饥饿感，它们因为饥饿的驱使疯狂地袭击被害人。可是它们在这样饥饿的情况下却并未肆意妄行，而是行动非常有组织性。这只能告诉人一点，它们是被人控制着的。在这个城市中，能养着一群以人体脂肪为食的老鼠而又不引起骚乱的地方，恐怕只有减肥康体中心了。

于是在接下来的几天内，沈玄走遍了市区内的几家大型康体中心，希望能发现一些蛛丝马迹，然而却无功而返。正在这时，一张写着“伊人减肥康体中心”的广告发到了他的手上。他立刻调查了这家康体中心，短短三个月内会员竟然激增到了三千多人，这个数字简直太惊人了。在此期间，他访问过几个曾经接受过康体中心治疗的当事人，几个当事人却都回忆不起当时的经过，只记得进入一个单独的房间，出来之后便瘦了下来，唯一可疑的是在她们身上一些不容易察觉的地方发现了一些针眼状的小伤口。

“伊人减肥康体中心”的嫌疑迅速升级。就在这个时候，沈玄发现了焦辉光，在焦辉光暗中跟踪那些倒垃圾的人的同时，沈玄也在暗中监视着焦辉光。可是焦辉光的行动太快，当他发现了那些老鼠屎之后，便立刻潜入了康体中心，沈玄为了保护焦辉光的安全，也紧随其后潜入了康体中心。

在康体中心的一个秘密的房间中，焦辉光和沈玄被眼前的景象惊呆了：一大堆笼子内豢养着几百只吸脂老鼠。正在这时，他们被宋阳发现了，焦辉光不顾一切地和宋阳扭打了起来。而宋阳也在挨了重重一拳之后，打开了那些装着老鼠的笼子的门，一瞬间无数只饥饿的老鼠从里面奔出。

焦辉光和沈玄的体型消瘦，然而宋阳却是一个胖子。宋阳偷鸡不成蚀把米，那些老鼠疯了一样冲向宋阳，沈玄和焦辉光一面顺手拿起武器招架着老鼠，一面帮宋阳驱赶那些饥饿的老鼠。

倘若宋一和卞虎晚来一步的话，恐怕三个人会命丧鼠口。

宋阳是在一周之后从昏迷中恢复过来的。

一年前，做生意失败的宋阳开始把目光投在了女人身上。这个身材矮小略显臃肿的男人对商业独具慧眼。在朋友的介绍下，他从黑市上找到了一种专门吸脂的老鼠，这些老鼠的来历他也说不清楚。当时在利益的驱使下，他借钱开了这家康体中心，没想到生意异常火爆。虽然价格不菲，但是那些饱受节食、减肥茶摧残的女人还是毫不吝啬地将大笔钱打在了自己的账号上，殊不知等待她们的却是一群饥肠辘辘的吸脂老鼠。

不过宋阳只承认杀害黄飞燕，至于另外两个受害人的死，宋阳却抵死不承认。他说："我承认一个也是挨枪子，承认三个也是挨枪子。但那些不是我做的，我干吗承认！"

这个疑问最终被沈玄解开了，他在"伊人减肥康体中心"的那间豢养吸脂老鼠的房间中，发现了一个被老鼠啃噬开的洞口。想必一定是有吸脂老鼠从那个洞口遁逃，才会有了后面的两起吸脂案。

吸脂案破获之后，公安局举行了一次新闻发布会。在会后的庆功宴上，却发现重案组的成员一个也没到。当领导派人回到警局找人的时候，却发现吴华忠、宋一、卞虎、沈玄四个人正趴在会议室的桌子上酣睡。

合上卷宗，黄怡婷感觉从来没有这样疲惫过，她抬起头看了看桌角上的那张合影，里面的一对男女笑得十分甜美。黄怡婷伸手轻轻在照片上男人的脸上抚摸了一下，自言自语道："谢谢你把他带给我！"说完黄怡婷将相框收好放在了行李箱里，站起身打了一个哈欠，微微笑了笑，关掉了桌子上的台灯！

第三案 红衣女子

引子

“天皇皇，地皇皇，我家有个夜哭郎，过路君子念三遍，一觉睡到大天光！”两个外村青年男子半夜骑着摩托车送一个女孩子回家，此时正在一旁的电线杆子前撒尿，无意中看见那张贴在电线杆子上的花花绿绿的纸上密密麻麻的字，便大声朗读道。

“哈哈，现在都什么年代了，还有人信这个！”其中一个青年站在电线杆子下，身体微微颤抖了两下，提溜着裤子走到另一个青年前面，看了看上面的纸说道。

“就是，就是！”说着青年上前一把便抓住那张纸的一角。

“别……”跟在这青年身后的女孩大喊着想要阻止，却为时已晚，青年已将那张纸撕了下来。

“怎么了？”青年扭过头，见月光下女孩的脸色苍白，双目圆瞪着，胸脯上下起伏着，呼吸越来越急促。

“你究竟怎么了？”另一个青年见女孩脸色难看，也紧张了起来。

“你们听说过红衣女子的传说吗？”女孩子眼神空洞地盯着眼前的两个青年，两个青年面面相觑，疑惑地望着女孩子。

“你说什么红衣女子？”刚刚撕掉那张纸的青年吃惊地说道。

说话间一阵冷风吹过。现在是盛夏7月，这风竟然让人感到一阵彻骨的凉意。女孩向周围打量一番，说道：“你们俩别送我了，快点走吧，赶紧回家！”

“怎么了？究竟是怎么回事？”两个男青年见女孩十分畏惧，更加好奇地问道。

“你们俩别问了，赶紧走，晚了恐怕就来不及了！”说到这里，刚刚焦急的女孩忽然平静了下来，然后目光直视着两个青年的身后，幽幽地冷笑了两声，说道，“现在已经来不及了！”

两个男青年顺着女孩呆滞的目光缓缓地扭过头，身后只有那根电线杆孤零零地立在原地。

半个小时之后，两个男青年骑着摩托车沿着通向村外的小路离开了村子。坐在后座的青年百思不得其解地说道：“小美怎么了？”

青年无奈地摇了摇头，继续骑着车。坐在后面的年轻人下意识地扭过头向村口的方向望去，惊愕的表情瞬间僵在了脸上。

“快……快……快点！”后面的男青年催促着。

“怎么了？”骑车的男青年不明就里地询问道。

“快啊！”身后的青年忽然一把抓住油门猛地向后一拧，摩托车发出一阵震耳欲聋的轰鸣声，然后笔直地向前面的山坳冲了过去。

“砰”的一声巨响，摩托车撞在了前面山坳中一块凸出的石头上，骑摩托车的青年一头扎在了石头上，黏糊糊的鲜血溅满了石头。摩托车飞起之后落在了坐在后面的男青年的身上，鲜血从他嘴角流淌出来，他圆瞪着眼睛气息微弱地说道：“天皇皇，地皇皇……”

1

这世上究竟有多少离奇案件？其实这个问题很好解答，打开电脑随便在百度上输入几个离奇的字眼，紧接着那些离奇的案件便会一个接着一个出现。这些案件究竟有多少是真实的，多少是杜撰的，很难甄别。唯一可以鉴别真假的就是调查，重案组就是调查这些离奇案件的。

吸脂案过去一周后的一天清晨，卞虎接到一个电话。他匆忙回到队里跟吴华忠请了一周的事假，吴华忠听完卞虎的叙述之后，很痛快地在假条上签了字。卞虎简单收拾了下行李，没有和重案组其他人打招呼，便悄然坐上了下午开往哈尔滨的列车。

卞虎的老家在哈尔滨往东五十多公里的一个叫白旗的镇子上。之所以叫作白旗，是因为这个镇子在清朝的时候是正白旗的聚集地，因此得名。卞虎靠在座位上望着窗外稍纵即逝的风景，心情烦躁地摆弄着手机。

早晨的电话他没有告诉任何人，包括吴华忠。卞虎向吴华忠请假的时候随便编了一个借口，并未向他吐露实情，因为这件事他实在难于启齿。正在这时，一个大汉坐在卞虎旁边的位置上，向里挤了挤，打断了卞虎的思绪。

卞虎斜眼看了一眼那大汉，剃着光头，留着胡子，满脸油光，五大三粗的，手腕和脖子上都挂着金灿灿的和拴狗的链子差不多的金链子，胳膊上文着两条龙。卞虎对这种人毫无好感。他老家白旗那个地方的地下多年前发现巨大的铁矿储备，一夜之间村里人都暴富了起来，飞来的横财让有些人不能自持。金手链、金项链、金戒指，只要带着“金”这个字的，都被村民奉为有钱人的象征。

火车快速地向前狂奔，卞虎依旧自顾自地摆弄着手机，眼睛却很快被外面的风景吸引过去了。就在列车即将到达下一站的时候，对面的女孩忽然发出一阵惊呼："你干什么？"说完立刻将手缩了回去。那大汉不依不饶地伸出手说道："你吵吵什么？和我闹了别扭就离家出走啊？"

"我不认识你！"女孩子有二十岁左右，她有些恐慌地说道。

"亲爱的，求求你别闹了，跟我回家吧！"汉子换了一副死皮赖脸的模样柔声哀求道，说着便伸手去拉那个女孩。

"我不认识你，你究竟是谁啊？"女孩子奋力躲避着男人，向坐在里面那位三十多岁的女人靠过去。那女人拍了拍小姑娘说道："张雪，快点跟着你男朋友回去吧！"

那女孩子听到身边的女人竟然能叫出自己的名字，惊恐之色溢于言表。

"你……你怎么知道我叫张雪？"女孩震惊得几乎说不出话来。

只见那个女人柔声道："我是你小姑，当然知道你叫张雪了。你这孩子怎么那么任性啊？说走就走，连招呼也不和家人打一个。要不是我们及时赶来，你让这一大家子人得多着急啊？"

"张雪，你的行李在哪里？跟着我回家！"男人此刻的语气再次强硬了起来，一把便抓住了女孩的手。女孩子死命挣扎着大喊道："我根本不知道你们是谁！你们要带我去哪里？"

"你这孩子怎么这么不听话呢？你让大家给评评理！"那自称是女孩小姑的女人站起身对车厢内围上来的人群说道，"这孩子因为和她对象吵架就要离家出走，幸好我们发现及时来找她，她还不愿意和我们走！"

"姑娘，你还是跟他们回去吧！"一个围观看热闹的热心大妈规劝着小姑娘，"两口子床头打架床尾合，有什么想不开的，一定要离家出走啊？”

“大妈，我根本不认识他们啊！”叫张雪的女孩子呼天抢地地说道。那大汉此刻已经死死地抓住了她的手，正在行李架上搜寻着她的行李。这时列车已经开始缓缓减速了，音响里传来播音员的声音：“前方即将到达××站，请下车的旅客做好准备……”

“大哥，大姐！”女孩子忽然扑通一下跪在地上，求着那个汉子和妇女道，“你们放我过去吧，我根本不认识你们，你们要我的行李的话就拿走，钱我可以都给你们，求求你们俩放我过去吧！”女孩子说到这里已经泪流满面了。

“赶紧给我起来！”汉子大喊着，一把将女孩子从地上提溜了起来，破口大骂道，“你这个臭娘们儿，赶紧跟老子回去，别逼老子抽你！”说着扬起手就要向眼前的女孩子打下去，却在距离女孩子的脸一尺远的地方停了下来。

汉子忽然觉得自己的手臂像是被什么东西死死卡住了一般，他扭过头，只见坐在旁边一直不声不响的卞虎站了起来，一只手紧紧抓着自己。那汉子挣扎了一下，发现根本无法挣脱，于是怒视着卞虎道：“你干什么？管什么闲事？这是我们两口子之间的事情！”

“先不说你们是不是两口子！”卞虎义正词严地说道，“就算是你老婆，你也不能随便打！”

“我家的事情你管得着吗？”汉子说着又挣扎了几下，却始终无法挣脱，他死命地借助身体的力量向一旁挣脱，卞虎趁机轻轻一松手，那汉子直接撞在了对面的座椅上。

“好小子，有两下子！”那汉子说着爬起来四下打量了一下，从桌子上抓起一件物事便向卞虎砸去，卞虎一闪，那东西不偏不倚地打在了窗户上，碎裂开来。那正是卞虎的手机。

卞虎见到碎裂的手机一怒，抓住男人的拳头向后一翻，男人的身体顺势翻转过来，被卞虎摁在了地上。那个三十多岁的女人见情势不好，大嚷大叫道：“这是我们的家事，你以为你是谁啊？你乱插什么手啊？”

这时卞虎从口袋中掏出警官证，那女的见到警官证愣了一下，立刻喊道：“警察打人了，警察打人了！”

车厢内的骚乱很快惊动了乘警，就在女人大喊“警察打人了”的时候，两个乘警已经从人群中挤了过来，他们看了看卞虎的警官证，说道：“卞警官，这是怎么回事？”

卞虎一面反手制住大汉，一面在那乘警的耳边低语了几句。那乘警掏出手机递给卞虎，卞虎用一只手在手机上轻轻地按了几下，接着将手机递给两个乘警，那两个乘警看了看手机，立刻恍然大悟般掏出手铐。女人一看不好正要跑，卞虎上前一步伸出脚，那女子被卞虎一绊，摔了一个狗吃屎。

两个人被戴上手铐之后，乘警向周围的人解释道：“大家都回到座位吧，这两个人是拐卖人口的作案团伙，他们一直冒充受害人的亲人。”说着乘警将两个人带走了，卞虎惋惜地拿着手机坐回原位，这时车厢内响起了一阵掌声。

女孩子惊魂甫定地坐在对面的座位上，小心翼翼地观察着卞虎，只见卞虎一次次地将电池放进手机插槽，电池却又一次次地掉出来。

张雪试探着向桌子前凑了凑，小声地说道：“谢谢你！”

卞虎没有抬头，一面继续目不转睛地摆弄着他的手机，一面说道：“下次上了车之后就把你的火车票收起来！”

张雪这才注意到放在桌角上的那张火车票，为了方便上车后查票，张雪一直将火车票放在桌角上。此刻她才看到火车票上清楚地写着她的名字：张雪。

张雪还想继续说什么，正在这时，卞虎的手机竟然可以用了。他连忙打开手机，一条短信不失时机地钻进了手机里，卞虎打开短信，神情立刻紧张了起来。他将那条短信反复读了两遍，然后自言自语道："红衣女子……"

2

"红衣女子？"对面的张雪诧异地说道，"警察大哥，你刚刚是说红衣女子？"

"嗯！"卞虎放下手机，这才认真看了看眼前的女孩。这女孩二十岁上下，一副清纯的大学生模样，与卞虎说话的时候显得格外拘谨，见卞虎盯着自己，脸上一红，微微地低下头。气氛瞬间变得有些尴尬，别看卞虎平日里粗音大嗓，但是一旦碰到女人，尤其是见了美女，便立刻变得害羞起来。

"我听您刚刚说起红衣女子！"女孩子清了清喉咙说道，"不知和您说的那个是不是一样，在我的老家流传着一个关于红衣女子的传说！"

"哦？"卞虎立刻来了兴致，他正襟危坐，等待着女孩子继续说下去。

"据说这件事就发生在我们的村子里……"女孩子娓娓道来。

这个叫张雪的女孩子住在一个名叫北卦村的地方，这个地方三面环山，只有一条小路通向村外。这个小山村只有数十户人家，据说民国三十年村子里发生了一件惨案。

北卦村内有一个曾姓大户，据说是清代皇族后裔，而这北卦村一带都是曾姓大户的皇封地。晚清曾姓大户家中出过一任大官，最后告老还乡回到了这里。不管这些传言是真是假，这曾姓大户殷实的家境确实是远近闻名。这曾姓大户有两个儿子，大儿子十几岁便被送到日本去留学；小儿子从小罗锅，父母为其张罗了一门婚事，妻子叫珍秀。

这女子不但长得漂亮，而且非常孝顺，对罗锅丈夫也非常好。可能是因为她的漂亮让很多人妒忌，因此村子内关于珍秀的流言蜚语一直不断。曾老爷子是一个知书达理、非常明事理的人，起初对于那些恶意中伤的流言并不在意。但是随着流言越传越广，说的次数越来越多，渐渐地曾老爷子也心生不快，对这个儿媳妇颇多不满。

一年之后，珍秀生了一个儿子，曾老爷子对这个孙子倍加疼爱。母以子贵，曾老爷子之前对珍秀的不满也渐渐冰释。可是这事情坏在一个游方道士的身上。当时的道士一般都能粗略地懂一些岐黄之术，而曾老爷子又是远近闻名的乐善好施的人，再加上当时小孙子整夜哭闹不止，他迷信地以为小孙子中了邪，见到这个道士，立刻奉为上宾。道士酒过三巡、菜过五味之后说："你家小儿子那方面不行，这孩子并非曾姓后人。"

这话对于笃信道士的曾老爷子来说不亚于晴天霹雳。曾老爷子询问这孩子究竟是什么来历，那道士笑了笑说道："这孩子之所以每天晚上这般吵闹，是因为他生父并不是人，而是多年前在建曾家大院的时候深埋地下的一具死尸！"

"鬼胎？"曾老爷子半信半疑地望着眼前的道士。

那道士微微点了点头。为了让曾老爷子更加相信他所言非虚，他叫人拿过来笔墨纸砚，轻轻几笔在纸上标明那具尸体被深埋的地方。曾老爷子连忙派人按照道士所说的方位在院子里挖掘，果然两个时辰之后发现了一具骸骨，那骸骨下面还有个红色的方木盒子。

见到骸骨，曾老爷子对道士所说的话便深信不疑。接着曾老爷子询问那道士该如何处理，那道士告诉曾老爷子那孩子是鬼胎不能留。可是珍秀对孩子倍加呵护，一刻不离地守在孩子的身边。那道士灵机一动，立刻在曾老爷子的耳边轻声耳语了几句。

曾老爷子咬着嘴唇为难地说道：“真的必须这样做吗？”

“如果不这样做的话，恐怕府上必定大难临头，那鬼胎每夜鬼叫，就是在呼唤他的同伴，不能再等了！”道士说完，曾老爷子狠狠地拍了一下桌子道：“看来只能如此了！”

接着道士以看孩子之名来到了女人的屋子中，他告诉女人这孩子是失魂了，需要女人亲手在村子里贴上一张绿纸，上面写着：“天皇皇，地皇皇，我家有个夜哭郎，过路君子念三遍，一觉睡到大天光！”几日内孩子便会好转。

女人爱子心切，按照那道士所言，立刻在一张绿纸上写上了那句话，然后急匆匆地奔向村口人来人往处，将那张字条贴上。可是悲剧就在她这一来一回之间发生了，当她回到屋子里的时候，刚刚会爬的孩子已经从炕上摔在了地上，鲜血从孩子的脑袋上流淌了出来。

女人发疯了一样抱起已经断气的孩子便向外跑，大声喊道：“救命啊，救命啊，快来救救我的孩子！”

闻声赶来的曾老爷子和家人见到那鲜血淋淋的孩子，或许是心中不忍，立刻叫人去请郎中。郎中来的时候孩子的身体都已经凉了，他看了看孩子，无奈地摇了摇头。女人无论如何也不敢相信，就在刚刚那一瞬间，自己与孩子就阴阳两隔了。她扑通一声跪在郎中面前，哀求道：“求求你，求求你，一定要救救孩子啊！”

“这孩子早就没气了，就算是神仙来了也救不了啊！”郎中叹了口气告辞离开了。

女人失魂落魄地抱着孩子，脸贴在孩子的小脸上嘟囔着：“不可能，没有死，我的孩子没有死！”

“没有死？”不明缘由的罗锅丈夫怒骂道，“让你看着孩子，你干吗去了？留孩子一个人在屋子里！要不是你，这孩子怎么会死？”

这句话就像是一瓢冷水一般将珍秀浇醒了，她痴痴地抬起头，望着眼前的这些人，忽然霍地站起身来，紧紧地抱着孩子向后院奔去。不一会儿，只听后院传来扑通一声，几个人大喊道：“不好了，少奶奶投井了！”

珍秀被捞起来的时候已经断气了，她依旧死死地抱着自己的孩子。曾姓人将珍秀安葬之后，不久便经常听到夜半三更有人在房前屋后喃喃低语：“天皇皇，地皇皇，我家有个夜哭郎……”而且有人看到每到晚上便有一个红衣女子站在村口的大树下面，一面贴着纸，一面念着那句话。

不久那个道士被抓了起来。原来这个所谓的道士多年之前曾经是一个盗墓贼，他和自己的同伙在二十年前在此地盗过一个墓穴，从那墓穴之中盗得一个红色的方木盒子。后来他们的行踪被发现，两个人匆忙逃命。在逃命的时候同伙受了伤，他心生贪念，将同伙杀死，怕被外人发现，便将那木盒子与自己的同伙一并埋在了曾姓大户的院落中。转眼二十年过去了，他伪装成道士故地重游，目的便是想取出多年前埋藏于此地的木盒。

毕竟是天网恢恢疏而不漏，这个假道士终究还是被抓到了，只是那个木盒却不翼而飞。听到这个消息的曾老爷子后悔不已，不久便疯了。他经常独自一个人站在村口的那棵树下喃喃默念：“天皇皇，地皇皇，我家有个夜哭郎……”

从那之后，村子里就有了一个不成文的规矩，在村口贴上一张纸，上面写上那行字，不允许任何人撕掉。如果撕掉的话，那个红衣女子便会出现，带来厄运。

张雪讲完这个传说之后，卞虎立刻急不可耐地问道：“你说的北卦村是不是在白旗镇往东十五里的山坳中！”

“嗯，嗯，是啊！”张雪十分惊讶地说道，“警察哥哥，你怎么知道那个地方的？”

“那你呢？”卞虎接着追问道。

“我就是北卦村的人！”张雪的话让卞虎心中猛然一颤。

3

以前卞虎经常听人说起一句话，叫作“无巧不成书”。今天这句话竟然应验在了自己的身上。刚刚那个传说打开了僵局，两个人的话渐渐多了起来。卞虎从张雪的话中了解到，她的故乡就是北卦村，她今年二十一岁，就读于B市艺术学院。

漫长的旅程在两个人的交流中显得并不那么枯燥乏味，第二天中午的时候，两个人就坐上了从哈尔滨通往白旗镇的大巴。望着熟悉的绵延起伏的山川，卞虎心中忽然有些怅然。他自从十八岁参军之后便几年难得回家一次，那些平日的玩伴也渐渐生疏了。据说那些人中的大多数现在都身家百万了，每次回来的时候，他们总是劝说卞虎：“做警察有什么好的？回来一起挖矿发财吧！”

每每听到这些话，卞虎总是憨憨地笑笑，避开不谈。其实倒不是卞虎不在乎钱，实际上卞虎真的很缺钱。公安系统的待遇并不高，但是没办法，卞虎就是喜欢干这行。

大巴在乡间的柏油路上奔驰了两个多小时，终于进入了白旗镇。刚一进入镇子，便有几辆轿车停在镇口，大巴还未停下，便见几个人向车子中的卞虎招手。等大巴停稳之后，卞虎轻声对张雪说道：“大巴就到这里，一会儿我让我哥们儿送你到北卦村吧！”

张雪轻轻摇了摇头，拒绝了卞虎的好意。卞虎耸了耸肩走下车子，和几个人亲切地拥抱，互相推搡了一下，然后进了其中的一辆轿车。

卞虎坐进车里和开车的兄弟简单寒暄了几句，忽然冷静了下来，说道：“萧让的死究竟是怎么回事？”

正如上面所说，白旗镇的很多人因为丰富的铁矿资源发了横财，卞虎的许多兄弟一夜之间成了暴发户，萧让便是其中之一。他们这些人从小一起长大，萧让与卞虎的关系尤其亲密。昨天早晨卞虎忽然接到一个电话，电话那边的人告诉他萧让死了，但是死得很离奇。究竟如何离奇，没有说清楚，只是当人发现的时候，萧让被摩托车死死地压在下面，嘴角的血液已经干涸了，但一息尚存，还未送到医院便断气了。不过在送往医院的途中，萧让口中一直在念叨着一句话：红衣女子。

“虎哥，事情是这样的！”开车的青年一面开着车子，一面对卞虎说道，“最近萧让正在和北卦村的一个女孩子谈恋爱，前几天镇子上来了一个戏剧团，于是萧让便带着那女孩来戏剧团看演出。送女孩回去的时候，他特意叫上了他表弟一起去，结果两个人在回来的路上撞进了一个小山坳里。发现他们的时候已经是后半夜了。家人见他们两兄弟迟迟没有回来，这才叫人去找。后来，在那个小山坳里找到他们的时候，他表弟的脑袋撞在了山坳里凸出来的一块石头上，颅骨碎裂，当场死亡，而萧让虽然还有气息，但是没挨到医院就断气了！”

“哦，原来是这样！”卞虎若有所思地点了点头道，“那红衣女子是怎么回事？”

“据说那北卦村不干净，常年有红衣女子作祟。送萧让去医院的时候我就在车上，他一直处于半昏迷状态，时不时说一句‘红衣女子，天皇皇’之类的话。”坐在卞虎身边的青年回答道。

卞虎听完两个人的叙述，坐在车里静静地沉思着。片刻之后，轿车停在了萧让家的门口，卞虎推开车门走进了院子。

萧让的葬礼要在第二天一早举行，卞虎在萧让家坐了一会儿，隐约听几个帮忙的大妈说，萧让和他表弟肯定是无意中撕掉了村口的那张纸，这才招致红衣女子的报复。卞虎自从进入重案组之后，遇见的离奇案件不计其数，他从来不相信这些迷信之说，但是此时他也有些迷茫了。吃过晚饭，他从一个兄弟手里借来了一辆摩托车，借口想出去兜兜风，实际上是要夜探北卦村。

想要有所发现，最好的办法就是亲临案发现场，卞虎骑车沿着小路向北卦村的方向驶去。他骑在车上，车速缓慢，此时已经是傍晚时分，道路两边的玉米地散发着浓郁的玉米香。而卞虎此时却没有过多的心思去缅怀，他一面开车一面思考、感受，将自己想象成萧让。当时他们是一种什么样的心情呢?

在行驶了二十分钟左右之后，前面出现了一个小小的山坳，卞虎将车停在路边，然后站在路边仔细地观察着。这路边的摩托车车痕很深，给卞虎的第一印象是摩托车在距离山坳不远处忽然加速，然后径直向山坳冲过去。接着他沿着车辙直接来到了山坳中，那块石头上的血迹依旧清晰可见，在杂草丛中还有一些摩托车碎裂迸出的零件。

忽然卞虎的目光被草丛中的一件物事吸引住了，他弯下身蹲在草丛中摸索了一会儿，然后将那件物事拿在手里轻轻摆弄着。这是……

卞虎似乎想到了什么，他将那个物事揣在怀里，然后骑上摩托车继续向北卦村的方向而去。

4

卞虎在重案组里的话最多，平日里只要他在，便整天喋喋不休地贫个不停。按他自己的说法，他家里是八代贫农，能不贫吗？因此卞虎一走，办公室立刻变得死气沉沉起来。

傍晚，黄怡婷整理完这两个月的卷宗，坐在椅子上伸了伸懒腰，对坐在椅子上忙碌着的吴华忠、宋一和沈玄说道："各位，到下班时间喽，大家一起吃个饭吧！"

宋一抬起头看了看挂在墙上的钟，然后站起身来说道："怎么？姑娘今天你中彩票了？"

"不中彩票就不能请大家吃顿饭了？"黄怡婷一面说着，一面整理着桌子。

"估计今天不行，有一阵子没有回家吃饭了，你嫂子说今天晚上做大餐呢。"宋一说到这里，一脸自豪地说道，"要不然你们几个跟我到我家去吃算了！"

宋一的话刚说完，他的手机便响了起来。

"哟，你瞧，说曹操曹操就到！"说着宋一接通了电话，"喂，嘿嘿，好好好，我马上就回去，这不是忘记看时间了嘛！"说完宋一笑着挂断了电话。

"你们真不去啊？"宋一看着黄怡婷和吴华忠客气地说道。

"你赶紧走吧！"黄怡婷摆着手笑着说道，"赶紧陪着咱警察家属去吧，你就别管我们了！"

宋一笑着夹着包离开了办公室，黄怡婷看着剩下的两个人说道："吴老，今晚我请你们吃饭吧？"

吴华忠正戴着眼镜看着一本外文书，他抬起头推了推鼻梁上的金丝眼镜，说道：“臭丫头，是想请我还是想请别人啊？”

黄怡婷见吴华忠这样一说，脸上一红。吴华忠轻轻摆了摆手说道：“你们俩去吧，重案组能有点空暇不容易，吃完饭顺便看场电影，我这老头子就不去当电灯泡了！”

黄怡婷低头笑了笑，走到沈玄身边。刚刚的一切沈玄似乎都没有听到，他目不转睛地盯着电脑屏幕上的资料。

“沈玄……”黄怡婷搓着手柔声说道，“一起吃饭吗？”

“啊？”沈玄没有抬头，从办公桌下面拿出一盒泡面说道，“你要泡面的话，帮我一起泡了吧！”

黄怡婷的微笑僵在了脸上。沈玄的手擎在半空，半天见黄怡婷始终没有动，这才抬起头，只见黄怡婷正怒视着自己，然后想了想，连忙收起泡面，一拍脑袋说道：“哎呀，对不起，刚才以为你说一起泡面呢？”

“一起吃饭，你究竟去不去？”黄怡婷冷冰冰地说道。

“吴老呢？”沈玄扭过头，见吴华忠低着头一面看书一面向他摆了摆手。

“去吗？”黄怡婷追问着沈玄。沈玄本想拒绝，但又觉得有些不好意思，想了想之后点了点头。

车子在一家西餐厅门口停了下来，沈玄打量了一下这家西餐厅，下意识地摸了摸口袋里的钱包，有些不好意思地说道：“咱们在这里吃饭？”

“嗯！”黄怡婷耸了耸肩说道，“你以为我带你来这里观光的？”

“可是……”沈玄来到重案组之后还没有发过工资，身上只有几张百元大钞。黄怡婷看出沈玄顾虑什么，轻松地说道：“这次是我请你！”

黄怡婷连哄带骗用了十几分钟的时间，终于将沈玄从车上劝了下来。这是沈玄第一次来这么高档的餐厅。黄怡婷和沈玄选择了一个靠近窗子的位置坐下，她轻车熟路地点了餐，因为不管问沈玄想吃什么，他总是用两个字回答：随便。

等待上餐的时候，餐厅内回荡着钢琴曲，这钢琴曲的旋律很美。黄怡婷微闭着双眼，双手托住下巴，很陶醉的样子。沈玄坐在椅子上极不自在，他觉得自己的气质与这家餐厅格格不入。

“以前我和他总是来这家餐厅，他就坐在你现在坐的位子上！”黄怡婷闭着眼睛听着音乐轻声说道。

“他第一次来这里的时候也和你一样局促不安，胸口像装了一只小鹿！”黄怡婷接着说道，“那时候他告诉我，向我求婚的那天一定会带我来这间餐厅，亲手为我弹奏一首钢琴曲！”说着一行晶莹剔透的东西顺着黄怡婷的眼角淌了下来。

这顿饭沈玄吃得全都哽在了喉咙里，而黄怡婷比沈玄好不到哪里去。在遇见沈玄之前，黄怡婷恨不得每次途经此地都绕着走，生怕勾起伤心的往事。

看完电影已经是深夜1点钟了，走出电影院的时候，沈玄长出一口气，黄怡婷紧随其后。

“陪我走走吧！”黄怡婷说着，也不管沈玄同意与否，便自顾自地向前走进了茫茫夜色。沈玄看着黄怡婷的背影，忽然心中流淌出一种悲伤的东西。他顿了顿，跟在黄怡婷的身后。前面是一条幽静的小路，路的两边种植着茂盛的梧桐树，耳边不时传来阵阵蝉鸣。

“你……”沈玄吞吞吐吐地说道。黄怡婷停下脚步扭过头，面带微笑地看着沈玄，路灯微弱的光洒在黄怡婷的脸上，显得格外漂亮：“你想说什么？”

“你很爱他吗？”沈玄鼓足勇气问道。

“呵呵！”黄怡婷苦笑着说道，“爱是什么？有时候就像空气。平时我们一定不会察觉到，也不会感觉有什么特别的。可是一旦失去，那么剩下的就只能是窒息而死！”

“你很爱他！”沈玄肯定地说道。

“呵呵，其实在他离开的前一天我们还大吵了一架！”黄怡婷仰起头望着天空深深吸了一口气，说道，“可能我这一辈子最大的遗憾就是没有能亲口对他说一声对不起吧！”

接着两个人都陷入了沉思，过了一会儿，黄怡婷忽然抬起头柔声对沈玄说：“谢谢你！”

“谢我？”沈玄诧异地望着黄怡婷，黄怡婷淡淡笑了笑。

正在这时，黄怡婷的手机忽然响了起来，她掏出手机看了一眼，脸色骤然失去了血色。她一面拨打着吴华忠的手机，一面拉住沈玄快速地向停车场的方向奔去。

“吴老……”黄怡婷气喘吁吁地说道，“您都知道了？”

黄怡婷连连点头说道：“好的，我们马上就到！”说完就挂断了电话。

上了车，黄怡婷立刻发动车子向局里奔驰而去。沈玄坐在副驾驶的位置上，从黄怡婷的神情中他已经猜到必定是发生了什么事情。

“出了什么事？”沈玄问道。

“他终于出现了！”黄怡婷一字一句地说道。

“你说的他是……”沈玄追问道。

“还记得我曾经给你看过的那段录像吗？”黄怡婷目不转睛地望着前方。刚才的温柔似水在她身上已经荡然无存了，取而代之的是一个干练的女警花。

“你是说……”沈玄终于明白黄怡婷这么大反应的原因了。

十五分钟之后，两个人赶回到局里。此时重案组的办公室内，吴华忠和宋一正在紧张地讨论着什么，见二人回来，便立刻招手让两个人过来。

“你们都收到卞虎发来的短信了吧？”黄怡婷劈头盖脸地问道。

“嗯，他的那条短信应该是群发的！”宋一显然也收到了卞虎的短信，“但是我再给他打电话的时候，他的手机已经关机了！”

“我也在路上试图联系他，不过始终联系不上！”黄怡婷说着又拨打了一次卞虎的手机，但手机里却始终是无法接通的回音。

“看来卞虎遇到什么危险了！”吴华忠咬着嘴唇说道，“查查看最早一班飞往哈尔滨的飞机是什么时候。”

黄怡婷连忙打开电脑，片刻之后她抬起头说道：“7点15分！”

“好，立刻订四张飞往哈尔滨的机票！”吴华忠转过头对宋一说道，“你立刻联系小虎家乡所在的派出所，出动警力，一定要找到小虎，保证他的安全！”

宋一点了点头，然后去一旁打电话了。

吴华忠再次拿起手机拨打卞虎的手机，拨了两次始终无法接通，便将电话丢在办公桌上。沈玄在原地站了一会儿，来到吴华忠面前说道：“吴老，究竟是怎么回事？”

吴华忠将手机递给沈玄，沈玄疑惑地接过手机，在短信栏轻轻地翻着，其中有一条卞虎的彩信，是深夜1点35分发来的。沈玄想了想打开了那条短信，瞬间沈玄像是被雷击中了一样站在原地。

那彩信上有一张照片，虽然这张照片的光线不足，但是依旧可以清楚地辨认出上面是一个黑色的圆形物事。沈玄立刻放下手机，三步并作两步走到自己的办公桌旁，拿出柜子里面那个神秘的铁箱子。

沈玄手忙脚乱地将铁箱子打开，从里面拿出一个小盒，然后盖上铁箱。他拿着那个小盒走到始终诧异地盯着自己的吴华忠面前。

“照片上的那个东西是不是这个？”说罢沈玄将那个小盒缓缓打

开，只见一个与照片上完全一样的圆形物事出现在盒子之中。

吴华忠皱着眉头盯着盒子里的东西，又抬起头看了看沈玄：“你怎么会有这种东西？”

听到吴华忠的话，黄怡婷也好奇地走了过来，当她看见沈玄盒子中的那件物事的时候，也倒吸了一口冷气，惊异地望着沈玄。

“这东西是在几年前我女朋友被害的案发现场发现的！”沈玄幽幽地说道。

“原来你要找的也是他！”黄怡婷诧异地说道。

5

时间就是这样，越是在你焦急等待的时候，它仿佛就像一架老牛车一样缓慢地蜗行。短短四个小时却像是几年，重案组的几个人一面翻阅着资料，一面时不时抬起头看看挂在墙上的时钟，时间似乎一下子停滞了。

当时钟指向6点的时候，重案组终于驱车来到了机场。在飞机即将起飞的前一刻，宋一和黄怡婷还在不甘心地拨打着卞虎的手机，结果依然令人失望。

虽然彻夜未眠，但沈玄显得分外兴奋。不知是因为头一次坐飞机过于紧张，还是因为追了多年的案件终于有了眉目，沈玄的手心满是潮汗。一个半小时的旅程很快结束了，当飞机缓缓降落在哈尔滨太平机场的时候，黄怡婷再次拨打了卞虎的手机。宋一期待地望着黄怡婷，然而黄怡婷却失望地摇了摇头。

走出太平机场的时候，哈尔滨方面的民警早已经等在了候机大厅。

在当地民警的指引下，几个人上了一辆商务车。

在车上简单寒暄了几句，吴华忠立刻询问是否发现了卞虎的踪迹。前来接机的民警的回答却让重案组成员大失所望。在吴华忠打完电话之后，当地民警便立刻驱车去了白旗镇。

不过却并未发现卞虎的下落，他们从卞虎朋友的口中得知，昨天吃过晚饭后，卞虎便向自己借了一辆摩托车独自去外面兜风，直到民警赶到的时候还没有回来。这让卞虎的朋友们十分着急，于是民警和卞虎的朋友们开始连夜寻找卞虎的下落。

白旗镇虽然地处山区，但从此处通往外面的路一共有六条，民警与卞虎的朋友们兵分六路开始寻找卞虎。然而两个小时之后，各路人走出上百里也未发现卞虎。正在这时，卞虎的朋友们忽然想起一个地方，他们立刻将卞虎有可能去北卦村调查萧让的死因这件事告诉了民警。

民警这才辗转向北卦村进发，当他们距离北卦村尚有几里路的时候，发现了躺在草丛中的摩托车，经卞虎朋友确认，这正是昨天晚上卞虎从自己手中借走的那辆摩托车。当时已经是早晨7点钟了。之后民警便到机场来接机，更多的消息便不得而知了。

听完民警的叙述，吴华忠和重案组的其他成员都沉默了，从卞虎最后发出的短信到现在已经过去了七个多小时，如果卞虎是在遇到危险的时候发出的短信，那么在这致命的七个小时里卞虎究竟去了哪里？他现在是否尚在人间？这些问题萦绕在每个重案组成员的心头。

“从这里到白旗镇要多久？”宋一焦急地说道。

“快的话也要两个小时左右！”开车的民警目不斜视地说道。

“两个小时……”宋一默默地重复着，他知道现在每一分钟对于卞虎来说都可以算得上是关系着生死。

可是他们只能等待，静静地等待。那些绵延的群山此时就像死神一般静静地矗立在原地，嘲笑着这些无能的人，等待着死亡给它带来的快感。

正在这时，吴华忠旁边的民警的手机忽然响了起来，民警接通了电话，只见他听了片刻之后脸色忽然变得极为难看：“你说什么？械斗？”

宋一和吴华忠对视了一眼，只见那个民警焦急地说道：“我们马上就到，你们一定要稳住群众的情绪，千万不要把事情闹大！”说完民警挂断了电话。

“出了什么事？”宋一急切地问道。

“白旗镇卞虎的朋友带着一群人与北卦村的村民在村口发生了械斗！”那个民警皱着眉头说道。

“械斗？”黄怡婷诧异地望着民警说道。

“嗯，卞虎的朋友们见迟迟没有卞虎的下落，便准备带人到北卦村去寻人，但是北卦村有个不成文的规矩，外人不得轻易踏入本村一步！”民警淡淡陈述着，“两方人争执不下，最后在村口发生了口角，进而动起手来。”

“有伤亡吗？”宋一接着问道。

“还不知道！”说罢那个民警对开车的民警说道，“小赵，快点开！”

那开车的民警小赵立刻踩下油门，但这大山深处的弯路实在太多，即便心里着急，但车速始终是不紧不慢。不过他们还是在一个半小时多一点儿的时候到达了北卦村的村口。

一下车便见人头攒动，粗略估计在一百人以上。十几辆小轿车横在村外的小路上，阻断了去路。重案组成员在那个民警的带领下向人群会集的地方奔去。

“你们让不让进去找人？”说话的是当初接卞虎的兄弟，他此时光着膀子，脖子上戴着一条很粗的金链子，手里拿着一根木棒，那木棒上还沾着一丝血迹。

“不让，除非你把我们都打死，从我们身上走过去！”对面的年轻人手中拿着一把菜刀，对卞虎的兄弟怒目相向。

“好，老规矩，能动手尽量别吵吵！”说着卞虎的兄弟向身后一招手，便要开战，三个民警站在中间斡旋，不过毕竟两方面都人多势众，三个民警实在是力不从心。正在这时，接机的民警已经挤开人群来到人群中心，他站在中间那个狭小的空间，挥舞着双手说道：“冷静，乡亲们都冷静冷静！”

“孙所长！”卞虎的兄弟显然是认识他的。

“你们都冷静冷静！”那个姓孙的所长说道。

“怎么冷静？我们的两个兄弟就是从这该死的北卦村出来出了车祸，现在另外一个兄弟在这里下落不明，你让我们怎么冷静？”卞虎的兄弟高声喊道，“孙所长，你让他们让开，我们要进村找人！”

“进村？”对面的青年哼了一声，“少吵吵着进村，先打死我们再说！”

“你以为老子不敢啊？”说着卞虎的兄弟便挥舞着棍子向前冲去。

这时孙所长一把抓住他说道：“说了让你们冷静，现在我已经把省里的领导请来了，他们是卞虎的领导，特意来调查卞虎的案子的！”

他说着向站在人群边上的重案组成员看过去，所有人都顺着他的目光向人群边上望去。吴华忠这时缓缓从人群中走出来说道：“乡亲们，就像孙所长说的，大家都先冷静一下，我们这次来也是为了找到卞虎。”

“你们真的是卞虎的领导？”卞虎的兄弟打量着重案组一行人，惊讶地问道。

“这还有假？”孙所长抢在前面说道，“这是重案组的，你不相信我，难道还不相信他们吗？”

“乡亲们，卞虎是我们组的一员，现在他失踪了，我们也一样着急，但是着急不能解决问题。大家都冷静一下，我们会调查清楚，相信这几天就会给大家一个满意的答复！”吴华忠安抚着这些激动的村民。

“好，那我们就相信你！”卞虎的兄弟说着向后面的人招了招手说道，“大家先回去，等着卞虎的消息！”他显然是这群人的头，一句话所有人都放下了手中五花八门的“武器”慢慢撤离了。

等卞虎兄弟那群人撤离之后，吴华忠又和孙所长低语了几句。孙所长轻轻地点了点头，然后走到北卦村带头的青年前面说道：“张宏，重案组要进北卦村调查，你们要行个方便！”

“不行！”叫张宏的年轻人斩钉截铁地说道，“外人不能随便进入北卦村！”

“你小子怎么这么犟呢？”孙所长怒骂道，“那你说怎么办？”

“老祖宗留下的规矩，进入北卦村必须先拜过祠堂！”张宏义正词严地说道。

“你让省里来的领导去拜你们村的破祠堂，你还真想得出来！”孙所长指着张宏大声地说道，“你这叫妨碍司法调查，你知道吗？”

“那你就抓我吧！”张宏一副死猪不怕开水烫的模样，他知道身后有这么多同村的村民撑腰，孙所长必定不敢轻易抓走自己。

“好！”吴华忠忽然走上前去说道，“我们拜你们的祠堂！”

“吴老，这……”孙所长万万没想到吴华忠竟然能这般痛快地答应。和他一样感到诧异的还有张宏，他原本抛出这个要求只是为了阻止重案组进入北卦村，却没有想到吴华忠竟然答应了，他再想阻止也不可能了。

北卦村的祠堂位于村子最里端，正如孙所长所说，这个祠堂确实是一个破烂不堪的泥瓦屋，当中按照先后次序供奉着数十个张姓排位。张宏领着一大群看热闹的村民，带着吴华忠等重案组成员来到祠堂。吴华忠恭恭敬敬地跪在那些牌位前磕了三个头。

张宏见再也无法阻止眼前这些人，只得让步。就这样重案组终于顺利进入了北卦村——这个封闭的，与外界几乎断绝了联系的村子。

直到这时重案组才知道，原来张宏是这个村子的村长。北卦村是一个只有几十户人家的自然村，村子中几乎清一色全部姓张。北卦村这个名字最早有记录是在清朝嘉庆年间，之后改名道头村，因为“道头”两个字，当年凶神恶煞却又迷信的日本人都放过了这个村子。新中国成立之后，道头村的居民在村中祠堂的石碑上发现了“北卦村”三个字，这才又将名字改回来。

北卦村自从清朝开始便有一个不成文的规矩，那便是外人不得轻易进入北卦村半步。据坊间传说，是因为当时这村子中的两座大山山形宛若两个龙头，当年的风水先生断言此处必有一处龙穴。皇帝闻言，立刻让人在这北卦村的两山顶上修建两座高塔，将两条龙镇住，并且派人专门看守此地。这些张姓人家便是在那个时候来到此地定居的。虽然这仅仅是坊间流言，不过那两座塔的痕迹却依旧依稀可辨。

张宏为重案组在村部腾出一个房间，供他们使用。几个人渐渐发现，张宏这个人虽然表面张狂，却是一个极稳重的人，年纪轻轻，在村中年轻人中的威望却很高，几乎可以达到一呼百应的程度。

重案组将行李安排妥当之后，吴华忠便吩咐黄怡婷在档案库中查询北卦村的详细资料，另一方面让宋一与卞虎的兄弟接触，掌握卞虎在离开之前的行踪。他自己则与沈玄在这个神秘的北卦村走访，希望能找到卞虎来过的蛛丝马迹。据他对卞虎的了解，卞虎是一个粗中有细、训练有素的特警，如果他遇到危险的话，是一定会留下一些线索的。

听完吴华忠的吩咐，重案组成员各司其职。宋一离开北卦村，在当地民警陪同下前往白旗镇，找卞虎的兄弟们了解情况。吴华忠和沈玄在村子内四处走访。

时间紧迫，重案组每个人心中都压着一块大石头。最后发现与卞虎踪迹相关的是停在村口的摩托车，而卞虎最后发出彩信的时间是深夜1点35分，之后卞虎便人间蒸发了。现在已经过去了十几个小时，难道卞虎已经遭遇了不测？

黄怡婷连上无线网络，虽然这个被大山环抱的小村庄信号并不好，但是黄怡婷依旧勉强地进入了档案系统。很快黄怡婷便发现，从前年开始，这个封闭的小山村竟然发生了五起离奇的死亡案件。

沈玄和吴华忠两个人从发现卞虎摩托车的位置开始，一路步行去北卦村找寻线索。沈玄一面走一面思索着，忽然他停住脚步，低声在吴华忠的耳边说道："吴老，您有没有察觉到，自从我们出来之后，一直有人在暗中跟踪着咱们！"

吴华忠微微点了点头，示意沈玄不要拆穿，继续沿着小路向北卦村走去。他们两个人在村口的电线杆前面停了下来，此刻电线杆子上已经贴上了新的绿纸，上面写着：天皇皇，地皇皇，我家有个夜哭郎……

两个人驻足了一会儿，忽然沈玄在电线杆子下面发现了什么，他弯下身从地上捡起一块碎裂的手机外壳，打量了一番说道："这应该是卞虎的吧？"

吴华忠看了看那手机外壳，重案组成员的手机全部是统一配发的，因此很容易辨认出来。吴华忠立刻点了点头："看来卞虎真的来过这个村子！"

他们走进村子，发现村子里面空荡荡的，路上连个人影子也没有。本想找一些村民走访，可现在所有村民的院门都紧闭着。沈玄试图敲开几家的院门，回应他的只有恶犬的狂吼。

"回去吧，想必这些村民极少与外界接触，对外面来的人有一种天生的抵触心理！”这一切早在吴华忠的预料之中了。

一个小时之后，吴华忠和沈玄回到了村部的房间里，黄怡婷将发现的情况仔细向吴华忠汇报了一遍。半个小时后，宋一风尘仆仆地从白旗镇赶了回来，他带来的消息令人惊喜。原来卞虎是因为儿时伙伴萧让的死而回到老家的，据说萧让当天正是来到北卦村，在离开的时候撞进了山坳中惨死的。值得注意的是，萧让在临死前不停地喊着“红衣女子，天皇皇，地皇皇”，诸如此类的字眼。宋一还带回来一个消息，那就是北卦村以及外面的白旗镇地下有丰富的铁矿资源储备，主要为钒钛铁，其储备量仅次于四川攀枝花，堪称全国第二。只是北卦村的村民碍于多年的风俗，不愿搬离此地。

黄怡婷像是立刻想起了什么，她连忙打开电脑，在上面敲了“红衣女子”几个字，很快便出现了一个离奇的诡异故事，故事竟然就是以北卦村为背景写成的。几个人凑在电脑前看着那个故事，看完之后都倒吸了一口冷气。难道真的有恶鬼作祟？

“能查到发帖人的IP吗？”吴华忠说道。

“这个应该不难！”黄怡婷的手指快速地在键盘上敲击着，由于网络较差，一步一卡。大概半个小时之后，黄怡婷终于锁定了发帖人的IP。这个IP的注册地址是B市艺术学院。

“从这个帖子来看，发帖人显然对北卦村相当了解，极有可能是住在北卦村或者周边村落里的人！”吴华忠推断道，他想了想对黄怡婷说道，“查查北卦村有没有在B市上学的大学生！”

“好！”黄怡婷立刻在网上搜索着。大概十分钟之后，黄怡婷欣喜地说道：“有了！”

电脑屏幕上显示着一个人的名字：张雪。

夜半时分，正在重案组成员为找寻卞虎的下落焦急的时候，村部的门忽然被人缓缓推开了，接着一个穿着白色衣服的女孩子，手上滴着血出现在了门口。

6

张雪回到家之后一直守在姐姐张涵身边。张雪家有兄妹三人，大哥张宏，二姐张涵，她是家中最小的孩子。在她八岁的时候父母便早逝了，一直是哥哥姐姐照顾着她。几天前大哥张宏给她打电话，让她回家来照顾张涵，电话里说张涵惊吓过度。

张雪接到哥哥张宏的电话，立刻订了当天下午的车票，在车上机缘巧合地结识了卞虎。张雪对这个外表冷冰冰的警察从心里崇拜，她回到家中之后才得知，姐姐前天晚上见到了那个传说中的“红衣女子”。此时的张涵瑟缩在屋子里，晚上必须开灯才能睡着觉。

第二天一早，张雪便被村子里狂乱的犬吠声吵醒了，她走到门外才知道，原来是村子中的人与白旗镇的人发生了冲突，似乎双方正在酝酿着一场械斗。这种事情在北卦村也并不少见，因此张雪并没在意。然而就在她准备回去的时候，无意中竟然听到了“卞虎”的名字。

她立刻警觉了起来，几经打听，才从村民们支离破碎的言语中得知事情的经过。原来昨晚白旗镇一个叫卞虎的人失踪了，他们怀疑卞虎来到了北卦村，因此那些人想要闯进北卦村来找人。

然而北卦村的村民对此相当警觉，因为当初几个黑心矿主就曾经以各种名义带着大批社会青年来到北卦村，他们想要强行将北卦村的村民赶走，那次发生了一场大规模的械斗，双方都有人受伤。自此之后，北卦村的村民对外界的人就更加反感，因此一听说有人想强行进入北卦村，村民立刻群情激奋。

张雪立刻跟着村民们来到了对峙现场，卞虎的兄弟吵着要进入北卦村寻找卞虎。而以哥哥张宏为首的村民却无论如何也不同意，就这样僵持不下。直到后来重案组的成员来到村子里，张雪便暗中跟踪着沈玄和吴华忠两个人。不过她却不知道自己的行踪早已经被哥哥张宏看在了眼里。

张宏趁着重案组成员回去的时候将张雪拽回了家，质问张雪为什么要跟踪那些人。

张雪立刻反问道："哥，你是不是见过那个叫作卞虎的警官？"

张宏一时语塞，过了片刻，他冷冷地说道："我怎么可能见过那个人呢？"

"你真的没有见过他吗？"张雪质问道，"你别以为你做的那些事情我不知道！"

"你……"张宏恼羞成怒般说道，"你小孩子家家的知道什么，好好上你的学，这是爸妈生前的夙愿！"

"哥，书我可以不读，但是我不愿意你为了我去做亏心事！"张雪的这句话彻底激怒了张宏，张宏二话不说将张雪反锁在大房子里。但毕竟是亲骨肉，而且张宏对这个妹妹倍加疼爱，下午也是一时恼怒。傍晚，张宏与村子里的几个人商量完事情之后，回到屋子站在门口轻声问："小雪，睡了吗？"

屋子里没有应答，张宏站在门口自言自语道："小雪，我和你姐脑子都笨，就你脑子最聪明。不管你姐和我两个人多苦多累，我们做的一切都是为了你能顺顺利利大学毕业。"

"不知道你还记不记得四年前我送你去学校报到！"张宏叹了一口气，追忆起那些不堪回首的往事，"当时我们穿得土里土气的，你记得你的那些老师和同学看咱们的那种目光吗？像是看外星人一样！那时候我就想我们小雪如果穿上她们的衣服，一定比她们漂亮十倍百倍。那时候我就发誓一定不能让你被那些城里的孩子瞧不起，一定不能让我们的小雪受欺负！”

“是，这些年我是做了很多坏事、很多错事！”张宏点上一根烟，坐在门口低声说道，“恐怕你不知道，每天晚上我也睡不着，直到天亮才能稍微睡上一时半刻。我不停地在问自己做得对不对，但是想起你能在学校里被那些城里的女孩羡慕，就觉得我所做的一切值了！”

“小雪，原谅哥哥这次吧！”张宏吸完最后一口烟，站起身来说道，“我下午从你姐姐那里听说你在回来的路上遭遇不测了，如果不是那个姓卞的警官，恐怕我们已经见不到你了，但是……”

张宏说着淌下两行眼泪，顿了顿，稳定了一下情绪，说道：“小雪，你饿了吧？走，哥哥给你做好吃的去！”说着张宏掏出钥匙打开了门锁。当他打开灯的时候，见屋里空荡荡的，屋后面窗子上的玻璃被砸碎了，碎裂的玻璃散落了一地，裂开的玻璃碴子上沾有血迹。

他匆忙向自己的屋子里狂奔而去，打开房门，从衣柜里拿出一个红色的方木盒子。他咬着嘴唇轻轻地抚摸着方木盒子，片刻之后离开了家。

7

伤口不深，黄怡婷拿着镊子小心翼翼地将张雪肉里的玻璃碴子夹出来，放在一旁盛满水的脸盆中。让黄怡婷庆幸的是，那些碎裂的玻璃碴子并没有伤及张雪的动脉，否则后果不堪设想。她给张雪包扎伤口的时候，明显感到张雪的身体在剧烈地颤抖着。可能是因为失血过多，张雪脸色苍白，嘴唇青紫。

“你叫什么名字？”黄怡婷轻声问道。这个女孩自从进入房间之后便一言不发，目光呆滞地望着前方，似乎受了什么刺激。

“姐姐！”张雪忽然开口道，“一个人杀了人会判死刑吗？”

“啊？”黄怡婷的身体微微一颤，上下打量着眼前这个文静的女孩，无论如何也不能把她和杀人联系在一起，“这个需要法官视情节而定！”

“哦！”女孩显然有些失望，“如果……如果不是他亲手杀的呢？”

“雇凶杀人？”黄怡婷隐隐觉得眼前这个女孩心中藏着某些不为人知的秘密。

“也不算！”女孩慌乱地摇晃着脑袋，接着扑通一声跪在地上说道，“姐姐，你们救救我哥哥吧！”

“你哥哥是谁？”黄怡婷紧张地扶起张雪。张雪抬起头注视了黄怡婷片刻，说道：“张宏。”

“那你是不是叫张雪？”黄怡婷立刻感觉到了事态的严重性，“网上那篇关于红衣女子的帖子是你写的？”

“嗯，我就是张雪，那个帖子确实是我写的！”张雪沉默了片刻说道，“我知道卞警官的下落！”

黄怡婷立刻走到外面请吴华忠进来。几分钟之后，重案组的几个人在张雪的带领下离开了村子。刚走到村口，张雪忽然停住了脚步，缓缓走到村口的电线杆旁，此时那张绿纸已经被人撕掉了。她驻足片刻，带着重案组的人沿着东面的小路径直向山顶走去。

也许很多人见过屹立在山顶上的高塔，却极少有人知道每一座塔下都有一座地宫。这些地宫是专门用来放置书籍、舍利，或者是一些祭祀用具的。当然北卦村的这两座镇龙塔也不例外，虽然塔身已经在“破四旧”的时候被毁掉了，然而那塔下的地宫却保存完好。小时候张宏经常带着两个妹妹到地宫里玩。那地宫非常大，有上下两层，里面的物事已经被搬运一空，但是对于好奇的孩子来说却是一个游玩的极佳场所。

张雪沿着山中的小路快速向那座塔的地宫走去。走到半山腰时，宋一忽然在草丛中发现一个亮闪闪的东西，他连忙弯下身子捡起那件物事，原来那光是手机电池的商标发射出来的。这种统一配备的手机电池也很容易辨认，只是宋一发现电池上沾着一些干涸的血迹。

宋一将电池递给吴华忠，吴华忠倒吸了一口冷气，所有人都在心中祈祷着，脚下加快了步子。五分钟之后，一行人来到了一块大石头前，张雪指了指那块石板的下面，搬开石板，重案组的人发现这石板下面竟然有一个巨大的入口。

“这是北卦村唯一可以藏人的地方！”张雪话音刚落，只见宋一脱掉外套递给黄怡婷，拿出手电叼在嘴里，自顾自地顺着入口下到了地宫之内。沈玄正要下去，却被张雪拦住了，她轻声说道：“我也和你一起下去，里面太大，恐怕你们两个一时半刻很难找到卞警官！”说完张雪熟练地顺着入口钻了进去。沈玄紧随其后刚要进去，黄怡婷一把拉住沈玄说道：“小心！”说完将一个手电递给了沈玄。

“嗯！”沈玄接过黄怡婷的手电顺着入口钻了进去。

这塔下的地宫漆黑一片，伸手不见五指，空气中夹杂着一种霉潮的气味，还有淡淡的血腥味。宋一见张雪跟下来，有些责怪地说道：“你下来做什么？”

“跟我来！”张雪也不理会宋一的责怪，自顾自地向前走，宋一和沈玄紧紧跟在张雪的身后，生怕她会出现什么纰漏。这地宫的地面上都是散落下来的砖头瓦砾，稍有不慎便会被绊倒来个狗吃屎，但是有了张雪引路，显然要好走得多。张雪在第一层地宫里找了一圈，没有发现卞虎的下落，便向一旁的台阶走去。

“你们小心点儿！”张雪踩在陈年的木制台阶上，吱吱作响，声音在这近乎封闭的空间内显得格外响亮。

“谁？”一个细微的声音从地宫二层的某个角落中传来。几个人听到声音立刻喜出望外，这声音虽然虚弱，但正是卞虎发出的。

“小虎，是我们！”宋一高兴地说道。

“别过来！”卞虎听到宋一的声音，忽然声嘶力竭地喊道。他的声音刚落，只听那木制台阶轰隆一声巨响，台阶上的三个人全都落到了地上早已布置好的陷阱之中，不能动弹。

“呵呵，你们终究还是找到了这里！”这时黑暗中一个熟悉的声音冷笑着说道，“不过你们谁也不可能离开这里！”

“张宏？”

“哥！”

“小雪？你怎么也在这里？”张宏显然有些诧异地说道，“你怎么进来了？”

“哥，你放了卞哥哥去自首吧！”张雪哀求道。

“呵呵，自首？自首能怎么样？”张宏冷笑着说道，“你知道我手上有几条人命吗？我自首也难逃一死！小雪，你愿意眼睁睁地看着哥哥死吗？”

“不愿意！”张雪说到这里，早已经哭了出来，“哥，为什么？为什么会变成这样？”

“小雪，你不懂，北卦村那些愚昧的遗老遗少更不懂，他们对深埋地下的矿藏视而不见，却甘守清贫。不光是我，你知道村子里多少人对他们有意见吗？”张宏大声喊道，“眼看着周边的村子都富起来了，那些人开着轿车，住着洋房，搂着美女，我们呢？甚至你上大学，连一件像样的衣服我也给你买不起！”

张宏情绪激动地说道：“但是现在呢？现在我们的小雪吃的用的都是最好的，就算是那些以前看不起你的城市女孩也会羡慕你。难道你不喜欢现在的生活吗？难道你甘愿被那些人瞧不起吗？”

“哥！”张雪哭泣着说道，“我不要那些，我从来没有追求过那些。爸妈过世之后，就是你和姐姐两个人在外打工赚钱供我上学，那时候我就立志一定要考上大学，毕业之后努力赚钱让你们过上好日子。我想要的是我们三个人能幸福地生活在一起。眼看着我就毕业了……”

“哥，对了哥，我已经签了一家公司！”张雪像是一个刚刚考了一百分的小学生给家长看试卷一般激动地说道，“那是一家外企，待遇非常好。哥，以后你和姐什么也不用做，我能养活你们俩！”

“小雪，哥为你高兴，哥真的为你高兴！我们的小雪终于长大了！如果爸妈能看到今天该有多好！”张宏抹着眼泪说道，“小雪，等着我把这几个警察杀掉，咱们就一起过你说的日子！”

“哥，不要，不要杀他们！”张雪剧烈地喘息着，说道，“哥，放了他们吧，别再作孽了，我求求你了！”

“小雪，小雪你怎么了？”张宏听出张雪的喘息似乎有些不对，关切地问道。

“哥，对不起！”张雪吃力地说道，“我可能不能陪你了！”

“小雪！”张宏一个箭步从黑暗的角落中蹿出来，向张雪的方向扑过去。而正在这时，宋一和沈玄已经用随身的刀子割断了缠绕在自己身上的绳子，见张宏扑过来，两个人一左一右将张宏摁在了地上。

“小雪……别抓我，去看看小雪！”宋一给张宏戴手铐的时候，张宏依旧不依不饶地在地上挣扎着，双腿用力向张雪的方向爬着。当制伏张宏之后，沈玄打开手电向张雪的方向望去，只见张雪正吃力地趴在缠着自己的绳子上，嘴角淌着血，断裂的木制楼梯的一截木棍从一边插进了张雪的胸口。沈玄抱住张雪轻轻呼唤了两声，张雪吃力地睁开双眼，对着沈玄微微笑了笑，说道：“谢谢你，沈警官！”

为金钱祈祷上帝者，也必然会成为魔鬼的奴隶。张雪在被送往医院的路上就断气了。她离开的时候脸上始终带着笑容，因为当她睁开眼睛的时候，看见卞虎正躺在自己的旁边。卞虎受了一些轻伤，在医院恢复了几天就又回到队里了。

重案组在地宫的第二层找到了一个红色的方木盒子，在盒子中发现了一块红布和一块散发着恶臭的腐肉。

最麻烦的是对张宏的审问，他对制造一年前的五起凶杀案以及萧让表兄弟两个人的死供认不讳。据他交代，那五起凶杀案的受害人都是北卦村拒绝搬迁的顽固分子。之前他已经私下与几个矿主达成了协议，一定会在他在任期间促成合作。但是那几个人却成了北卦村搬迁的最大障碍，于是，他便利用特殊手段制造出了五起离奇案件，并且将这些案件全部归结为红衣女子作祟。至于萧让的死，张宏怀疑萧让之所以接近妹妹，也是因为即将到来的搬迁。而且张宏从骨子里鄙视白旗镇那些靠着采矿富有起来便目中无人的年轻人，因此才有了后面他们撞进山坳的事情。至于卞虎，正是在他发现了那个黑色物事之后，张宏唯恐事情泄露，将其打晕带进地宫藏了起来。

而对于他所用的手段，张宏却闭口不谈，这让重案组十分头痛。本以为能从这个案件中找到关于那只罪兽的一些事，至少也是一些线索，却完全没有想到现在竟然成了这副模样。

卞虎出院之后请了几天假，当他回来的时候，便单独提审了张宏。他给张宏看了一张纸，张宏看完之后痛苦不已。在接下来的一个小时里，张宏为卞虎讲述了一个很长的故事。

关于红衣女子的传说并非空穴来风，而是确有其人。红衣女子姓张，叫张珍秀。她投井的那天晚上，那个假道士便将那个红木盒子藏匿在村子里镇龙塔的地宫中。

后来假道士以盗墓贼的罪名被处死，却始终没有找到那个红木盒子的下落。一直到一次偶然的机会被前来此处玩的张宏发现了，他不知这个盒子有何用途，便一直将其藏在家中。

一晃几年时间过去了。那时候他在江西打工，无意之中发现有个人手里有一个和自己手中一模一样的盒子。他立刻对那个人产生了好奇，于是便暗中跟踪那个人，谁知几天之后，他惊讶地发现那个人将肉和一块红布放在盒子里，不久之后打开，便会引来一头形若猴子却浑身无毛的怪物前来啃噬。

吃过腐肉的猴子极为听话，那人便让那只猴子到处行窃。看到这些张宏立刻回到了老家，依照那个人的做法，竟然屡试不爽。那个所谓的红衣女子便是那只披着红布的猴子而已。

当卞虎向其询问另外一个有这种盒子的人的时候，张宏皱着眉头想了半天，然后迟疑地说道："这已经是很多年前的事情了，记不大清了，而且当时我隐约听人家叫他黎叔！"

卞虎立刻回到警局将这些汇报给了吴华忠。

"行啊你小子，什么时候也学会做嫌疑犯的心理工作了？我们费了半天劲，他就是不开口！"宋一轻轻地捅了一下卞虎说道，"说说用的什么办法！"

"嘿嘿，秘密！"卞虎故作神秘地说道。

当天晚上吴华忠带着重案组的人在院子里尝试着用张宏所说的方法引那只猴子，然而一直等到天亮，依旧没有见到那只猴子的踪迹。

卞虎有些生气，正要再次去提审张宏，谁知电话忽然响了起来，张宏死在了看守所中。

当重案组赶到看守所的时候，只见张宏倒在血泊中，他用断裂的牙刷插进了自己的鼻孔里，在地面上用血写了一个字：贪！

第四案
嗜血娃娃

引子

有个黑孩子，和我开玩笑。

我走，他在后面走；我跑，他在后面跑。

我调头，转回身，他在后面紧跟着。

哼！跑进屋来关上门！

好！把他关在门外了！

小叶子顶着大月亮，迈着小碎步，手中提着几个热腾腾的饺子，沿着乡间小路快速向家的方向奔去。夜风吹过，小路两旁高大的树干轻轻摇曳，婆娑的树影张牙舞爪地落在小叶子的脚下。她不敢低头，口中喃喃默念着老师教给她的童谣，步子一点点加快。

路过村子岔口的时候，小叶子有意快跑了两步，她清楚那条岔路通往山里。听大人们说，那条路的尽头有一个深山坳叫作鬼娃岭，一到晚上就能听到里面传出的婴儿哭泣声。两年前，她的小伙伴大明就是半夜在鬼娃岭迷了路，家人发现的时候已经是一具血肉模糊、糜尸碎首的骸骨了。老人们说那是被鬼娃岭里的小鬼吃掉了。想到这里，小叶子更觉得害怕，小跑了起来。

跑了一会儿，她隐约觉得身后似乎有人跟着自己，她不敢回头。因为听人说人的肩头有两盏灯，有那两盏灯在，什么魑魅魍魉都不敢靠近。你一回头就会熄灭一盏灯，等两盏灯都熄灭了，就没有保护了。小叶子一路小跑着向家的方向奔去，不一会儿便到了门口，奇怪的是大门竟然敞开着。

小叶子没有多想，径直走了进去，将饺子放在门口的桌子上，紧紧地插上门闩，这才靠在门后剧烈地喘息着。不知是因为刚才的奔跑，还是因为恐惧，小叶子此刻小脸煞白。她喘息了片刻，忽然觉得似乎哪里不对劲，平日里这个时候奶奶是一定会等着自己的，可是此时屋子里安静的连根针掉在地上都能听得见。

小叶子借着从窗子里射进来的月光向前摸索着，轻声呼唤道："奶奶，奶奶，你睡了吗？"

她叫了几遍，始终没有回音，只听东面屋子里传出一阵窸窣的声音。小叶子轻轻撩开东面屋子的门帘，一股淡淡的血腥味冲进她的鼻孔。月光透过窗子洒在炕上，奶奶平躺在炕上，一个小孩子低着头趴在奶奶的身上，像是在吮吸着奶奶的乳汁。小叶子有些奇怪，这是哪儿来的孩子。她又向前走了两步，这时那个小孩子停止了吮吸，缓缓抬起头来。

瞬间小叶子觉得浑身的血液都凝固了，她尖叫一声，慌不择路地向门口奔去。那小孩子警觉地向她的方向扑来。小叶子向前跑了两步，脚下一滑重重地摔在了地上，她只觉得双手黏糊糊的，抬起来一看，两只手上尽是鲜血。

小叶子忙不迭地爬起来，一面喊着救命，一面向外面的门口冲去。可能是因为她太慌张了，或者是因为手上沾着的鲜血太滑了，她用力地向外拨弄着门闩，然而那门闩像是卡住了一般纹丝不动。

而此时那个孩子已经从东面的屋子里追了出来，他缓缓地一步一步地向背对着自己慌乱开门的小叶子走来……

1

7月10日是个重要的日子——发工资。卞虎打趣地说："如果一个月能天天过10号就好了。"黄怡婷讪笑道："你倒是想得美！"

"就是啊，我又不像黄姐你！"卞虎笑眯眯地说道，"有个有钱的老爸！我还等着攒钱娶个媳妇呢！"

"你媳妇？还不知道在哪个丈母娘肚子里转筋呢！"黄怡婷笑着对卞虎说，然后将手中的银行卡放在桌角，瞥了一眼一直盯着电脑的沈玄。

沈玄也领到了一笔工资，虽然只有半个月的，但是这也是他加入重案组之后的第一笔钱。他思忖着准备请重案组的几个人吃顿饭，但是看着那点工资却又犯了难，恐怕这点钱连吃一顿像样点的饭也不够。

"对了，两天没见到宋队了，他干吗去了？"卞虎好像才发现宋一有两天没有来重案组了。

"前段时间听说他家孩子生病了，我还想抽出点时间去医院看看呢！"黄怡婷一面看着电脑，一面说道，"对了，你的伤好利索了吗？"

卞虎拍了拍胳膊说道："这点伤，小意思！"

"嘿嘿，不过我一直好奇啊！"黄怡婷扭过头望着卞虎说道，"上次那个张宏，你究竟是怎么说服他说出最后那番话的？"

"这可是个秘密！"卞虎神秘兮兮地说道，然后回到自己的座位上轻轻拉开抽屉。在他的抽屉里埋着一份合同，合同的最下角用娟秀的字体签着一个名字：张雪。卞虎将那份合同收好，压在档案的最下面。那个善良的女孩和这份失效的合同可以永远地尘封了。

正在这时，吴华忠推开门走了进来，他手中捏着一份文件，脸色阴沉，自顾自地走进了独立办公室。

卞虎小声地说道："黄姐，你看老爷子那模样，猜猜是谁惹到他了？"

黄怡婷摇了摇头，猜不出来。这时，局长忽然推开门急火火地走进来盯着卞虎说道："吴老呢？"

"在……在办公室里！"卞虎见局长焦急的神情，已经猜出了一些端倪。局长二话不说，径直走进了吴华忠的办公室。

接着里面传出了两个人的争吵声。

"讨论，讨论，每次遇见问题就是不停地讨论。"吴华忠怒不可遏地说道，"等你们讨论完了，那孩子恐怕就再也站不起来了！"

"老吴，你也要理解组织上的难处，我们毕竟是机关单位，不是慈善机构啊！"局长苦口婆心地说道。

"宋一他常年在外奔波，一年到头回不了几趟家！"吴华忠激动地站起来，指着外面办公室里宋一的办公桌说道，"他妻子也上班，留下一个七岁的孩子独自在家，现在出了车祸，急需一笔钱住院治疗，你们难道就想让英雄既流血又流泪吗？"

"老吴，你冷静冷静，局党委不也正在讨论一个方案吗？"

他们两个人的争吵被外面的三个人听在耳中，三人都站起身向吴华忠的办公室走去。卞虎低声说道："是宋队家的孩子出了车祸吗？怎么他一声招呼也不打啊？"

"宋队是不想给队里添麻烦啊！"黄怡婷叹了口气说道。

办公室里，局长霍地站起身来，在口袋中摸索了一会儿，说道：“这钱你先拿给宋一，给孩子看病要紧！”说完把钱摔在桌子上，推开门见几个人正在偷听，立刻怒吼道：“你们干什么？都不工作了？”

“是不是宋队家里出事了？”卞虎忍不住问道。

“这事你们别管，都回去工作！”说完局长头也不回地向门口走去。等局长走了之后，几个人推开门来到吴华忠的办公室里。他正坐在沙发上生闷气，竟然没有注意到这几个人。

“吴老！”黄怡婷轻声说道，“是不是宋队家里出了什么事？”

“你们来干什么？赶紧去工作，宋队那边的事情还有我呢！”吴华忠这句话说得很没底气，因为他上午去为宋一申请一笔困难补助，没有成功。

“还需要多少钱？”卞虎说着把那张工资卡放在茶几上，“我这个人不攒钱，卡上就刚发的几千块钱工资，看看能不能帮上宋队！”

“还有我的！”沈玄把自己的工资卡也放在了茶几上。

“干什么？干什么？你们这是干什么？”吴华忠有些恼火地说道，“有困难还有组织呢，还有领导呢，这钱你们拿回去！”

几个人没有说话，离开了办公室。下午的时候，黄怡婷请了两个小时假，回来的时候宋一已经回到了队里。他感激地将卡还给了沈玄、卞虎以及吴华忠，说道：“孩子的手术费已经交齐了，据说是红十字会的爱心救援组织帮忙的！”

“宋队，以后不能把孩子一个人放在家里，你看这多危险！”卞虎劝说道。

“唉，我们两人都上班，孩子也没有地方去呀！”宋一为难地说道，“如果老婆辞职在家的话，恐怕凭我那点工资也养活不了他们娘俩，等孩子的入学手续办完之后就好多了！”

“唉，这就是城市留守儿童啊！”卞虎无奈地说道。

这时吴华忠的手机响了起来，他接通电话，对方简单叙述了几句之后，吴华忠的表情立刻变得严肃了起来。所有人都知道这是吴华忠在遇见重大案件时特有的表情，他们相互对视着，紧张地等待吴华忠的命令。

大约十分钟之后，吴华忠挂断了电话。他长出一口气说道：“现在在陕西渭水发生了一个留守儿童被杀的案件，作案手段非常残忍，孩子的内脏被掏空，同时死亡的还有孩子的奶奶，情况和孩子相差无几。在现场发现了凌乱的血爪印，看起来应该不是人为作案！”

吴华忠简单叙述完案情，说道：“现在上面命令我们即刻前往陕西渭水侦破此案。宋一，你的孩子还在准备手术，就不要过去了！”

“没事，既然有好心人帮了我，那我也不能不回馈社会！”宋一说完肯定地点了点头。

吴华忠微微笑了笑说道：“怡婷，你现在立刻订一下下午去陕西的车票。卞虎联系渭水警方，让他们将案发现场的第一手资料发过来。沈玄和宋一，你们在以往的卷宗里调查一下有没有类似案件。”

“是！”几个人异口同声道，之后便各司其职开始忙碌了起来。

黄怡婷订的是下午1点钟开往陕西渭水的火车票。重案组风尘仆仆地上了火车之后，卞虎将渭水警方发过来的关于死者以及案件的第一手资料全部打印了出来，人手一份。坐在列车的包厢中，卞虎看着资料总结了一下案情：

案发现场在陕西渭水一个叫林芝的小村子中，这村子有上百户人家，多以务农为生。在农闲的时候，村里大多数年轻男女会到外面的城市打工，孩子便留给家中的老人代为照料，这就是所谓的留守儿童。死者就是其中一员，常年与奶奶居住在村子里。

在案发现场发现了两具尸体，一具是年仅七岁的女童，名叫孙春叶，发现的时候她面对着门口，双手紧紧抠着门闩，伤口在她的手背上，脊柱断裂，内脏被挖得一干二净。而另外一具是在东面屋子的土炕上发现的，是一个六十七岁的老婆婆，被发现时她平躺在炕上，双手握拳，伤口在胸口上，内脏被掏空，而她的乳房上留着一排细小的咬痕。

这两具尸体是在第二天早晨被邻居发现的。据说当天早晨邻居发现孙春叶家门口的一条狗口中衔着一截肠子，而门口有血迹，这才叫上村中几个胆大的人进入她家，进而发现了案发现场。那些人被案发现场惊呆了，即刻拨打电话报了案。后经当地民警走访调查，从两旁的邻居家了解到，案发前一天晚上曾经听到孙春叶的一声惊呼。但是由于农村普遍睡得较早，再加上现在是农闲时节，村中除了几个游手好闲的青年之外，大多数男人都出外务工，因此女人们在晚上也不敢轻易出去，这不能不说是酿成这起惨案的一个因素。

警方在案发现场发现了大量细小的足迹，那些足迹大小与三岁婴儿相差无几。联系到当地村民经常谈起的鬼娃岭，因此村子里流传着一种鬼娃作祟的说法。

卞虎将案件的第一手资料陈述完毕之后便坐下了，几个人始终一言不发地静静听着卞虎的陈述。当他讲完之后，吴华忠向沈玄和宋一询问道："你们那边有什么发现吗？"

"你说吧！"宋一推了一下沈玄说道。现在宋一已经渐渐接受了沈玄这个后加入者，更令他感动的是，早晨吴华忠告诉自己沈玄将仅有的半个月工资全部交给了他。

"我和宋队翻阅了近几年发生的案件，希望能从中找出类似或者相关的案件！"沈玄说着从随身的包里掏出一叠纸分发给大家，"结果我们发现了这起案件！"

沈玄坐下来拿着那张纸说道："这起案件是在新中国建立初期发生的，巧合的是这起案件也发生在陕西渭水这个名叫林芝的村子里。受害人是一个叫周启明的八岁儿童，卷宗中详细记载着受害人是在村子附近的草丛中被发现的，当时受害人的内脏被挖空，在草丛十里以内的范围内都发现了血迹和一些零散的爪印。

"当时有一个叫陈升的目击证人称，当天傍晚他看见受害人正在和一个形若两三岁婴儿的东西一起向草丛的方向走去，之后一个小时左右，那婴儿便匆匆从草丛中奔出，口中衔着一截肠子之类的东西。但是当时天色已晚，根本看不清楚，只能隐约看到那婴儿向一条山谷中跑去。

"当时有人怀疑这个案件的凶手有可能是居住在鬼娃岭内的一个侏儒，可是因为正值'文化大革命'的武斗期间，公安系统也受到了极大的冲击，因此这个案件虽然有目击证人，却不了了之，成了悬案。"

沈玄将发现的情况汇报完毕之后，黄怡婷不禁柳眉微颦地说道："既然那个叫陈升的目击证人看见了当时发生的一切，为何不上前阻止？"

沈玄轻轻地摇了摇头："这个卷宗也不完全，只有这一部分，其中很大一部分都被毁掉了！"

"现在我们所掌握的情况大家都已经清楚了！"吴华忠总结道，"从那些足迹和现场的情况来看，应该是罪兽作案，大家还有什么异议？"

几个人对视了一下，均摇了摇头。

2

重案组来到渭水的时候已经是晚上7点15分了，渭水县公安局领导对重案组的到来极为重视。据说当时这个案子在当地引起了轩然大波，很多留守儿童的父母听说此案之后纷纷回到老家。群众对此案反响极为强烈，要求警方尽快破案，给留守儿童家长一个交代。市局领导亲自坐镇指挥，但是由于现场的情况过于离奇，根本超出了一般案件的范围，这才求助于重案组。

吴华忠听完介绍之后立刻要求看一看那两具尸体。

两个受害者的尸体都停在县局的冰柜中，重案组来到的时候，当地法医已经等在了解剖室。据法医介绍，在这两个死者的身体内发现了一种极为罕见的麻醉物质，这种物质可以让人的身体暂时麻痹，但是与一般麻醉剂不同的是，这种麻醉剂并不能减轻半点疼痛。这就是说两位死者在断气之前能感受到身上发生的每一点痛感。他还在老年死者的指甲里发现了一些动物组织，但绝对不属于人的。女孩的指甲却全部脱落了。

检查完尸体之后，重案组回到县局办公室。此时办公室里已经准备好了几份工作餐。这是吴华忠特意叮嘱的，恐怕没有时间吃饭，只能草草地吃几口。

只是黄怡婷却全然没有胃口，她紧紧地攥着筷子，胡乱往嘴里扒拉着米饭，喃喃地说道："简直太凶残了！"她见过无数凶案的尸体，比这更加残忍的也有，但是像这样折磨人的却很少。蚊子在叮咬人的时候会先在皮肤表层注入麻醉剂，减轻受体的痛苦；而眼前的案件，两个受害者竟然在存有知觉的时候忍受着剧烈的痛苦被挖去了内脏，这简直令人发指。

"小黄，你怎么了？"吴华忠见黄怡婷久久不能释怀的样子，问道。

"我实在是想不明白，为什么要让受害人承受那般极度的痛苦！"黄怡婷放下筷子愤愤地说道。

"沈玄你告诉她！"吴华忠吃着饭指着沈玄说道。

沈玄点了点头，放下筷子道："其实这个道理很好解释。在文身的时候技师们一般不建议用麻醉药，因为一旦针头进入身体，便会使皮肤产生应激反应，在针头进入的地方产生一个收缩抱紧的动作，这样色素就容易留在身体里，虽然其后白细胞会将色素向外推，但是因为那个收缩抱紧的动作，所以颜色更鲜艳持久。同样道理，因为受害者能感受到疼痛，因此身体会产生自然收缩，这种收缩很大程度上保证了内脏的新鲜度，不会因为过度失血而影响……”沈玄说到这里忽然顿住了。

“影响什么？”卞虎和黄怡婷好奇地望着沈玄说道。

“口感！”沈玄一字一句地说道。卞虎顿时觉得胃内一阵剧烈痉挛，刚咽下去的东西一股股地向上涌。

吃过晚饭已经是深夜1点了，重案组又将案情梳理了一遍，才回到事先安排的招待所休息。

招待所位于警局所在的街上，离警局只有几分钟的路程。一大清早，重案组成员便被窗外嘈杂的哭喊声吵醒了。吴华忠带着重案组成员走出招待所的时候，只见警局所在的那条路上已经挤满了人。

最前面的人举着一条横幅，上面写着“凶手不除，岂能安居”之类醒目的标语。后来吴华忠了解到，这些人多为渭水附近的打工者。渭水县是一个贫困县，县内并没有大型企业，因此居民多外出打工。而留守女孩离奇被杀案消息的快速传播让周边村镇的打工者人人自危，已经严重影响到了群众正常的生活秩序。

重案组费了九牛二虎之力，终于从层层的人群中挤了进去。一进警察局，局长立刻迎了上来，紧紧抓着吴华忠的手说道：“吴老，外面的情况您也看到了，希望重案组能够尽快破案。你们需要什么帮助尽管说，我们会尽全力帮助！”

吴华忠微微笑了笑说道：“给我们准备一辆车和一个司机，我们现在要去案发现场！”

“好！”局长立刻去安排准备。

上午8时许，吴华忠带着重案组来到了林芝村。林芝村是一个有上百户人家的自然村，还没有到村口，便能看到村口处停着几辆警车。

“这是干什么？”吴华忠询问开车的民警道。

“因为案子一直没有告破，为了防止新案件发生，所以县里通知当地派出所的警察不分昼夜在村子里巡逻，保证群众安全！”开车的民警如是说。

民警开着车毫无阻碍地来到了案发现场。此时孙春叶的父母已经返回了家中，却被安排在了别处，因此案发现场除了尸体之外没有任何改变。

重案组一行人下了车，村内的民警协助从车内搬下一些勘查的设备，之后他们走进了孙春叶的家。

这是一座起脊式的三间房。所谓起脊式，便是房顶呈人字形的屋子，这种房子在西北以及东北极为常见。进门是客厅，客厅左右两边各有一间卧室。刚推开门，他们便闻到了淡淡的血腥味，血液已经凝固成了黑色的血块。

关上房门，在门后发现了数道深深的爪痕，爪痕上带着血迹，想必是那个七岁的小女孩在忍受着剧烈痛苦的时候用指甲抠出来的。旁边的桌子上放着一袋已经发霉的饺子。沈玄撩开东面屋子的门帘走了进去，屋子里的血腥味更重，几只苍蝇从炕上飞了起来，在屋子里乱撞。老人是死在炕上的，当时她身下铺着褥子，凝结的血液已经将褥子硬化，那浓重的血腥味便是从那褥子上散发出来的。

屋子里的一扇窗子碎裂，据说是当时邻居为了看清屋子里的状况打碎的。但是一个问题很快出现在沈玄的脑海中，那就是据邻居的描述，案发现场的门是紧闭着的，那么不管是什么东西，它是怎么离开的呢?

在此期间，黄怡婷已经离开了屋子，去受害人邻居家了解情况。而卞虎和宋一两个人专心致志地在勘查着现场，希望能找到一些被遗漏的蛛丝马迹。沈玄又将三个房间看了一遍，之后皱起了眉头。吴华忠走到沈玄身边说道："你是不是在想那东西是怎么出去的？"

"嗯！"沈玄道。

其实吴华忠也注意到了这一点，在沈玄四处打量的时候，吴华忠也把三个房间看了一遍，除了门就只有窗子了，如果说那个窗子是村民破坏掉的，那么它又是如何出去的呢？难道还有其他的遁身之法？

正在这时，卞虎忽然喊了一声："这里有血迹！"

沈玄和吴华忠连忙向卞虎的方向走去，只见卞虎正躬身站在西面房间的柜子旁。柜门敞开着，柜子里有星星点点干涸的血迹。

沈玄不禁与吴华忠对视了一眼，诧异地说道："难道那东西在杀人之后并没有离开，而是一直躲在这个柜子里，等村民们打破窗子进来之后才离开的？"

吴华忠微微地点了点头，忽然猛地抬起头，脸色凝重地说道："不好，赶紧召集民警让他们挨家挨户搜查！"说着吴华忠便急匆匆地向外走去。

"吴老，搜查什么？"卞虎不解地问道。

"另一个受害者！"沈玄肯定地说道。

"什么？还有另一个受害者？"宋一和卞虎不禁愣住了。

"对，一定还有另外一个受害者！"沈玄解释道，"那个东西在杀掉孙春叶祖孙俩之后找不到出口离开，于是便潜伏在了这个柜子里！"

"对啊！"卞虎刚刚已经听到了吴华忠和沈玄之间的讨论，这时点了点头。

"邻居说发现孙春叶家异样的原因是发现一条狗的嘴里衔着半截肠子，如果那个东西连房门也出不去，那么那条狗口中的肠子是从哪里来的呢？”沈玄一语道破天机，卞虎和宋一恍然大悟般跟了出去。

一个小时之后，噩耗传来，在村子的东面，一个叫黄思竹的女孩子在家遇害身亡，被发现的时候尸体已经开始腐烂出水，屋子里到处是苍蝇。从蛆的生长程度来看，已经死去四天以上了，正好与孙春叶的死亡时间相吻合。因为黄思竹的父母常年在安徽一带打工，黄思竹一直寄宿在学校中，平日里极少回家。再有黄思竹的家位于村子正东，人家极少，所以直到尸体腐烂也无人发现。

听说村子里竟然又发现了新的尸体，村民更加觉得恐慌，对民警极为不配合，很多村民当天下午就到集市上买来了长柄的砍刀以防不测。

傍晚的时候，黄怡婷带来了一个新的消息。

3

美女效应是一个普遍适用的真理。黄怡婷就是一个活生生的例子。在村民的眼里，女警察永远是一副严肃的模样，脸上极少能绽放笑容。黄怡婷的气质完全不像是一个女警，而更像是邻家女孩。她走访了孙春叶的几户邻居，最后热情的村民竟然不停地挽留黄怡婷吃饭，黄怡婷见实在无法脱身，只能答应下来。不过一下午的走访还是有成果的。

据邻居们说，当天孙春叶是到叔叔家吃饺子，吃完之后特意给奶奶提回来一些。这一点从客厅的那袋饺子上可以得到证实。而且据说在几天之前，村子内几个游手好闲的青年曾经说过在晚上看见一个大头娃娃在村口徘徊，当时他们吓了一跳，但是仔细看的时候却又找不到了。

黄怡婷临走的时候又得到了一个重要线索：据说多年之前村子里的一个老人就曾经说过，早晚会发生类似这样的事情，他曾经多次到镇上的派出所甚至是县市一级的公安机关反映情况，让他们调查一个案子，只是那案子尘封已久，早已无从查起了。

黄怡婷好奇地询问那个人的名字，那个邻居皱着眉头说道：“他好像是十多年前就过世了，名叫陈升！”黄怡婷听到这个名字，立刻想起沈玄曾经查到的在“文革”期间发生的那起命案。

而且黄怡婷也调查清楚了之前村民间流传的鬼娃岭内鬼娃作祟的始末。在村子内有一条岔路，那条岔路通往另一侧的山沟，那山里多是村民的祖坟，在山沟的尽头有一个悬崖。这个村子有一个风俗，那就是未满三周的婴儿夭折不能进入祖坟，也不能掩埋。所以不知从何时开始，那些孩子便全部丢在那山沟尽头的悬崖下面了。久而久之，村民们便给它取了个名字——婴儿岭。后来一直在那里看守着坟地的侏儒说夜晚听到有婴儿的哭泣声，所以那时候开始又叫鬼娃岭。

两年前，一个叫大明的孩子深夜迷路走进了鬼娃岭，几周之后被发现的时候尸体已经腐烂了，但是身上并没有受伤的痕迹，应该是饿死的。那之后大人们为了不让孩子乱跑，故意告诉孩子那里面有鬼娃子，大明被发现的时候已经被鬼娃吃得只剩下骨头了。

汇报完以上情况之后，一幅画面清晰地出现在了沈玄的脑海里：

一个月朗星稀的夜晚，小叶子提着一个装着热腾腾的饺子的塑料袋往家走。胆小的她拒绝了大人的护送，一路胆战心惊地回到了自以为安全的家，然而她却不知道，此时自己的奶奶已经惨死在了一只嗜血罪兽的獠牙之下。在那间平日里充满了祖孙俩温情的房间内，此时却藏着无限的杀机。当她发现这一切准备逃命的时候，却为时已晚。

“这个陈升一定知道些什么！”卞虎有些失望地说道，“对了，陈升有没有后代？”

黄怡婷同样失望地摇了摇头，说道：“我已经问过了，陈升唯一的儿子当年是这个镇的民警，在‘文革’的时候就死了！”

“如果陈升多次去警察局反映情况，那么警察局会不会有相关的记录，或者有人对他所说的有印象？”沈玄因为至今也不了解警察系统，就试探地问道。

卞虎看了看吴华忠，立刻拨通了县局局长的电话。

“陈升？”局长诧异地咀嚼着这个名字，顿了片刻才说道，“他和案件有关系吗？”

“你记得这个人？”卞虎已经从局长的语气中听出了一丝端倪。

“这个人，只要在这个警察局待过五年以上的人都知道！”局长毫不客气地说道，“这老头也挺可怜的，‘文革’的时候被人整过，儿子就是林芝镇子上的民警，在那时候跳崖自杀身亡了。虽然‘文革’之后给他平反了，但是脑子始终有些问题。他那时候三天两头来公安局闹，我们也是因为看在他是警察家属的分上一再容忍他。后来就更加过分了，他要求我们对他所说的话做笔录保存起来。说只要这样做，以后就不会再来闹了，我们没有办法，也只得给他做了笔录！”

“真的？”卞虎有些惊喜地说道，“那现在笔录还在吗？”

“这个……”局长有些犹豫地说道，“档案室搬过好几次，一些不重要的东西都丢弃了，恐怕一时半刻真的很难说还在不在！”

“一定要找到，他的笔录关系到这个案子！”卞虎顿了顿，接着说道，“以前给他做过笔录的人或者是当面接待过他的人，你也询问一下对他是否还有印象！”

“好！”

卞虎正欲挂断电话，局长那边又问道：“案情有进展了吗？”

“如果能找到陈升的笔录，那么就离破案不远了！”卞虎有些恼怒地挂断了电话。

“现在还有一条线索，就是黄怡婷提到的那个侏儒。我记得之前民国的那个案子中也提到了这个侏儒，他还健在吗？”吴华忠思索着问道。

“应该还在！”黄怡婷不敢肯定地说道。

“那咱们现在就先找找那个侏儒，既然多年前的案子里也提到了他，想必他一定知道些什么！”

鬼娃岭极少有人来，因此通往里面的路早已经被荒草覆盖住了，卞虎在前面开路，吴华忠、沈玄、宋一、黄怡婷跟在后面。这鬼娃岭实际上只是一条小沟，只因两旁的树木多年无人修剪异常繁茂罢了，不过走在这条左右两边都被茂密的树叶遮蔽住的小路上，真的有些瘆得慌。

他们沿着小路艰难地向前走了大约二十分钟，隐隐看到在一旁的山坡上，昏黄的灯光从一栋茅草屋射出来。

“应该就是前面了！”卞虎说着加快了步子。

还未等他们来到茅草屋，只见一个黑影从茅草屋中钻出来，跌跌撞撞地向鬼娃岭深处奔去。卞虎手疾眼快，三步并作两步跟了上去。吴华忠一行人继续向眼前的茅草屋走去。

推开屋门，所有人都是一惊。这是一个只有一间的简陋茅草屋，让几个人感到震惊的却是墙上挂着的东西。

4

这间茅草屋的墙上挂着十几个有些泛黄的骷髅头，还有一截已经风干的肠子。在屋子的角落中堆放着一些发黄的肋骨，刺鼻的尸臭味弥漫着整个房间。屋子正中有一个用泥瓦搭起来的炉子，此时炉火很旺，炉子上坐着一口破烂的锅。宋一缓缓走到炉子前面，从旁边拿起筷子将锅盖打开，眼前的景象真是让所有人瞠目结舌，那锅里正翻腾着一颗人头。

黄怡婷和沈玄两个人看到此景，顿时向外奔去，在茅屋门口剧烈地呕吐着。正在这时，卞虎像提着一只小鸡一样将那个侏儒提了回来。他见沈玄和黄怡婷的样子，不禁皱着眉头说道："你们俩怎么了？"

两个人不约而同地向茅屋里指了指。正在这时，宋一也从里面跑了出来，他见到侏儒狠狠地瞪了一眼，然后干呕了几声，才一把抓住那侏儒说道："你……"

"他？他怎么了？"卞虎疑惑道。

"他……他竟然吃尸体！"宋一控制住自己的情绪说道。

侏儒被带回临时休息所已经是晚上11点了，对于侏儒的审讯紧接着开始了。而重案组很快发现这个侏儒似乎根本听不懂他们说什么，只是他见到黄怡婷之后便不停地流口水，就像是看见了某种美味一般盯着黄怡婷，这让黄怡婷极不自在。

"你叫什么名字？"宋一大声地喊道。那侏儒扭过头目光呆滞地望着宋一，片刻之后又扭过头继续盯着黄怡婷，嘴角流着口水。

大约半个小时的时间里，那个侏儒始终一句话不说，而眼睛自始至终也没有离开黄怡婷一下。

"看来这个侏儒是个傻子！"宋一失望地说道。吴华忠点了点头道："小虎，你还是明天去找一趟当地的民警了解一下情况吧！"

卞虎点了点头。

"那这侏儒怎么办？"黄怡婷见他还在盯着自己，不无厌恶地说道。

"先把他锁在这里吧！"吴华忠说着走了出去。

整整一夜，重案组的人几乎谁也没睡着。黄怡婷心乱如麻，她在床上不停地辗转着，脑海里不断浮现着孙春叶遇害时极度痛苦的样子。她顺手摸出手机给沈玄发了一个短信：你睡了吗？和我出去走走吧！

沈玄此时脑海中正在回顾着案情，他总是觉得似乎遗漏了什么，可是无论如何也想不出究竟遗漏的是什么。就在这时，收到了黄怡婷的短信。

外面月朗星稀，山风微凉，空气中带着淡淡的青草的香味，黄怡婷和沈玄两个人并肩走在通向村外的小路上，沉默不语。两个人似乎都不愿打破好不容易创造出来的宁静，耳边时不时传来蝉鸣。

“沈玄，对这个案子你怎么看？”黄怡婷忽然开口说道。

“好像这个案子并没有表面看起来那么简单！”沈玄幽幽地说着，点上一根烟吸了一大口。

“什么意思？”黄怡婷有些不解。

“你还记得当时你在听我说完‘文革’时候的那宗相似案件后问过的问题吗？”沈玄又吸了一口烟说道。

“你是说为什么当时那个叫陈升的目击证人看到了却没有救吗？”黄怡婷想起当时听到那个案件后提出的问题。

“嗯，对。”沈玄接着说道，“人往往对某件事的第一感觉是最准确的。其实我在看到那份卷宗的时候第一感觉和你一样，我也在心里问了和你同样的问题。如果按照常理推断的话，目击者发现异常之后应该会上前询问，不应该只是在远处看着。这其中必定有什么隐情，我想陈升应该是这个案子的关键！”

黄怡婷仔细思考着沈玄的话，赞同地点了点头：“那这个侏儒呢？”

“从今天审讯他的结果来看，他应该只是个傻子。傻子也分两种，有些傻子虽然头脑不灵光，反应迟钝，但是能遵循人类的基本道德，他们做事虽然唐突，但是可以理解；而另外一种傻子却完全没有道德的观念，他们与动物毫无差别，身上只保留着最基本的动物本性，饿了吃饭，渴了喝水，困了睡觉！”沈玄说着又点了一根烟。

“最后一个问题！”黄怡婷认真地说道。

5

早晨8点，卞虎从镇上的派出所回来了，跟他一起回来的还有镇上派出所的民警。这个民警姓张，多年来一直在镇上管理当地的户籍。

小张见到重案组的人极为客气，且有些紧张，毕竟这个偏僻的小山村很难见到从省里来的重案组。

据小张说，多年之前他开始注意这个侏儒的时候，是因为那个叫陈升的老头总是到派出所里闹，说多年前的一宗命案与那侏儒有联系。但是小张却并未在户籍科找到侏儒的相关资料，出于一个户籍科民警的职业操守，他向陈升了解了那个侏儒的出身来历。

那个侏儒原名周宇，生于1956年，据说是近亲结婚的产物。周宇三岁依旧不会说话，只会爬，不会站起来走路。当时其家人便发现他的脑子有问题。等他七八岁的时候，虽然会走路，但是依旧不会说话，而且他只有最简单的动物需求，渴了不管是什么水都喝，而饿了基本上见到能吃的任何东西都往嘴里塞。在那个物资奇缺的年代，他惊人的胃口给家人带来了不少麻烦。不久之后，周宇家人实在无法忍受他了，于是便将他送到鬼娃岭，名为守灵，实际是任其自生自灭。可谁知傻子的生命力极强，即便是在“吃四两”那种吃糠咽菜的时候，这个傻子依旧顽强地活了下来，一直活到现在。

小张介绍完周宇的情况之后，吴华忠又向其询问了陈升的情况。

小张叹了口气说道：“陈老爷子其实是个好人，虽然受过刺激，偶尔会有些不正常！”

“你具体说说！”黄怡婷认真地询问道。

“我第一次见到陈老爷子的时候，是刚毕业分配到这里不久。当时陈老爷子忽然一大清早跑到派出所，说一定要见所长。”小张如是说，“当时所长正好出差。这个镇子的派出所很小，只有三个人，另外一个也和所长一起出差去了，所以当时所里只有我一个人。我接待了陈老爷子！”

“当初我刚到所里，就听所长曾经叮嘱过有这么一个疯疯癫癫的老人，因为‘文革’的时候受了刺激，所以三天两头来所里闹，但是因为他儿子曾经也是警察，因此大家都对其再三容忍。”小张说着接过卞虎递过来的一支烟，“那时候我以为陈老爷子是一个蓬头垢面、胡搅蛮缠的主儿。然而当我第一次见到他的时候，却大出我的意料，陈老爷子穿得非常得体，人也很干净，根本不像是一个受过刺激的疯癫老人。而且老爷子谈吐中带着几分风雅，那时我真的是极为震惊！”

“只是不能和他提起当年的案子！”小张回忆道，“一旦提起那个案子，陈老爷子便立刻变得激动起来，眼神混浊，嘴里的话也难以成句！”

“他当年都和你说过什么？”沈玄问道。

“已经记不清了，因为他当时说的话也没有重点，逻辑不清，很多话也极为混乱！”小张的话令在座的人都有些失望，小张似乎也从他们的表情里察觉到了什么，快速地在脑海中回忆着，“对了，他不断重复几个词：吃人、双胞胎、鬼娃！”

小张是在吃过午饭的时候离开的。他一直有个愿望，就是希望有一天可以进入类似重案组这样的组织，他觉得自己在这个地方已经磨砺了十几年，就经验以及阅历来说都能堪重任。吴华忠听完之后微笑着点了点头。

“吴老，你觉得他怎么样？”卞虎望着小张离开的背影，在吴华忠耳边询问道。看来小张不仅向吴华忠表明过他想进重案组的渴望。

吴华忠轻轻地摇了摇头道："爱迪生说过一句话，成功等于百分之九十九的努力，加上百分之一的天赋！"

"嗯，是啊！我觉得那小子够努力的了，天赋嘛……"卞虎想了想，似乎并没有从小张的身上看到什么天赋。

"爱迪生的这句话还有后半句，不知道你听说过没有？"吴华忠笑着说道。

"啊？什么？"卞虎瞠目结舌地说道。

"但是往往那百分之一的天赋甚至比百分之九十九的努力都重要！"黄怡婷接过吴华忠的话茬说道。她说完这句话，看了看一直沉思着的沈玄。

"什么？什么意思？"卞虎一脸茫然地说道。

"意思就是没有天赋再努力有个屁用！"宋一笑着说道。

"原来教科书上全都是骗人的！"卞虎怒骂道。

"好了，我们说正事！"吴华忠正色道，"卞虎，关于陈升的资料送来了没有？"

"还没有，我这就打电话催！"卞虎正要打电话，这时一辆车停在了临时休息所门口，一个民警带着两个档案袋急匆匆地从外面跑进来，他见了吴华忠说道："吴老，这是局长让我送过来的！"

吴华忠接过档案袋，这个档案袋的四角有些破损，虽然经人擦拭过，但是依旧能分辨出上面灰尘的痕迹。吴华忠清楚这应该是当年陈升强迫民警为其做的笔录。

打开档案袋，一股霉潮的气味扑面而来。第一份笔录是陈升的简历。陈升生于1937年，原籍陕西渭水林芝村人，少年时上过私塾，1966年入党，是第一批公办教师，当年陈升就在附近的学校执教。1967年陈升被以

“反动学术权威”的名义要求劳动改造，住牛棚，顶着高帽挨批斗。

“文革”结束之后为其平反，但因当时受刺激较为严重，因此并没有回归教师队伍，一直生活在林芝村，直至十年前病死。

简历下面的笔录是用油笔记录的，可能因为年代过久保存不善，很多笔记已经模糊不清了，而且正如小张所描述的那样，一旦谈到案件，陈升便立刻变得激动起来，而这种激动在笔录上的体现就是逻辑极度混乱。不过重案组依然能从当年的笔录中了解到一些事件的端倪。

1967年7月16日傍晚，陈升在从学校回家的路上看到受害人周启明被一个两三岁的婴儿模样的东西带入村口的荒草丛中，第二天周启明被害，内脏被挖空。作为当年唯一的目击证人，民警当时询问他是否看清那个孩子的模样，陈升出于一个教师的责任，一口咬定那个婴儿的长相与村中侏儒周宇十分相似。而周宇和周启明相识，这也解释了他当初看到的那个长相如婴儿的东西可以和周启明走在一起的原因。只是迫于当时的环境，虽然这份证词被民警拿到了，但是没能继续调查下去。当被问及为何民警当时不进行调查的时候，陈升的逻辑显然混乱了起来，他开始不停地重复着“报复”“食尸”“双胞胎”等词语。

这份笔录并没有如起初想象的那般让案情清晰，反而让案件显得更加扑朔迷离了。读完这份笔录，一个大大的问号出现在重案组成员的脑海中，究竟是什么原因阻止了当时民警的调查？那个叫周宇的侏儒确实有“食尸”的习惯，但是法医在那位老死者的指甲中提取的组织并不属于人类所有，这一点与笔录大相径庭。

案情再一次陷入了僵局，眼看着已经到了傍晚，又是一天过去了，县局已经将所有的赌注都压在了重案组身上，吴华忠的压力巨大。正在这时，外面传来了嘈杂的喊声，吴华忠问明缘由，原来是村民自发组织准备前往鬼娃岭一探究竟。自从这个案子发生之后，村子内就传着一种流言，那就是这个案子是鬼娃岭内的鬼娃作祟。

吴华忠瞬间做了一个决定，那就是跟随那些村民夜探鬼娃岭。

6

这个决定从某种程度上来说也算得上是没有办法的办法，或许这个没有办法的办法更是个釜底抽薪的办法。既然断定是罪兽作案，那么这些罪兽必定有藏身之所，如果它们真的是藏在鬼娃岭的话，那么与其这样调查，不如直接找到它们。

重案组内除了黄怡婷之外的几个人全部跟随着当地十几个青壮年一起前往鬼娃岭，而黄怡婷对这个决定十分不满。

“黄姐，你还是留下来吧！”卞虎见黄怡婷要跟着走，苦口婆心地说道，“万一遇见的是一群裸男鬼，咱不是吃亏嘛！”

黄怡婷轻打了卞虎一下，停住了脚步，然后对沈玄轻声说道：“小心点儿，你不会用枪！”

沈玄一愣，微微笑了笑。

村民们听说有重案组同行，信心倍增。前往鬼娃岭的路依旧是那条阴森小路，不过这次来的人比昨天找侏儒时要多很多，那些青年显然非常激动，像赶集一般有说有笑。

带头的是一个五十多岁的放羊老头，他之后是重案组的几个人，那些嘻哈青年手执各种“冷兵器”跟在后面。那老羊倌对吴华忠说，这条通往鬼娃岭的小路很深，往里走还有三四个岔路，再加上常年没有人来过，一般人进入很容易迷路。前年的那个大明就是在这里迷了路，无论如何也转不出去，才活活饿死在了里面。

吴华忠一面听着一面向前走。果然如那羊倌所说，越往里走这条小路越窄。两边的蒿草有一人来高，四周的高山在夜色中如同黑色的怪兽一般压过来，让人有种窒息感。莫说是小孩，就连大人进入这个小路中，也有种不寒而栗的感觉。

“啊！”忽然后面的青年惊叫了一声，所有人都驻足向后看，只见那个青年瘫坐在地上，脸色苍白、目光惊恐地指着眼前的物事结结巴巴地说道：“骷……骷髅……”在农村长大的孩子或多或少都受过一些迷信思想的熏陶，因此死人的骸骨对于他们来说是一种极不吉祥的东西。

卞虎从队伍的前头挤过来，弯下身子掏出手套若无其事地拿起那个骷髅头盯着看了看，那个骷髅头的头顶已经风化了，看样子被丢弃的时间不短。他将那骷髅头放在路边，摘下手套说道：“别那么大惊小怪的，死人有什么好怕的！”说着伸手去拉那青年，那青年也不示弱，拒绝了卞虎的好意，一骨碌从地上站起来说道：“走吧！”

一个小时过去之后，大部队继续向前面缓慢蜗行。不过吴华忠却觉得很奇怪，此处距离林芝村的坟场已经有很远的一段距离了，怎么会出现骷髅头呢？他隐约感觉到了什么。

又向前走了大约半个小时，终于看到了那个传说中的鬼娃岭。之所以用了这么久，倒不是因为道路有多远，而是因为路上的蒿草盘根错节，实在难行。当他们到达鬼娃岭的时候，都已经累得大汗淋漓了。

这鬼娃岭其实只是一座分水岭，与周围树木茂盛的高山相比，鬼娃岭就显得贫瘠多了。这山上只有不高的灌木丛，而鬼娃岭的另一侧则是数百丈料峭的悬崖。此时站在鬼娃岭的山冈上向下望去，隐隐觉得里面黑洞洞的，散发着一种阴森的气息。青年们站在鬼娃岭上好奇地向下望，不禁有些不寒而栗。

“这里真有鬼娃吗？”一个青年怯生生地问道。

“放心，有也没关系，咱们这么多男人阳气重，那东西不敢轻易靠近！”另外一个青年坚定地回答道。

卞虎和宋一听了这些言辞，不禁觉得有些可笑，可是他们的微笑却在瞬间僵在了脸上，就在这时候，那鬼娃岭中忽然发出婴儿般的啼哭声：“哇……哇……哇……”

那声音在下面的鬼娃岭里回荡着，宛若午夜游魂一般。十几个青年立刻脸色煞白，他们这次行动虽然名义上是来抓鬼娃的，不过他们始终认为这二十多年关于鬼魅之类的传言也仅仅是听人家说的，心中多半还是不相信的，因此大多数人是出于好奇来到这里的。不过眼下的情景让他们原本就不坚固的心理防线一下子垮塌了。

“这……这真有鬼娃！”那个发现骷髅的青年声音里带着哭腔。

卞虎却有些莫名兴奋，他向一旁的羊倌说道：“能下去吗？”

“什么？”羊倌不可思议地望着卞虎说道，“你要下去？”

“嗯！”卞虎坚定地说道，“相请不如偶遇，既然来了，那就要一探究竟！”

“不能！”羊倌很明确地说道，“听说这下面是一个深潭，下去就上不来了！”

卞虎有些失望地走到眼前的悬崖边上，弯下身轻轻拍了拍崖壁上凸出的石头，说道：“如果攀岩下去呢？”

“你疯了？”羊倌咂舌道，“这要是掉下去就是粉身碎骨，即便你活着下去，下面要是有鬼娃怎么办？”

“有枪！”卞虎拍了拍自己的腰间。羊倌看着卞虎的表情，忽然顿了顿，皱着眉头说道：“小伙子，你让我想起一个人！”

7

轮回，你是否相信轮回？同一地点，同样的夜晚，同样的语言，同样的身份，虽然是两个不同的人，是否会让你瞬间感受到轮回的含义？

是的，二十多年前，有人就站在卞虎现在的位置上，在这样的一个晚上，说过和卞虎相同的话，而他的身份也是个警察，他的名字叫陈宇——陈升的儿子。

羊倌望着坚定的卞虎说道："确实有一条路可以下去，只有一个人下去过，之后就再也没有上来！"

接着羊倌向重案组讲述了二十多年前那个夜晚的经历。当年陈升之子陈宇是镇上派出所的民警，他为了揭开父亲心中多年的疑惑，决定亲自前往鬼娃岭一探究竟。那时候羊倌也不过二三十岁的年纪，但是因为他经常在这一带放羊，因此陈宇便苦苦劝说羊倌做自己的向导。

羊倌最后无奈地同意了陈宇的要求。两个人吃过晚饭，带着绳索来到鬼娃岭。虽然羊倌几番劝说陈宇不要下去，但是陈宇也是拍着自己的腰间说道："别怕，我有枪！"

那是一个充满绝望的夜晚。羊倌站在唯一可以下去的悬崖边看着陈宇的身影渐渐消失在周围山峰的阴影中。按照此前两个人的约定，羊倌每过五分钟喊一次陈宇的名字，陈宇听到喊声立刻应答。就这样大约喊了十次，陈宇还是没有下到最底端。就在羊倌准备喊第十三次的时候，忽然听到陈宇一声大叫，然后传来了陈宇落入深潭拍打水面所发出的声音。此后无论羊倌如何呼唤，陈宇便再无音信了。

知道出事的羊倌立刻回到村子里呼救。村民和派出所的人赶到鬼娃岭的时候，东边已经现出了鱼肚白，他们试图沿着陈宇下去的悬崖边下去，然而试验了几次都失败了。那悬崖的着脚点很小，根本无法立足。

就这样所有的人都放弃了，陈宇的尸骨一直留在这鬼娃岭的谷底。陈升懊恼不已，多次要求进入鬼娃岭的谷底寻找儿子，他说还曾在这鬼娃岭听到过儿子的哭泣声，他肯定儿子还没有死。但是当时没有人敢下去，最后陈升只能不断地去当地派出所甚至县市公安局闹，希望重新调查当年的案子，这其中也有陈宇尸骨一直未找到的原因。遗憾的是直到陈升病死，依旧没有看到自己的儿子。

羊倌讲完，哀求着卞虎说道："小伙子，你还是不要下去了！谁也不知道这下面究竟有什么！"

"谢谢你的好意！"卞虎说着将外套脱掉递给宋一，询问般对吴华忠说道，"我下去了！"

吴华忠轻轻点了点头。

"您不拦着他！"羊倌瞠目结舌地对吴华忠说道。

"放心，他不会有事的！"吴华忠肯定地说道。

"大叔，当年陈宇下去的路在哪里？"卞虎问道。

羊倌无奈，只得带着一行人来到了他所说的那条路上。这里果然要比周围低矮很多，站在这里的悬崖边上，立刻能感觉到阵阵湿气从下面冲上来。卞虎看了看周遭的环境，然后双手紧紧地抓着悬崖边上凸出的石头，身体紧贴着崖壁，小心翼翼地向下爬去。

由于下面深潭蒸发的水汽的缘故，那些凸起的石头显得格外滑。卞虎不敢有丝毫怠慢，每次换位置都要再三确认几次。吴华忠之所以那么肯定地让卞虎下去，不仅是因为他曾经是特种兵，还因为他本就是个粗中有细的人。

当年吴华忠组建重案组的时候，曾经特意到部队上寻找适合的人选，从数以万计的人中挑选出十几个身体素质过硬的人，他们全部通过了吴华忠为他们量身定做的重重困难的考验。然而最后一项考验却让这些人犯了难。这最后一项考验是四百道选择题，这些题非常繁复、冗杂，涉及的方面极广，包括天文地理，也包括一些个人喜好，而且其中一部分题目是重复的。

他们的时间只有半个小时，这十几个人极为认真地在规定时间内做完了四百道选择题，而让他们瞠目结舌的是，吴华忠收回那十几份试卷之后竟然连看都没有看一眼，便将它们全部丢进了旁边的碎纸机。就在他们惊愕不已的时候，吴华忠问了一个问题：这些题中有多少道题是重复的？

在这十几个人中，只有卞虎一个人答对了，吴华忠当即便将卞虎留了下来。

卞虎发现越是往下走，石头越是光滑，而且其中很多石头上面都长满了湿滑的青苔，稍有不慎就会坠落下去。上面的人都为卞虎捏着一把汗。大概四十分钟后，卞虎忽然向上喊道："我已经下来了！"

上面的人发出一阵欢呼，不过之后他们便发现事情远没有这么简单。下面究竟有什么？那些声音真的是鬼娃发出来的吗？

8

自从重案组一行人离开之后，黄怡婷就一直忐忑不安。她开着电脑，却下意识地频频看表。时间一刻一刻地流逝，黄怡婷却始终无法安下心来。她强迫自己安静下来，然后在电脑上翻看着这几天的记录。

正在这时，一个民警来到了重案组的临时住所。他是当地派出所的民警，这次来是特意为重案组送夜宵的。其实黄怡婷不难看出他此行的另外一个目的是想询问案件的进度。

这一点很好理解。据说那些去县局闹事的群众直到现在依旧没有全部离开，虽然其中大部分人已经撤走，但是还有相当一部分人在县局大院内静坐。一天不破案，他们一天不肯离开。因此他们的压力之大可想而知。

黄怡婷简单地讲述了最近的一些进展。当听说还没有实质性进展的时候，那名民警脸上显出失望的表情。

“黄警官，你们是我们全体民警的希望啊！”那名民警激动地说道，“现在我们都不好意思见那些群众。这个案子影响太恶劣，一天不破案，我们一天睡不好觉啊！”

“嗯！”黄怡婷点了点头说道，“我们一定会尽快侦破这个案件的！”

正在这时，外面忽然传来了一阵响动声，黄怡婷和那名民警立刻站起身来向那个方向望去。响动声是从那个锁着侏儒的屋子里发出来的。

“怎么了？”民警警觉地询问道。

“哦，那里关着我们昨天从鬼娃岭的墓地里抓回来的周宇！”黄怡婷淡淡地说道。

“周宇？”民警诧异地问道。

“哦，就是那个侏儒！”

“哦哦，他啊！”和大多数人一样，大家都不知道他的名字，但是一提到鬼娃岭里的侏儒，却都知道。民警顿了顿说道，“他又被抓进来了？”

“又？”黄怡婷不解地问道，“之前他被抓过？”

“嗯！”那名民警点了点头说道，“前段时间有人说自己家的祖坟被人挖过，里面的尸骨都被刨了出来，散了一地。那鬼娃岭极少有人进去，只有那个侏儒一直住在里面，所以当时就把他抓回来了！”

“其实他被抓已经是家常便饭了，过一段时间就会发生墓地被挖的事情。肯定是他干的，毫无疑问。但是有什么办法啊？他是一个什么都不懂的傻子，只能是抓了关上一两天再放出去，放出去之后他便又回到鬼娃岭！”那名民警无奈地说道，“当初愤怒的村民一度将他住的那间茅草屋烧掉了，差点烧死他。可是这家伙就是命大，自己把茅草屋又盖了起来，还一直活着！”

“你们上次关他是什么时候？”黄怡婷追问道。

“一周之前吧！”民警回忆道。

“上次关了多久？”黄怡婷继续追问着。

“平时都是一两天，好像上次的时间稍微长一点，大概有四五天的样子！”民警的话还没说完，只见黄怡婷立刻站起身来掏出手机拨打吴华忠的电话，但是那手机却迟迟没有信号，再拨打别人的手机，依旧没有信号。无奈之下，黄怡婷只能给他们群发了一条短信，然后走到那名民警的面前说道：“帮我一个忙！”

9

正如羊倌所说，这鬼娃岭的悬崖下面有一口深潭。深潭周围的荒草一人多深，荒草间的小路满是泥泞。卞虎从悬崖上下来之后下意识地掏出枪，小心翼翼地在这荒草间搜索着。手电的光并不能照射太远，不过他还是在这荒草间发现了一些零星的骸骨。大多数骸骨已经被水浸泡得支离破碎，看不出完整的模样。但是凭借多年的经验，卞虎还是敢肯定这些骸骨应该是婴儿的骨骼。

忽然一阵婴儿的哭声从卞虎身边响起，卞虎猛然一惊，只觉得那声音是从自己身后的方向传来的。他顾不上想太多，一面将子弹上膛，一面向身后狂奔。当他来到声源地的时候，整个人都怔住了，因为他已经不能再往前一步了。

前面是一个篮球场大小的深潭，那声音正是从深潭中发出的。卞虎皱着眉头在深潭边绕了一圈之后，纵身跳下了深潭，虽然此时正是盛夏时节，但这深潭中的水却冰冷刺骨。他的手电是防水的，因此在黑乎乎的深潭中依稀能分辨出方向。

他告诉自己，不弄清楚鬼娃岭的成因，绝不会离开这里。这深潭有十多米深，在接近深潭底部的时候，卞虎感觉到一股强劲的水流，他用手电向那个方向照去，只见平静的潭底竟然有一个黑乎乎的地下河的入口，汩汩的水流正在从那里涌出。原来这潭水是活水，而那声音在他跳入水中之后便销声匿迹了。

正在这时，一个黑色的物事从卞虎的眼前闪过，卞虎一惊，憋着的一口气立刻泄了出来。他连忙摆着双腿向上游，到了水面上，卞虎深深地吸了一口气，再次潜入潭底。这一次他瞪大眼睛一定要看个究竟。

就在这时，那个黑色物事再次出现了，这一次它笔直地向卞虎手电光的方向游来。当它接近卞虎的时候，忽然转身发出一阵“哇……哇……”如同婴儿般的哭泣声，卞虎也趁此机会将它看得真切。那东西足有半米长，有点像蜥蜴，不过比蜥蜴的身体更肥一些，脑袋扁平，大张着嘴，鳞片光滑，身下有四肢。卞虎一眼便认出了它。当年卞虎刚到部队上的时候，曾经在新疆一带服役，那时候就听说过它，它叫大鲵，也叫娃娃鱼，因为它的叫声有点像婴儿哭泣声，是国家二级保护物种。只是没有听说这里竟然也有大鲵。

卞虎终于弄清楚鬼娃岭中婴儿啼哭声的成因了，他双脚向地上一撑，从水底钻了出来。这水中太过寒冷，体力消耗太大，此时他已经精疲力竭了。他缓慢地游到岸边，发现岸边竟然躺着一具白色的成年人骸骨，周围还有一些破损的衣服碎片，从那些碎片上不难看出，这个人穿的是一身警服。他恐怕就是当年坠入这深潭之中的陈宇。卞虎上了岸，此时更觉得阴冷无比。他浑身发颤地将陈宇的骸骨收拾在一起，默默地敬礼之后，才对上面高喊道："下面没有发现什么异常！"

上面的人已经足足等了半个小时，听到卞虎的喊声都非常高兴。卞虎在下面待了一会儿，等体力渐渐恢复之后，又从下来的地方慢慢地向上攀岩。俗话说上山容易下山难，攀岩的道理与其差不多，向上攀岩，再加上有之前下来的时候试探好的路，相对容易得多。但是因为体力消耗过大，因此卞虎上来的速度也不是很快。

当卞虎终于攀岩上来之后，他已经精疲力竭了。他坐在一旁，将下面的情况大致向吴华忠等人汇报了一下。虽然这一次没有发现传说中的鬼娃和罪兽，但是毕竟解开了村民们心中关于鬼娃岭的种种猜测。

卞虎休息片刻，一行人沿着原路向临时住所行进。一路上卞虎都在惊讶，那一直让村民们备感疑惑的鬼娃岭原来是这么回事。他们刚走出几里路，几乎是同时，几个人的手机上都收到了黄怡婷的短信。

"那些罪兽有可能是侏儒豢养的，收到信息立刻到侏儒居住的茅草屋来找我！"

几个人相互对视了一眼，立刻向前狂奔而去……

刚奔出几步，只听一声枪响，那枪声在山谷中回荡……

10

事发前夜，沈玄和黄怡婷两个人走在村口的路上，黄怡婷说道："最后一个问题！"

"什么问题？"沈玄看着黄怡婷皱着眉头的样子问道。

"如果说是罪兽作案的话，为什么这两个案子的时间跨度这么大？"黄怡婷的问题提醒了沈玄，他一直觉得有什么遗漏的问题，原来就是这个，"一个发生在'文革'时期，一个发生在前几天！"

"显然这些罪兽袭击人类是因为饥饿，这一点从它们将尸体吃成那副模样不难看出！这么久一直没有发生类似的袭击案，原因只有一个，那就是它们不饿！"沈玄思索着说道。

"不饿？"黄怡婷不明白沈玄的意思。

"有种假设，现在只能说是假设！"沈玄特意强调道，"我在想这么多年是不是有人豢养着它们，而不知什么原因，那个豢养罪兽的人忘记喂它们了，才发生了这两起命案！"

"如果是这样的话，整件事就合理了！"黄怡婷想着沈玄的话说道。

当黄怡婷听到民警所说的上一次将侏儒关了四五天，而那段时间正是案发的时间，她立刻有种感觉，恐怕豢养那些罪兽的人只有那个侏儒，而知道那些罪兽藏身之所的也只有那个侏儒。这也是她请民警帮忙的原因。

她先自己孤身一人来到侏儒的住所，然后电话告知民警将侏儒放了。果然不出所料，那侏儒刚被放出来，便立刻向住所狂奔。他回到住所之后，在屋子内四处找寻着什么，忽然他的目光盯住了墙上挂着的一截已经风干了的肠子。他将那根肠子挂在腰间，之后匆忙地奔了出去。黄怡婷手中紧紧握着枪跟在侏儒的身后，焦急的侏儒根本没有发现这个尾随者。

那侏儒沿着小路径直向鬼娃岭深处走去。这蒿草虽然深，但是侏儒的身材矮小，因此他行进的速度极快，黄怡婷艰难地跟在侏儒的身后。忽然侏儒在前面的一个岔路口一拐消失不见了。黄怡婷有些惊慌地站在原地，不知何去何从。正在此时，她的耳边传来了一阵瓮声瓮气的叫声，那发声含糊不清："周……周……"

黄怡婷立刻向有声音的方向小跑着追了上去。当她跑了几步之后，远远看到侏儒那矮小的身影出现在一块石头上，昏暗的月光下，侏儒显得形单影只，他口中一直不停地含糊喊着："周……周……"

黄怡婷矮着身子躲在草丛中注视着他，她知道此时侏儒一定是在呼唤那些罪兽。果不其然，片刻工夫，两个和侏儒身形差不多的婴儿模样的东西行动敏捷地从两旁茂密的树林中钻出来，快速向侏儒的方向而去。

那两只罪兽显然和侏儒非常熟悉，它们俩亲昵地围在侏儒身边，像是一群孩子在玩耍一般。也许在这个孤独的侏儒心里，那两只罪兽便是他的兄弟。侏儒拿出那半截风干的肠子，一点点地掰下来丢给两只罪兽。那两只罪兽欢腾地接住肠子，一口就咽了下去。当那一截肠子都被吃光之后，那两只罪兽显然还不满意，它们渴望地看着侏儒。虽然侏儒和之前一样跳着，嘴里不知嘟囔着什么，依旧那般开心，但是两只罪兽已经不像之前那般欢腾地围着侏儒乱跳了。

两只罪兽向后退了退，身体微弓，一个箭步将那侏儒扑倒在地。侏儒毫无防备，他也许永远也不会懂得自己豢养多年的"兄弟"怎么会忽然攻击自己。那侏儒一声惨叫，便再也没了声息。黄怡婷这时从草丛中站起身来，用枪瞄准一只罪兽的脑袋按下了扳机。

"砰"的一声，这一枪打在了那只罪兽的肩膀上。两只罪兽机敏地扭过头，看着这个突如其来的入侵者，放弃了对侏儒的攻击，转而向黄怡婷跑来。或许在它们眼中，这是一顿更胜侏儒的美味大餐。黄怡婷瞄准其中一只又是一枪，但是这罪兽极其聪明，而且行动非常迅速，竟然躲开了。

它们像是饥饿的猛兽一般向黄怡婷的方向狂奔而来，黄怡婷沉着冷静地又是一枪，这一枪再次被罪兽躲开了。只见那罪兽越来越近，黄怡婷手心满是汗水，她咬着嘴唇又是一枪，这一枪不偏不倚地打在之前受伤的那只罪兽的胸口，那只罪兽应声倒地。而另外一只则更加机敏，它忽然钻进了附近的草丛中，黄怡婷只听身边的草丛唰唰作响，草也晃动，却看不到人影。她向草丛的方向一连开了几枪，直到扳机再也按不下去的时候，她才发现子弹已经打光了。

黄怡婷心知不妙，连忙向后退，那罪兽非常聪明，它跟在黄怡婷身后步步紧逼。黄怡婷在这荒草蔓生的小路上行走，虽然用尽全力，但还是比不上这罪兽的速度。就在她慌不择路的时候，脚上被蒿草一绊跌倒在地。瞬间那只罪兽从她身后的草丛中蹿了出来，这时黄怡婷才看清这只罪兽竟然长着和人差不多的一张脸，嘴里有两排细密锋利的牙齿，而它的身上裹着一层厚厚的硬皮，前肢长着锋利的爪子。它站在黄怡婷面前抬起头，鼻子微微颤抖着，似乎是在嗅着空气中黄怡婷身上所散发出来的气味。

“第几声枪响了？”宋一一面奔跑一面问道。

“第七声！”卞虎一直在数着这枪声。

“糟了，没子弹了！”宋一说着加快了脚步。身后的沈玄听到之后拼命地向前奔去，竟然超过了他们两个。

那罪兽弯下身子，黄怡婷刚刚看到了那一幕，她知道这是它准备进攻了。黄怡婷在身边摸索着，希望能找到一块石头或者其他坚硬的东西抵挡一下，可是让她绝望的是，身边除了蒿草还是蒿草。

那罪兽猛地从地上一跃而起，向黄怡婷的方向猛扑过去。就在它即将扑到黄怡婷身边的时候，沈玄从黄怡婷的身旁跳出来扑到她身上。因为距离的缘故，那罪兽没来得及开口，但是爪子却深深插入了沈玄的肩膀里。沈玄只觉得一阵剧痛，身体竟然开始麻木了。

正在这时，只听“砰砰”两声枪响，卞虎和宋一两个人一人一枪，不偏不倚地打在那只罪兽的脑袋上。

11

沈玄的伤势不重，只是皮外伤。黄怡婷问沈玄为什么要那么不顾一切地挡在自己的身前。沈玄只是笑了笑，说道：“我本来以为你那天晚上最后一个问题会问一些别的呢！”说完两个人都有些尴尬，沉默着不再说话。其实正如卞虎后来和宋一所说的那样，那小子当时跑得比兔子还快，而且还不会开枪。估计那时候他已经想好该怎么做了。

无论如何案子终于破了，这对于渭水县来说是一件天大的好事。之前在公安局门口静坐的群众敲锣打鼓地送来了几面锦旗。可是真的该接这些锦旗的人已经坐上车走在了回去的路上。

重案组成员坐在回程火车的包厢中沉默不语，这个案件虽然已经告破，但是他们心中的一些疑惑尚未解决。后来吴华忠说他在破案之后曾经查过一些关于侏儒的档案，侏儒的父亲是当时红卫兵的头，陈升就是被他诬陷成“反动学术权威”的。在侏儒父亲的档案中，吴华忠还查到他原本有一对双胞胎，只是另外一个孩子在侏儒四岁的时候夭折了。

于是沈玄就有了以下假设：

当年侏儒被家人遗弃之后，无意之中看到了那些罪兽，因为它们的长相、身材与人类似，尤其与侏儒死了的哥哥极为相似，所以他将罪兽当成了自己的兄弟。而陈升最初发现的确实是受害人和侏儒两个人，但是杀死受害人周启明的是那些罪兽。而当陈升将这件事告诉民警之后，侏儒的父亲便用自己的手段将事情掩盖了下来，并对陈升实施报复，将其诬陷为“反动学术权威”，想让其永远闭嘴。

而陈升平反之后对这个案子仍然耿耿于怀，于是他暗中观察侏儒，发现了侏儒和几个罪兽食尸的事实，于是开始不停地举报。但是因为侏儒吃的都是尸体，所以当地民警对于这样一个人也不好做任何处理。虽然陈升觉得食尸的还有别人，但是因为拿不到确凿证据，因此警方无法立案调查。陈升因为这件事越发抑郁，陈宇为了让父亲彻底从案子中摆脱出来，夜探鬼娃岭，最后坠崖而死。

因为年代太久，很多证据都不存在了，相关的人也都已不在人世，因此只能做出这样的假设。

可是虽然做了这样的假设，但始终有一个问题让沈玄想不明白，那就是那些长相和人相似的罪兽究竟是从什么地方来的。难道真如当地村民猜测的那样，那是一群吃了死孩子之后的猴子变的吗？

第五案
魔术师

引子

海盗船带着人们的惊呼，呼啸着从一头摆向另一头，强烈的下坠感刺激着肾上腺素激增，将恐惧推向顶峰，同时造成脑内轻微窒息，压抑在胸腔内的气流冲破气管，惊呼声为这夜晚热闹的游园会平添了一丝激情。

唐悦顺着惊叫声的方向瞥了一眼，那时海盗船刚刚到达一头的顶端。她觉得有些无趣，这些游戏在她看来都过于原始、野蛮，她喜欢更优雅一些的东西。她站在游园会的中央环视一圈，最后目光锁定在一块彩灯闪烁的牌子上——魔术。

舞台很小，黑色幕布前面魔术师的身上打着白色的光。他不但手法精妙，而且人长得也帅气，从观众手中接过一个尚有半瓶水的矿泉水瓶，然后又从一个男观众手中借来一个Zippo火机。

他一手拿着矿泉水瓶，一手拿着火机，英俊的脸上露出一丝狡黠的微笑，然后双手轻轻撞击着。观众们目不转睛地盯着魔术师的一举一动，生怕错过某个细节。魔术是一场魔术师和观众的博弈，魔术师拼命掩盖着自己的手法为观众制造幻觉，而观众则竭力让自己保持清醒，努力发掘那幻觉背后的真相，但这场博弈的胜利者往往是魔术师。

火机不停地撞击着矿泉水瓶，忽然那矿泉水瓶像是出现了裂缝一样，火机竟然被魔术师硬生生地推进了瓶子中，而矿泉水瓶却滴水未漏。这一切宛若梦境一般出现在众目睽睽之下。沉默片刻之后，掌声雷动，人们都在赞赏魔术师这惊人高超的技艺。

最后一个魔术也是本场演出的压轴节目——幻觉。魔术师需要一位观众配合，很多热情的女观众纷纷举手，魔术师缓步走到唐悦身边伸出了手。唐悦有些不知所措，茫然地跟着魔术师走到了舞台上。

幻觉，魔术师轻轻地在唐悦身上拍了两下，唐悦觉得眼前的灯光越来越炫目，渐渐地不知道发生了什么，宛若进入了梦境一般。片刻之后，掌声再次响起。而唐悦醒来的时候发现自己已经躺在床上了，昨夜发生的一切就像是自己的幻觉。自己做了一场梦，一场美梦。

或许是噩梦。

唐悦看了看手机上的时间，此时是深夜3点钟，她忽然注意到手机上的日期，她记得那晚出去的时候应该是17日，怎么手机显示24日呢？难道一觉睡了七天？这绝不可能，如果那样的话，父母一定会叫醒她的!

她自嘲地笑笑，觉得有些饿，这个时候吃饭很容易长胖，她暗暗对自己说。但是肚子实在是太饿了，她还是从床上爬起来，一面挠着披肩长发，一面向厨房走去。一股淡淡的腥臭味在屋里缭绕着，唐悦皱着眉警觉地向厨房走去，斑斑的血痕从父母的卧室一直延伸到卫生间。

一种不祥的预感袭上心头，唐悦的心在乱跳。她一步一步地向卫生间移动，一股强烈的尸臭味扑面而来。唐悦简直不敢相信自己的眼睛，卫生间内到处是已经干涸的血迹，腐烂的尸块凌乱地堆得到处都是。唐悦完全惊呆了，她想喊叫，胃内一阵阵痉挛。忽然她觉得什么东西卡在了喉咙里，她捂着嘴剧烈地咳嗽了两声，喉咙中的东西终于被咳了出来，她拿在手里一看，竟然是一截指甲。她茫然地抬起头，从镜子中看见了自己，她不禁愣住了。

唐悦脸上、身上，甚至手上都是血迹。一瞬间，她的脑海中似乎闪过了什么，她连忙向客厅奔去，在客厅的墙上挂着一张遗照。

1

宋一推开门，砰的一声，满脸阴沉地将手包丢在桌子上，抄起桌子上的茶杯走到饮水机旁接了些凉水，一仰脖咕咚咕咚地一饮而尽。卞虎和黄怡婷莫名其妙地盯着宋一，之后又对视了一眼，不知是谁惹怒了他。黄怡婷冲着卞虎使了个眼色，卞虎为难地皱了皱眉，然后也拿起杯子走到饮水机前接了一杯水，站在宋一旁边说道："宋队？这是和谁发这么大火？"

"变态！"宋一拿着杯子恶狠狠地说道。

"啊？"卞虎咧着嘴，以为宋一是在骂自己。

"哦！不是说你！"宋一摆了摆手，抱歉地说道，"我是说这个案子！"

"啊？什么案子？"卞虎好奇地问道。前几天宋一之前刑警队的同事忽然找到宋一，请他帮忙。宋一的前同事是玉林县公安局刑警队队长，前不久玉林县发生了一桩棘手的案子。

这个案子是因一个恶狗伤人事件而起的。城市里的居民大多都有吃过晚饭到附近公园遛弯的习惯，红红家也不例外。这天傍晚，吃过晚饭后，红红的母亲领着只有四岁的红红到附近的民心公园散步。

盛夏天气闷热，因此傍晚散步的人很多。公园的广场上一群人在跳着广场舞，红红的母亲禁不住几个女伴的撺掇，被拉到中间一起跳舞。正在她们跳得热烈的时候，广场中间的音响戛然而止，紧接着一个焦急的声音从音响中发出来："喂喂，公园里一个穿着红色连衣裙的小女孩刚刚被恶犬袭击了，现在伤势严重，已经送往医院，请她的家长听到后立刻去县人民医院！"

红红母亲的脑海瞬间一片空白，她急忙向一旁的长椅望去，长椅上空无一人。一种不祥的预感袭上心头，她发疯了一般在人群中叫了几声红红的名字，无人回应，这才急匆匆地赶往县医院。

红红的母亲赶往医院的时候，红红因为颈部受伤失血严重，已经被推进了手术室。万幸的是三个小时之后红红终于脱离了危险，不过以后脖子上会留下一道长长的疤痕。红红一家人悬着的心终于得以落地，接下来就开始寻找伤人的恶犬。

本以为寻找伤人的恶犬是件容易的事情，没想到却让民警们犯了难。因为当人们听到红红哭喊的时候天色已晚，人们赶到的时候只见到一个黑影，而根本没看清恶犬的模样。民警在附近走访了很多住户，始终没有发现伤人恶犬。万般无奈之下，宋一的前同事听说宋一现在在一个特别的重案组，这个重案组处理过一些与兽类有关的案件，这才风尘仆仆地来找宋一帮忙。

宋一听完同事的叙述，看完现场照片后，很确定地告诉那位同事，这肯定是一起恶犬伤人事件，而且不在他处理的范围之内。不过宋一还是提醒那位同事道："从伤者伤口的位置来看，那只恶犬有人为训练的痕迹，否则不会直接袭击人的喉颈部。从现场留下的犬毛来看，应该是牧羊犬之类的大型犬类。”最后宋一告诉他，人工豢养的家犬活动范围不大，应该就在公园周边的小区内。

得到宋一的帮助之后，民警们加大了在周边小区内的排查力度。功夫不负有心人，不久之后关于那条犬的下落终于有了眉目。据当地小区居民反映，在翠微小区有这样一条德国牧羊犬，极其凶猛，从前一直养在楼下的笼子里，不过最近两个月一直没有见到。而且邻居还反映了另外一个重要情况，据说很多天都没有看见那个房子里的男主人了，最近两个月总是有一些陌生的男人进出。

民警立刻察觉到了什么，他们按照小区居民所提供的地址来到了翠微小区五号楼的308室门口。他们进入楼道的时候，发现一个男人正鬼鬼祟祟地在308室门口徘徊，见到民警立刻躲进了一旁的电梯里。同时民警还发现这308室的防盗门虚掩着。

他们试探着推开门，一股难闻的气味扑面而来。几个人对视了一下，在客厅打量了一番，客厅内拉着纱帘，屋内杂乱无章，茶几和沙发上到处是方便面和面包袋子，狗毛遍地都是。正在他们诧异的时候，忽然传来了一阵女人的低吟声。几个人一怔，一个民警试探地说道：“有人在家吗？”

“进来，进来吧。”女人一面喘息着一面筋疲力竭地说道。

几个民警顺着声音向过道旁边的卧室走去，轻轻推开卧室的门，眼前的情景让在场的所有人都是一阵惊讶。只见那女人赤身裸体地躺在床上的被子上，一条狗趴在女人的身边。

女人双眼微闭，双颊绯红，一脸陶醉地喘息着。直到她睁开眼睛，发现站在门口的民警，才释然地笑了笑说道：“你们终于来了！”

后来民警在女人家的洗手间发现了大量的血迹和支离破碎的骨骼，在冰箱中找到三个被啃噬得不成人形的男人的头颅。

其实关于人狗恋，以往是一个极其隐秘的话题，却也是一个事实存在、不可回避的社会问题。这个问题直到2012年发生在浙江绍兴的一起人狗乱伦事件，才开始慢慢为大多数人所知。

而玉林警方在接下来的调查中发现了更加令人咂舌的事实，当事人王某曾经是当地国土局的职员，其丈夫张某经营着一家小公司，常年出差在外。王某从小便喜欢狗，在其央求下，张某为其从国外买了一条德国牧羊犬。

王某与这条牧羊犬的感情极好，在张某不在家的时候，几乎与那只狗同吃同住，像情人一样。这激怒了张某，而就在张某准备勒死那只狗的时候，那只狗忽然向其扑来，将其活生生咬死，并且吃了起来。王某见到爱犬吃得这般美味，便将尸体的肉剥离下来藏在冰箱里。

但是很快王某便发现那些人肉根本不够它吃的，于是她灵机一动，将自己的艳照发到网上，以此为诱饵勾引一些陌生男人上门，然后将其杀死，供它食尸。这一点民警从当时徘徊在308室门口的男青年口中得到了证实，他们都来自一个叫饕餮的网站。

“这真是一个让人发狂的世界！”听完宋一的简述之后，黄怡婷感慨地说道。

“变态，实在是太变态了！”卞虎怒骂道。

正在这时，吴华忠拿着一叠档案从办公室内走出来说道：“现在还有一个更加变态的案件等着大家呢！”

“更加变态？”几个人几乎异口同声地说道。

“嗯！”吴华忠点了点头，将资料递给就近的黄怡婷。黄怡婷将资料分发给卞虎和宋一，见沈玄的办公桌空着，她顿了顿，也在他办公桌上放了一份。

“一个叫柳震凡的女孩子忽然闯进小区中杀死了一对中年夫妇，并且将尸体肢解蚕食。警方发现她的时候，她自称名叫唐悦，是那对中年夫妇的女儿。而据警方的资料显示，唐悦已经于半年前死于车祸！”吴华忠顿了顿说道。

“借尸还魂？”卞虎看着档案不禁脱口而出。

“柳震凡对此前的事情毫无印象，对杀害那对中年夫妇的事情也印象模糊！”吴华忠接着说道。

“这应该是一宗普通的凶杀案吧？为什么要我们去？”黄怡婷察觉到虽然这个案子有些奇怪的地方，但是重案组是处理与兽类相关的案件的。

“在警方的另外一份资料上发现了这个！”说着吴华忠拿出一张照片递给黄怡婷。黄怡婷看到照片，身体不禁剧烈地颤抖了一下。

那是一张取自浴室的照片，血迹中竟然有一件黑色的物事，与之前发现的黑色物事一般无二。

“现在我宣布重案组正式介入‘7 · 7’食尸大案！”吴华忠高声说道。

“是！”几个人站起身来异口同声道。

“沈玄呢？”吴华忠见沈玄的位置没人，好奇地问道。

“他没有和您请假吗？”黄怡婷疑惑地说道。

“哦，哦！”吴华忠拍了拍脑袋说道，“对了，他和我请假了，好像是他一个高中同学要在这里进行一场表演，他去叙旧了！”

“哦！”黄怡婷有些失望地说道。

“通知他立刻归队！”吴华忠说完走进了办公室。

2

“借尸还魂”这个颇为神秘的事件一直以来都困扰着很多人，其存在与否始终让人难下定论。而从古至今关于“借尸还魂”的传说和“事实”也极多，但是大多不太可信。最为真实的当属1949年台湾发生的“借尸还魂”案。事件主角朱秀华当年被海盗杀死，不久之后“借尸还魂”，对于之前的一些生活细节叙述得极为详尽，让人不得不信服。不管真伪，重案组此时却面对着一个“借尸还魂”者。

见到柳震凡的时候是在被警察严密监视的医院中，柳震凡穿着一件肥大的病号服，披散着头发，眼神呆滞，眼眶红肿，低低地压着头。警方闯进其家的时候，柳震凡正穿着一身满是血迹的睡衣躺在床上熟睡，警察唤醒她的时候，她一脸茫然，根本不记得发生了什么。直至警察带着她看了现场之后，柳震凡才极为震惊。她看着身上和脸上的血迹，呼天抢地地大喊一声昏了过去。

警方经过对现场勘查，发现两具残缺不全的尸体，经过DNA验证，男性死者名叫唐世凯，今年四十六岁，是市环保局的员工；女性死者是唐世凯的妻子林梅，今年四十二岁。被发现时死者的尸体已经溃烂流出脓水，从溃烂程度上看，遇害有接近一周的时间。

在两具尸体上都发现了深深的齿痕，这些齿痕与柳震凡的齿痕可以作同一认定。死者的致命伤一个在胸口，一个在喉部。另外警方在厨房内发现了一把带血的菜刀，这与死者的伤口极为吻合，可以认定为杀死死者的凶器。而且在这把菜刀上发现了大量柳震凡的指纹，可以初步确认犯罪嫌疑人就是柳震凡。

然而，本来简单的案件在柳震凡苏醒过来之后，却让民警十分头痛，那就是柳震凡声称自己是死者的女儿唐悦。民警当即调出了唐悦的档案，唐悦，女，二十岁，已于半年前死于一起交通肇事案。当时那起肇事案司机酒驾闯进步行街，后因紧张误将油门当成刹车，致使包括司机和唐悦在内的六人当场死亡。这起事件当时在市区内引起了轩然大波。可是在死者过世半年之后，竟然有人声称她就是唐悦。

因为眼前的女孩对之前的事情毫无记忆，而且一口咬定自己就是唐悦。警方怀疑其精神有问题，这才将其送往医院。经过检验，这个女孩精神没有任何问题，逻辑清晰。无奈之下，警方只能先查出这个女孩的真实身份。一个女孩离家数日，家人应该会报案寻找。很快警方在失踪人口档案中找到了她的资料，这个女孩是本市人，真名柳震凡，二十岁，现在市内一所大学就读经济管理专业。她于两周前的一个晚上失踪，此后二十四小时家人便开始寻找，却一直没有发现线索。

警方立刻通知了柳震凡的家长，但是当她的家长赶到医院的时候，柳震凡竟然对来人毫无反应。直到万般无奈的家长将此前的全家合影以及录影带拿给她看，她才将信将疑地相信了事实。但很快警方发现，这个女孩一旦睡醒，所有关于案件的事情又忘记得一干二净——她的潜意识在有选择地遗忘。

面对这样一个女孩，重案组一时之间也犯了难。究竟是什么事情能让一个女孩子忽然之间变成了另外一个人？难道转世轮回这种事真的存在，而且恰恰被他们碰上了？

重案组经过慎重商讨之后，决定让黄怡婷尝试着接近这个女孩子，希望能从她口中得到一些信息，进而解开所有的谜团；沈玄和吴华忠两个人在以往发生过的中外案例中寻找相关或者类似的案件；卞虎和宋一走访柳震凡的同学及家人，了解其在学校和家里的状况，以及她在失踪前那段时间内都发生了什么事情。

3

我们经常会产生这样的幻觉，当我们身处某事某地的时候，只是那么一瞬间，一个小动作，一个眼神，一个表情，或者一种熟悉的声音，都会让我们觉得似曾相识，感觉那些事情似乎之前发生过，或者是在梦里，或者是在前世。

而柳震凡此时的状况便是这样，当警方拿给她那些案发现场血淋淋的照片的时候，那些照片迅速在她脑海中产生连锁反应，她脑海中出现一个女孩蹲在地上贪恋地啃噬着尸体，随后那影像渐渐模糊了下去，接着那女孩手执菜刀出现在一对熟睡的中年夫妇的床前……这样的情形在无穷无尽地重复着。

黄怡婷与柳震凡最初的交流是相当困难的。当一个人每天尝试着重新认识一些人，而重新想起是她吃掉了“父母”的时候，她所承受的痛苦是难以形容的。因此柳震凡起初对黄怡婷十分抵触，这种抵触情绪的表现就是沉默不语。

黄怡婷很快变换了策略，她不再与柳震凡谈关于案件的事情，转而谈一些上学时候的事情。黄怡婷上大学的时候报考的是法医专业，这虽然令家人极为恼火，但是黄怡婷在家里从来都是说一不二。当时她是学院的院花，自然爱慕和追求者不胜枚举，身边发生的种种奇葩搞笑的事情也颇多……很快黄怡婷便发现柳震凡的目光渐渐柔和了下来，她对黄怡婷的警戒渐渐放松。

不过整整一天黄怡婷说得口干舌燥，将自己的糗事和琐事都挖掘了出来，而柳震凡只是在旁边静静地听着，偶尔嘴角轻轻露出一丝微笑，不过那笑容还未绽放便立刻枯萎了。

在傍晚黄怡婷准备离开的时候，柳震凡忽然站起身来一把抓住黄怡婷，目光炯炯地望着她说道：“我真的不是唐悦吗？”

黄怡婷有些诧异地盯着柳震凡，柳震凡顿了顿说道：“如果我真的不是唐悦而是柳震凡的话，为什么我对自己之前的一切没有一点印象？”说到这里，柳震凡急躁地双手抓着头发，似乎要将头皮抓下来一般，“为什么？为什么？”

黄怡婷连忙抓住柳震凡的手，柳震凡狠狠地咬着嘴唇，齿间已经淌出淡淡的血迹。黄怡婷微笑着说道：“不要着急，告诉姐姐你都记得什么。”

柳震凡柳眉微颦，她皱着眉头竭力思索着，幽幽道：“白光，尖叫，呼啸而过的飞人，还有掌声，对，有掌声！”柳震凡肯定地说道，“鲜血，遗照，恐惧。就这些，只有这些！”

黄怡婷轻轻拍了拍她的脑袋，将其揽在怀里说道：“放心吧，你会没事的！”

“姐姐，能答应我一个请求吗？”柳震凡的头贴着黄怡婷的胸口低声说道。

“什么请求？”黄怡婷好奇地问道。

“能帮我一个忙吗？”柳震凡说着抬起头渴望地望着黄怡婷。黄怡婷想了想微微地点了点头。

沈玄与吴华忠在电脑前查找了一天，虽然找到很多关于短期记忆的资料和相关案件，但那都是曾经受过强烈刺激之后形成的。而现在眼前的这个孩子显然并没有经历过类似的事情。至于“借尸还魂”的说法，中外都有一些传说，甚至还有相关的影像资料，但是吴华忠和沈玄经过仔细推敲后都一一否定。他们很难相信这世上真的有“借尸还魂”这种离奇的事情。不过发生在柳震凡身上的事情又如何解释呢？最关键的是在案发现场发现的那个黑色的物事，如果真的是沈玄一直在追查着的那只罪兽，那么柳震凡很有可能是唯一见过它的人。

这个案件的离奇程度远远超过他们以往破获的所有案件，即便如吴华忠和沈玄这样聪明的人也很难理解，究竟是什么力量让柳震凡和唐悦两个完全不相识的人成了一个人，一个“借尸还魂”的人？

案件毫无进展，两个人坐在会议室内沉默地一根接着一根地抽着烟，焦急地等待着，希望其他人能带来一些有价值的线索。

卞虎比宋一和黄怡婷都要早回来一些。他回到重案组便急匆匆地喝了一大杯冷水，一面抹着头顶上的汗水，一面坐在会议室的椅子上说道：“快憋死我了，给我一根烟！”

沈玄微微笑了笑，将一盒香烟丢给卞虎，卞虎接住烟，一面掏火机一面说道：“一天遇见的人就没有一个抽烟的，我又没带烟，连买包烟的时间都没有！”卞虎已经将烟点燃了，然后对吴华忠说道，“吴老，我这个应该申请个敬业奖吧？”

吴华忠淡淡一笑说道：“你那边有什么新发现？”

“嗯！”卞虎收起那副嬉皮笑脸的模样，正色地从手包里掏出一个记事本说道，“我按照原计划走访柳震凡的学校，通过与她的同学和老师交流，发现这个女孩平时非常文静，性格比较内向，甚至在大学的四年内没有谈过一次恋爱。她的活动范围很小，平时基本上是两点一线，宿舍—教室。平时除了上课之外，便会窝在宿舍内上网，是一个标准的宅女。而从老师的叙述中也印证了这一点，柳震凡平时学习非常用功，而且成绩也非常好，近期学校正在与美国的某校交往密切，将送一部分成绩优秀、表现突出的学生到美国深造，而柳震凡就在名单之内。”

“这么说她的这些变化就是集中在过去的一周之内啊！”沈玄思索

着说道。

“嗯，看样子应该是这样的！”卞虎翻了一下记事本接着说道，“哦，对了，据她宿舍的同学反映，在她失踪前夕她总是做噩梦，梦见的大多是关于车祸和鲜血之类的内容，当时大家没有注意，因此也就不知道完整的内容。当时宿舍内的同学劝她出去走走放松一下心情，也就是当天晚上便再也没有人看见过她，至于她究竟去了什么地方，也无人知晓！”

“这个结点十分关键，看来柳震凡所有的变化都是在一周之前她的那次失踪中发生的！”沈玄思忖道。

“对，我也是那样想！”卞虎有些无可奈何地搔了搔头说道，“只是不知道她究竟在失踪的那段时间内发生了什么！”

“先要弄清楚她是在什么地方失踪的！”吴华忠一拍桌子说道，“卞虎，你现在到交警队去，从她离开学校的那个结点开始寻找她的足迹，我想如果幸运的话，一定能找到一些线索！”

“好！”卞虎站起身拿起桌子上的那包烟，对沈玄说道，“这个我带走了！”说完笑了笑离开了办公室。

宋一则几乎是在卞虎刚刚离开就回到了队里，与卞虎打了一个照面。宋一之所以比卞虎还晚，是因为柳震凡的家属一直难以控制住自己的情绪，他们完全不理解为什么在短短的一周时间内，曾经的乖乖女会变成一个杀人食尸狂魔。这样剧烈的变化简直匪夷所思，放在任何父母的身上，都是极为难以接受的。因此宋一在整个走访过程中，一直不断地安慰着这对可怜的父母。

不过宋一还是有收获的，他从柳震凡的父母那里了解到柳震凡几次告诉父母自己这段时间一直在做噩梦，无论如何也摆脱不了。父母以为她可能是由于最近这段时间为准备出国留学的事情情绪有些紧张。不过，柳震凡的父母对宋一反映了一个情况，那就是大概在半年前，柳震凡经历过一次车祸，但是她却是那次车祸的幸存者。据说当时柳震凡本来在步行街排着队参加一个化妆品的试用活动，后来这个很少参加活动的女孩无聊地将手中的号码给了旁边一个没有拿到号码的女孩。

就在她刚刚离开几分钟的时间内，那场车祸就发生了。一个醉酒司机开着车闯进了步行街。那辆车撞进去的位置正是之前她所占的位置，而倒在血泊中的却是另外一个女孩——那个拿着她死亡号码的女孩。

这件事之后的很长一段时间，柳震凡都不能释怀。从那之后她经常噩梦连连，醒过来便不停地喃喃低语："本来死的应该是我，本来死的应该是我！"

这个情况让宋一立刻想起唐悦经历的那场车祸，同样是半年前，同样是司机醉酒驾驶着车闯进步行街，难道这两者之间仅仅是巧合？宋一立刻有了一个大胆的猜测，那就是柳震凡和唐悦经历的是同一场车祸。

这一点很快就得到了证实。宋一在柳震凡的家中发现了她的电脑，电脑的密码非常简单，宋一很容易打开了里面的文档。在其中一个隐藏文件夹中，宋一发现了标题为"唐悦"的文件夹。

宋一迟疑了一下打开文件夹，里面的内容简直让宋一吃惊。文件夹内的内容简直就是唐悦的一生，从唐悦的简历到她死亡之后报纸上关于那起交通肇事案连篇累牍的报道应有尽有。所有能从公开文字和照片上找到的唐悦的东西全部被收纳其中。

很显然，当初柳震凡的那张死亡号码就是给了唐悦，因此在唐悦死于车祸之后柳震凡久久不能释怀。她唯一可以做的就是找寻唐悦所有的资料，希望能了解那个女孩子生前的一切。柳震凡想用这种方式让自己的心灵稍微平静一些。

宋一将手头上所掌握的这些情况汇报完毕之后，在场的三个人同时沉默了。他们几个人的心情非常复杂，恐怕在柳震凡心中，那个真正杀死唐悦的不是醉酒司机，而是自己。

黄怡婷和卞虎几乎是同时回到队里的，一个满面疑云，一个面带笑容。黄怡婷在临行的时候，柳震凡求她帮自己一个忙，黄怡婷答应之后，柳震凡告诉黄怡婷，在她的记忆中有一家小面馆，她想请黄怡婷带她去吃一次。

黄怡婷点了点头答应了，因为她知道气味所带来的记忆是最原始、最难以磨灭的。有些人可能会忘记了自己的名字、身份，然而某些熟悉的味道会让他在一瞬间对之前的事物产生熟悉的感觉。于是黄怡婷驱车带着柳震凡来到了她所说的那家面馆。

这家面馆在距离柳震凡学校不远的一条喧闹的街道上，附近是大学城，因此周围的人很多。黄怡婷带着柳震凡进入面馆，这是一间非常小的馆子。来的时候正有几个大学生在吃饭，光着膀子，满脸酒气地喝着酒，桌子上早已杯盘狼藉了。店主是个女人，这些学生亲切地称其“嫂子”，想必是非常熟悉的原因。

黄怡婷和柳震凡随便找了一个位置坐下，嫂子面带微笑地走过来说道：“小凡，好几天没见你过来了！”

柳震凡茫然地抬起头看着老板娘，勉强地从嘴角挤出一丝微笑，恐怕她对眼前的这个女人并没有太深的印象。那老板娘似乎看出了什么端倪，微笑着说道：“还是老样子吗？”

柳震凡轻轻点了点头。老板娘又询问黄怡婷，黄怡婷轻轻地摆了摆手。

很快一大碗牛肉面和一碟开胃小菜放在柳震凡的面前，她忽然像是几天没吃过饭一样，拿起筷子狼吞虎咽地将那一碗热腾腾的牛肉面风卷残云般吃得一干二净，吃完之后额头上冒出丝丝白毛汗。她放下筷子，整个人陷入了深深的沉思，过了片刻才呓语般道：“我叫柳震凡！”

“啊？”黄怡婷惊喜地说道，“你都想起来了？”

柳震凡木然地摇了摇头：“只是一点点，我记得之前我几乎每天都会到这里来吃牛肉面，可是……可是……为什么我的脑子里总是有一张脸，一张被灯光照亮的脸，他在冲着我笑！”说着柳震凡痛苦地抱着脑袋，黄怡婷轻轻抚摸着柳震凡的头，说道：“小凡，放松点，一切都会好起来的！”

就这样，黄怡婷将柳震凡送回到医院后才连忙赶回队里。她将一整天的情况向吴华忠汇报完了之后，疑惑地说：“我也一直在想一个问题，那就是她在一周之前究竟去了什么地方。”

而卞虎却带来了一个好消息，那就是他按照吴华忠的交代在交通队中调出了一周前柳震凡学校附近的监控录像，而且卞虎机敏地在当时的录像上找到了柳震凡的身影。

根据监控录像显示，柳震凡是当天下午5点33分离开学校的，这一点从柳震凡学校门口十字路口的摄像头可以得到证实。按照柳震凡当天在摄像头里出现的地点，卞虎很快绘制出一张她从当天下午5点33分离开学校到晚上8点15分最后一次出现在监控录像中的轨迹图。柳震凡最后出现在监控录像中是在一家超市的门口，从她当时的状态来看，似乎极为犹豫，她在超市门口徘徊了半天之后最终还是没有走进去，最后消失在了摄像头的盲区。从此之后，无论卞虎怎么寻找，却始终没有找到柳震凡的下落。

“现在综合这三方面的信息我们可以得到这样的线索！”吴华忠总结着说道，“柳震凡在一周之前因为那个车祸带来的噩梦导致情绪极为紧张，为了散心，她走出了学校，于当天晚上8时许失去踪迹。而她再次被发现的时候是在唐悦的家中，性情大变，不但杀死了唐悦的父母，还食尸。”

“对！”几个人听完吴华忠的总结都点头同意。

“不过我们这次又回到了原点！”卞虎点上一根烟说道，“柳震凡是怎么失踪的？在她失踪的这段时间内又发生了什么事情？”

“是啊！”吴华忠长出一口气说道，“这确实是案件的突破口！”

“估计只能等柳震凡彻底恢复记忆之后才能解开这个疑团了！”卞虎说着瞥了一眼黄怡婷，“黄姐，你觉得柳震凡近期恢复记忆的可能性大吗？”

“很难说！”黄怡婷此前学过法医，因此对于这种失忆症患者有一定的了解，“这种患者可能会在明天醒来就想起所发生的一切，也可能这一辈子都想不起来！”

“这么说这案子就真的没办法破了！”卞虎有些泄气地说道。

“这也未必……”沈玄在他们讨论的时候一直沉默着，此时才抬起头眉头紧锁地说道。

“哦？”吴华忠惊讶地望着沈玄。

“我在想刚刚柳震凡对黄怡婷说的话！”沈玄郑重其事地说道，“你们想想看，柳震凡是在晚上8点多消失在监控录像之中的，那个时候必定已经是灯火通明了。而柳震凡和黄怡婷说她模糊的记忆里有几个场景不时出现：白光，尖叫，呼啸而过的飞人，还有掌声，一张被灯光照亮的脸！如果这就是她在失踪前最后的记忆的话，那么符合以上这些特点的地方应该是哪里呢？”

“白光，尖叫，呼啸而过的飞人，掌声？”重案组的几个人都陷入了深深的沉思。

“我想到了！”黄怡婷忽然惊叫着说道。

“哪里？”卞虎好奇地盯着黄怡婷，黄怡婷微笑着看了一眼沈玄。

“你想到的是什么地方？”几个人注视着兴奋的黄怡婷异口同声地问道。

“嗯，游乐场！”黄怡婷一字一句地说道。

4

尖叫声由远及近，呼啸着从后面而来。几个人向后望去，只见一辆过山车从高处急速下滑，车内的人们由于失重造成的轻微缺氧疯狂地尖叫着。过山车像一阵风一样闪过，滑向下一段险要的轨道。

“尖叫！”卞虎喃喃地说道，“飞人呢？”

“在那里！”黄怡婷指着远处的海盗船说道，只见此时海盗船正从一面的最高点快速下落，海盗船上的人便真的如飞人一般。

“白光呢？”卞虎接着说道。

“白光我还没有想明白，不过你看这里距离柳震凡最后消失的超市只有两百多米的距离，我了解过了，这里没有交通部门的监控探头，因此是一处盲区！”黄怡婷指着远处七层的购物中心说道。

“小黄的分析很有道理，下面大家分散开，看能不能找到柳震凡最后出现在这里的确凿证据！”说着吴华忠将柳震凡的照片分发给他们，“如果有什么发现立刻电话联系，我们在这里集合！”

“是！”几个人说完便一头扎进游乐场的人群之中。由于晚间凉爽，来游乐场玩的人竟然不比白天的少一点，四个人向着不同的方向走去，见到游乐场的工作人员，便向他们询问有没有见过照片上的人，希望能找到柳震凡可能留下的蛛丝马迹。

整整两个小时过去了，四个人虽然找得满头大汗，但是因为游乐场每天的客流量极大，工作人员不可能对某一个人有特别深的印象，因此重案组一无所获。就在这时，吴华忠忽然打来电话，他告诉几个人在游乐场到购物中心的路口处有一家叫作“一网情深”的网吧，这家网吧门口安装着摄像头，他从网吧的监控录像上发现了柳震凡的身影，可以确定柳震凡最后失踪的地方就是现在这个游乐场。

几个人顿时信心大增，毕竟现在比之前的把握性更大了。但是即便是这样，能想起照片上女孩的人还是寥寥无几。不过黄怡婷是幸运的，她在众多游乐场工作人员中竟然找到了一位对柳震凡印象深刻的大姐。

这位大姐之所以对柳震凡印象如此之深，是因为柳震凡出现在她面前的时候脸色极为惊慌，热心的大姐便上前询问她发生了什么事。而柳震凡木讷地从口袋中掏出一张身份证递给大姐，说道：“我不知道为什么别人的身份证会出现在自己的身上！”

大姐不可思议地接过身份证，当她看到身份证上的照片时更加诧异，那照片上的人正是眼前这个女孩子。于是大姐疑惑地说道：“你是不是叫柳震凡？”

柳震凡当即一愣，她皱着眉头眼神呆滞地凝视着大姐说道：“我叫唐悦，柳震凡……这个名字怎么这么熟悉？”说完柳震凡默念着自己的名字痴痴地低着头走进了人群，当大姐再想寻找她的时候，人早已经没了踪迹。

大姐第二天便将柳震凡的身份证交到了游乐场内的派出所。黄怡婷立刻前往派出所，很顺利地拿到了柳震凡遗留在大姐那里的身份证。

她很快将这一情况反映给吴华忠，吴华忠觉得这一情况十分重要，柳震凡在离开学校的时候完全正常，然而当她来到游乐场之后，便已经忘记了自己是谁。那么很显然，她这所有的变化都与游乐场有关。柳震凡在游乐场中究竟发生了什么事?

游乐场关门的时候，重案组回到了公安局。坐在会议室内的几个人表情十分凝重。

这个柔弱而自责的女孩在游乐场内究竟发生了什么事，竟然让她闯进唐悦家中，残忍地杀死了唐悦的父母，最后又将这对父母吃掉？柳震凡现在神志不清，精神恍惚，正如黄怡婷所说，想从她口中得到线索的可能性不大。而经过重案组这几天的走访调查，显然所有的变化都集中在柳震凡进入游乐场这段时间内。

吴华忠轻轻地咳嗽了一声说道：“现在案件到了一个瓶颈阶段，大家都把自己的想法说一下！”

“这几天我一直在思考着一个问题，我们以往所处理的关于罪兽的案件有两类：一类是罪兽因为饥饿或者是某种生理需求袭击受害人，比如狼人案；还有一类罪兽是被人豢养，而豢养者出于某些不可告人的目的而唆使罪兽伤人，比如饕餮案。”黄怡婷翻看着手中的文件说道，“从我们现在所掌握的情况来看，很显然这只罪兽是被人豢养着的，否则它不可能躲在人流如此之大的游乐场。但是这起案件非常离奇，我们除了在现场内发现了与之前罪兽案相关的黑色颗粒之外，并没有发现罪兽的踪迹。而且从受害人尸体的解剖结果来看，也并未发现被罪兽咬伤的痕迹。这只罪兽或者是豢养者究竟有什么目的？”

其实这个问题一直困惑着重案组所有的人，关于这起案件动机的问题始终没有一个合理的解释。

“嗯，其他人呢？”吴华忠看了一眼沈玄，沈玄轻轻地摇了摇头。

“既然这样，那我们接下来的侦破思路从两个方面下手：一个是密切注意游乐场方面，最好能从那边找到一些线索，毕竟柳震凡是在那里发生接下来的变化的，这方面由卞虎和沈玄负责；另一方面我们试着从作案动机看能不能找到一些线索，宋一你再去寻找一下类似案件，这次寻找的范围可以扩大到类似的食尸案件，看看从作案动机上对我们是否有所启发。黄怡婷你明天继续去陪着柳震凡，尽量引导她回想游乐场所发生的事情！有必要的话可以带她到游乐场去故地重游！”吴华忠说完看了看表，已经是深夜3点钟了，他合上卷宗说道，“现在大家短暂休息一下，明早就各就各位。我们的时间不多，这段时间媒体已经听到了柳震凡案的风声，我们必须在媒体曝光之前破获此案！”

“是！”

吴华忠走后，几个人伸了伸懒腰。人往往在深夜1点到2点之间是一天中最为疲惫的时候，而到了3点之后反而会亢奋起来。几个人毫无睡意，黄怡婷轻轻推了推沈玄说道：“出去走走吧！”

沈玄点了点头，放下手中的卷宗和黄怡婷走出了办公室。外面比办公室凉爽很多，黄怡婷双手张开长出一口气说道：“这天终于凉快下来了！”

沈玄没有说话，低着头走在黄怡婷身后。公安局外面的路灯下，两只飞蛾在不停地飞舞着，黄怡婷抬起头看着那两只飞蛾幽幽地说道：“沈玄，谢谢你！”

“嗯？”沈玄抬起头望着黄怡婷的背影不解地说道，“你谢我什么？”

“呵呵，没什么！”黄怡婷讳莫如深地低下头继续向前走着，说道，“你知道吗？你和他很像！”

“高铭？”沈玄淡淡地说道。

“是！”黄怡婷微笑着说道，“你和他不仅长得像，而且你们一样聪明，一样对案件着迷，说话的语气，微笑时的眼神……有时候我甚至觉得你就是他！”

“可我不是他！”沈玄打断了黄怡婷的话微笑着说道，

“我知道！”黄怡婷有些感伤，停顿了片刻，她深吸了一口气说道，“沈玄，你和他会不会是孪生兄弟啊？”

5

黄怡婷觉得手有些发麻，她醒来的时候发现自己正趴在办公桌上，办公室内空无一人。她不知自己何时睡着的，只记得无尽的梦魇就像是黑暗中的一双魔爪，死死地掐住自己的脖子，让她无法呼吸。外面已经是阳光明媚了。黄怡婷看了看时间，早晨8点。

她立刻驱车赶往医院，大夫告诉她，柳震凡今天的精神状态很差，早晨什么东西都没有吃。黄怡婷推开病房的门，柳震凡正双手抱膝将头放在膝盖上痴痴地望着正前方。

“黄姐，我是不是杀了人？”柳震凡呓语般说道。

“你是不是想起什么了？”黄怡婷惊喜地两步来到柳震凡的身旁说道。

“父母，我分不清那是我的父母还是唐悦的父母！”柳震凡说着，两行眼泪悄然从眼眶滑落，“我想起他们那种惊恐而不可思议的眼神！”

“接着是血，我浑身上下都是血迹！”说到这里，柳震凡忽然将头靠在黄怡婷的怀里哭泣起来，“黄姐，我究竟是怎么了？我怎么会杀人？我究竟是柳震凡还是唐悦？”

“好了！好了！”黄怡婷轻轻地拍着柳震凡的肩膀，却始终不知道该如何安慰眼前这个女孩儿。

“跟姐姐出去散散心吧！”黄怡婷在柳震凡耳边说道。柳震凡微微地点了点头，穿好衣服之后，两个人走出了医院。

卞虎和沈玄两个人继续在游乐场调查，希望能有所发现，然而忙碌了整整一上午依旧一无所获。游乐场的工作人员告诉他们这里一直是这样，这段时间内并没有什么特别的事情发生。唯一有些特别的恐怕就是最近游乐场来了一个外地的马戏团，但是这种事情十分常见，很多马戏团以到各地演出来维持生计，因此也不足为奇。

两个人有些失望地坐在一家冷饮店喝着可乐，正在这时，沈玄的手机忽然响了起来，沈玄拿起手机看了看上面的号码，接着按下了接听键。

电话里传来了一个悦耳的女孩儿声音：“沈玄，你在哪里？”

“我？我在游乐场的冷饮吧！”沈玄柔声说道。

“好，我一会儿过去找你，顺便看看我师弟！”女孩子说完挂断了电话。

“谁啊？”卞虎坐在沈玄对面笑嘻嘻地说道，“是不是背着黄姐搞外遇了？”

“不是！”沈玄尴尬地笑了笑说道，“是我一个高中同学，前几天来到B市参加明天的魔术师之夜的表演。”

“魔术师之夜？”卞虎诧异地望着沈玄说道，“那还是个美女魔术师喽！”

“嗯，是个魔术师！”沈玄接着说道，“前几天我们见了一面，这次不知道是什么事！”

“哈哈，你小子有福气啊！”卞虎一脸坏笑地说道，“可怜的黄姐还不知道呢！”

“我们的关系真的不像你想得那样！”沈玄觉得自己似乎越描越黑，也就不再争辩了。

“不过说实话，你刚进重案组的时候，我对你真的有些不满！”卞虎喝了一口可乐说道，“一副冷冰冰的样子，像是谁欠了你几百万一样，其实最主要的是你长得和黄姐的未婚夫实在是太像了！如果不是因为当初高铭的DNA报告，我真怀疑你在资料上造了假！”

“呵呵！”沈玄淡淡地笑了笑。正在这时，一个身材高挑、长相甜美的女孩子推开了冷饮吧的门，沈玄向她招了招手，女孩子微笑着向沈玄的方向走过来。这女孩见到沈玄，拍了一下他的肩膀说道：“我说你还真是神了啊！”

“怎么了？”沈玄不解地望着女孩问道。

“本来今天想到游乐场看看我师弟，顺路给你送几张票，没想到你竟然直接来了游乐场！”女孩子大方地说道，“现在当了警察就是不一样了啊！”

“我们是因为一个案子才到这里来的！”沈玄说着伸手介绍道，“这是我的同事卞虎！”

“你好！”未等沈玄介绍完，女孩便伸出手拉住卞虎握着饮料的手说道，“我叫闫妍，是沈玄的高中同学！”

闫妍这个举动让平日大大咧咧的硬汉卞虎耳根有些发热，他没想到这个女孩会这么直爽。闫妍坐下来要了一杯饮料，便不停地抱怨B市的天气不好，简直不是人待的地方。

“对了，你们在这里调查什么案子啊？”闫妍接过服务员手中的冰糖雪梨，一面喝着一面好奇地说道。

“这是秘密！”沈玄一字一句地说道。

“嘿，你们这些大警察就不能满足一下小小魔术师的一点小小的好奇心吗？”闫妍用小拇指比画着，“再说我大哥可是悬疑小说作家，说不定能写一本关于你们的书呢！”

“您歇着吧！”沈玄无奈地说道，“对了，你还有师弟？”

“是啊！”闫妍吸了一口饮料说道，“我师弟可是个厉害的魔术师，要不要一会儿让你见识一下？”

“还能比你好？”沈玄打趣地说道。

“当然了！”闫妍说着站起身来，“反正你们俩现在也没事，我带你们一起去看看！”

沈玄看了一眼卞虎，卞虎对他点了点头。于是三个人站起身向游乐场内的一个小剧场走去。这剧场很小，里面却挤满了人，虽然开着冷气，但是依旧不觉得凉爽。沈玄和卞虎站在剧场门口，闫妍独自钻进剧场。不一会儿工夫，闫妍将一个年轻帅气的小伙子带了出来。

“这就是我师弟于冠云！”闫妍接着说，“这是我同学沈玄，这位是他同事，叫……卞虎。”

“你们好！”于冠云伸手与两个人握了握手。

“师弟，人家可是警察叔叔哦！”闫妍笑着说道，“你还不赶紧露一手，我带他们来就是想看你的绝活的！”

“什么绝活啊！”于冠云笑了笑，“不过是街边卖艺的把式罢了！”

“快快快，给我们露一手！”闫妍催促道。

于冠云腼腆地笑了笑说道：“那我就献丑了，我先给你们找一个位子！”

几分钟之后，沈玄、卞虎、闫妍坐在剧场临时准备的几个椅子上。

于冠云换上一件漂亮的衬衫出现在了舞台上，他微笑着从一个观众的手中借了一把吃冰激凌的塑料勺，然后让观众在勺子上写上一个记号，之后神秘兮兮地在那只勺子身上抚摸了两下，那只勺子在众目睽睽之下竟然如同橡皮泥制成的一样自行弯曲成了一个塑料圈。

观众掌声雷动，而沈玄和卞虎也为之一振。于冠云微笑着走到闫妍身边，将那个塑料圈套在了闫妍的手指上。几个简单的魔术表演完之后，几个人告别了于冠云。卞虎对于冠云的技艺赞不绝口，而沈玄的神色却没有起初那般轻松，他手中紧紧地握着什么，最后将手伸进了口袋里。

当他们走到门口的时候，恰好遇见黄怡婷和柳震凡。黄怡婷按照吴华忠的吩咐想让柳震凡故地重游，但是在游乐场内走了一圈，柳震凡却毫无印象。现在她们准备离开游乐场。

“这位是？”黄怡婷见闫妍与沈玄十分亲密，不禁有些醋意地问道。

沈玄有些尴尬地介绍完之后，闫妍大方地拉住黄怡婷的手说道：“这次可是见到传说中的美女警花了，上次见面的时候沈玄还特意提到你呢！”

黄怡婷被闫妍这样一拉，不仅醋意顿失，而且有些不知所措。闫妍和黄怡婷寒暄了几句说道：“等演出结束，黄姐姐你一定要给我讲讲你们破过的那些离奇案件，我好回家讲给我那个码字的大哥听！”

“好，好！”黄怡婷不置可否地点了点头，求助般望了卞虎一眼。卞虎无奈地耸了耸肩，一副无能为力的模样。

“好了！你们忙吧！”闫妍看了看时间说道，“我要回去准备晚上的演出了。对了，忘记把票给你们了！你们晚上一定要到啊！”

说完闫妍将票塞进了黄怡婷手里，然后向停车场奔去。

“你上次请假就是见她？”黄怡婷诧异地望着沈玄。沈玄微笑着点了点头。

黄怡婷讳莫如深地笑了笑说道：“你们这里有什么发现吗？”

卞虎和沈玄摇了摇头。

“哎，小凡，你对这里一点印象都没有吗？”黄怡婷心有不甘地问道。柳震凡轻轻地摇了摇头。

“好了，我们两个继续在游乐场里调查，你带着柳震凡回医院吧！”沈玄说着向游乐场里面走去。

“那这几张票怎么办？”黄怡婷手中举着那几张演出票问道。

“你自己随便处理吧！”

6

宋一手机响起的时候，他正在档案室内整理着这几年相关的案件，他将近几年所发生的食尸案分门别类地整理好，然后一一排除。他看了看手机，皱着眉接通了电话。

“喂……”宋一接通电话说道，谁知当他听到对方的声音之后脸色变得凝重起来。

大约十分钟之后，宋一挂断了电话。他思忖片刻，手机忽然又响了起来。他看了看手机，是吴华忠的电话。

大约半个小时之后，沈玄、卞虎、宋一坐在了会议室里，而吴华忠却没到。

“吴老去哪里了？”宋一迫不及待地说道。

“不知道，回来的时候他只是吩咐让我在这里等着你们！”沈玄说着点上了一根烟。

大概十分钟之后，吴华忠急匆匆地推开了会议室的门，他手中拿着一份资料有些兴奋地坐在座位上，未等他开口，宋一便说道：“吴老，我发现了一件事！”

宋一的前同事在电话里告诉他，那个案件的嫌疑犯王某已经畏罪自杀，但是她留下了一封让人疑惑的遗书，她在遗书上对自己杀死自己丈夫以及几个被他勾引到家中的男人的事实供认不讳。但是她却不知道自己为什么要这样做，而且她觉得诧异的是，当她杀死丈夫之后在吃尸体的时候，发现丈夫的内脏离奇地不见了。因为当时她一直处于一种神志不清的亢奋状态，所以究竟是在自己不知道的情况下吃掉了，还是内脏本来就不存在，一直闹不清楚。

宋一觉得那个案件与眼前这个案件极为相似，唯一不同的是一个杀死的是自己的至亲，而另外一个人杀死的是与自己有着千丝万缕关系的陌生人。不过两个案子的作案人同样是忽然之间性情发生变化，然后开始食尸。他要求重新对唐悦父母的尸体进行解剖。

听完宋一的讲述，吴华忠和沈玄都是一愣。吴华忠将手中的那份资料摊开说道：“你们看看这个，这是我刚刚去法医部门让他们对唐悦父母进行重新尸检的报告！”

几个人对视了一下，拿起那份尸检报告，上面清楚地写着死者内脏和眼角膜缺失。

“这是……”卞虎惊异地说道。

“动机！”吴华忠点上一根烟说道，“食尸其实只是一个表象，最终是为了掩饰他们的真实目的——那就是偷盗器官！”

“那么这两起案件可以并案调查了？”宋一有些兴奋地说道。

“嗯，立刻将那起案件的相关资料调来，看来我们的对手十分狡猾！”吴华忠说着掐灭了手中的烟，“他们可能豢养着一种可以让人产生幻觉并且短期失忆的罪兽，然后利用这种罪兽让受害人听从他们的指示杀死自己的亲人，而后盗走尸体身上的重要器官！”

“但是为什么柳震凡没有杀死自己的父母呢？”卞虎想不明白。

“这个问题很好解释！”沈玄分析道，“也许是因为柳震凡心中强大的自责感，这种自责让她恨不得死的那个人不是唐悦，而是自己。她整理了关于唐悦所有的资料，无数次地阅读那些资料，直到那些资料深刻到让她都开始觉得自己就是唐悦，而唐悦的父母自然也是自己的父母。宋队在柳震凡家的电脑上发现了唐悦家的地址，因此当柳震凡失忆之后应该记得的住址就是唐悦的家！”

“但是那只罪兽真的还在游乐场内吗？”卞虎疑惑地说道，“如果还在游乐场内的话，为什么我们寻找这么久却一点发现都没有？”

“有！”沈玄的话让在座的几个人都是一惊，他们惊讶地望着沈玄，只见沈玄把手伸进口袋中掏出一个黑色颗粒放在了桌子上，那黑色颗粒与之前的那些黑色颗粒竟然完全一样。

“这……”卞虎诧异地打量着沈玄，疑惑地问道，“你是在什么地方发现的？我怎么不知道？”

“在魔术表演的小剧场。”沈玄轻声说道，“我们看魔术表演的时候，我无意间在地上发现了这个黑色颗粒。而且据我了解，柳震凡发生变化的时候是在马戏团来到这里之后，所以我想接下来我们应将搜索的重点放在那个外来的马戏团身上，或许那只罪兽就藏在其中！”

“嗯，沈玄和卞虎，你们两个将搜索重点集中到马戏团里！”吴华忠皱着眉说道，“人手不够，可以请附近派出所的民警支援。宋一，你和那边比较熟，继续和那边接触，尽快将那起案件的所有资料都拿过来，综合一下看看我们是否还有遗漏的地方！”

“是！”几个人说完站起身离开了会议室。

7

有人说作家就像是一个魔术师，他可以让你笑，让你哭，让你怅然若失。其实那很低级，作家用几个人物一生的故事才能影响你一时的情绪，而魔术师却可以用一时的情绪影响你的一生。

这也正是魔术令人着迷的原因。在魔术师与观众这场博弈中，魔术师始终是站在高高的顶端的胜利者。在那个短暂的时刻，他控制着所有人的情绪、所有人的思想，虽然明知道所有的一切都是假的、都是幻觉，但是观众却为这种幻觉倾倒、赞叹、膜拜……

所以当“魔术师之夜”的海报一经在网上发布，立刻就给这个炎热的夏天增加了几分热度，人们想看看在这个奇幻般的夜晚究竟会发生怎样奇幻或者诡异的事情。傍晚时分，大批好奇的人已经聚集在演出现场门口，上千人的队伍蔚为壮观。

黄怡婷看了看表，已经是下午6点了，她突发奇想地对柳震凡说道：“一会儿姐姐带你去看一场演出！”

柳震凡有些诧异，不置可否地点了点头。

游乐场内依旧人头攒动，不过有心的游客已经发现不知什么时候开始，大批警察出现在了马戏团里。有了沈玄的证据，卞虎和他很快便调集了周围的民警开始针对马戏团进行仔细的搜索。种种迹象表明罪兽就在马戏团里。

按照沈玄和卞虎的指示，民警每三个人一组逐个对马戏团的各个项目以及他们所用的车内进行细致搜索，不留任何死角。这个马戏团有十三个项目，因此搜索工作非常烦琐。

沈玄亲自带着一批人首先来到了魔术表演的小剧场。于冠云看见沈玄带着几个警察进来，不禁一怔。当沈玄表明来意之后，于冠云对沈玄的搜索十分配合。未等沈玄开口，于冠云便走上舞台，十分抱歉地对台下的观众说，为了配合警方破案，因此节目暂停。台下的观众虽然不满，但是于冠云承诺退票以及明天可以免费观看魔术表演，因此心情平复了许多。

沈玄带着人站在小剧场门口，当所有人都退出去之后，沈玄感激地对于冠云点了点头。于冠云很大方地将后台的所有人都叫到剧场内等待着沈玄的搜索结果。沈玄带着两名民警在小剧场以及后台进行搜索，甚至将他们的车和住所都进行了仔细的搜索，然而结果却令他们失望，没有任何发现。

沈玄有些失望地带着人走了出来，于冠云微笑着说道："沈警官，怎么样？"

沈玄抱歉地笑了笑说道："不好意思，打扰你们的工作了！"

"没事，作为一个公民，我们有责任配合你们的工作！"于冠云淡淡地笑了笑说道，"如果还有需要我们配合的地方，您就直接说话！"

沈玄感激地笑了笑，带着人离开了小剧场。

接下来的一段时间就是在一种漫无目的的寻找下度过的。卞虎和沈玄两个人频繁用电话联系互相报告结果，但是结果却让人失望，目前搜索的所有地方都没有任何发现。夜幕降临的时候，游乐场的人忽然多了起来，但比昨天晚上要稍微少一些。沈玄觉得有些饿，他在游乐场的一处商店里买了两根烤肠，要了一瓶矿泉水，坐在旁边的座位上，一面吃着一面不停地在周围搜索着。商店的电视里正在播放着电影《画皮》，沈玄的目光渐渐被电影画面吸引了过去：小唯缓缓地将一张美丽的人皮从身上轻轻扒掉，就像是脱掉一件衣服……

一个危险的念头瞬间闪过沈玄的脑海，一个藏在马戏团内的罪兽却根本找不到一点踪迹，它究竟藏在什么地方？在表演魔术的小剧场内发现的那枚黑色颗粒无疑与罪兽有关，但是再仔细搜索之后却没有任何发现，他们的方向是不是本来就是错误的，那罪兽根本就不是动物……

想到这里，沈玄立刻掏出了手机……

演出现场座无虚席，人们兴奋地相互交谈着，揣测着今晚魔术师将会给大家带来怎样稀奇古怪、让人不可思议的魔术节目。为了保密起见，这次演出的主办方特意将所有的节目都保密起来。这不失为一种非常冒险的营销手段，但是事实证明，越是隐秘的东西，越是有人趋之若鹜。现在坐满人的演出现场就是最好的证明。

正在这时，一个化着淡妆的二十多岁的女孩子走到黄怡婷的身边调皮地说道："嘿……"

"呵呵，闫妍！"黄怡婷微笑着看着眼前高挑的闫妍说道。

闫妍有些失望地看了看表，又看了看空出的几个座位说道："沈玄他们呢？"

"哦，他身上有个案子要处理，脱不开身！"黄怡婷有些抱歉地说道。

"奇怪了，今天怎么都有事！"闫妍无奈地说道，"不过女警花能来也可以，一会儿我第一个出场，要给我的魔术一点评价啊！"

"好！"黄怡婷淡淡地笑了笑。正在这时，闫妍的手机忽然响了起来，她看了看手机号码，对黄怡婷说道："我先去接个电话！"

"喂？沈玄？"闫妍走到后台低声说道，"你今天怎么没有来啊？"

“闫妍，我想问你一个问题！”沈玄急切地说道。

“什么问题？”闫妍莫名其妙地说道。

“魔术师所制造的幻觉有没有真实的？”沈玄唯恐闫妍不明白自己的意思，接着说道，“比如说催眠或者控制人的行动这样的魔术！”

“梦蝶！”闫妍皱着眉说道，“他会把人放在一个封闭的空间内，然后那个人会从别的地方出来。他会在短时间内让人学会一些简单的道具魔术。有些像……”

“梦蝶？”沈玄接着说道，“你会这种魔术吗？”

“不会。据我所知，所有的魔术师中只有一个人会这种魔术！”闫妍顿了顿说道。

“于冠云？”沈玄接着问道。

“嗯！”闫妍接着说道，“自从他发生了一次变故之后……”

未等闫妍说完，沈玄便挂断了电话，这时有人拍了拍闫妍的肩膀：“演出开始了，该你上场了！”

演出现场的灯便全部熄灭了，人们的嘈杂声也渐渐消弭，所有人都在静静等待着即将上演的节目，而黄怡婷明显感觉到柳震凡猛然间握住了自己的手。

接着一道白光从后面打过来，闫妍站在黑色的幕布前面，戴着一顶帽子，那道白光正好打在闫妍身上。

“白光！”柳震凡忽然大喊了一声，然后身体开始战栗。周围的人嘘声一片，黄怡婷马上想到了什么，拉起柳震凡便向门口奔去。现场很快恢复了平静，所有人都被闫妍精湛的技艺吸引住了，把刚刚的事情早已抛之脑后。然而现在柳震凡的脑子却乱了起来：掌声、白光、白光下的笑脸、尖叫、飞人，这一切连在一起……

黄怡婷立刻拨打了吴华忠的手机，可是吴华忠的手机却始终在通话中。黄怡婷又立刻拨打了沈玄的手机，可是他的手机已经关机了。她拉着柳震凡上了车，车子飞驰着向游乐场的方向驶去。

十五分钟之后，吴华忠打来电话："小黄，据宋一说，那起案子的王某在发生巨变之前曾经去过一次游乐场，那时候正赶上一个在各地巡回演出的马戏团在演出，而且当时民警在王某家的门口遇见的那个人正是这个马戏团的魔术师于冠云！"

"嗯，吴老，我这边也有发现，柳震凡最后的记忆就是游乐场中的魔术表演。"黄怡婷说完试探地问道，"您联系卞虎和沈玄了吗？"

"他们两个在分头搜查线索，现在我已经往卞虎那边赶过去了，只是沈玄的手机没电关机了，暂时联系不上！"吴华忠气喘吁吁地向外奔跑着说道，"我和宋一马上过去，你到了暂时先在门口等着我们，不要打草惊蛇！"

黄怡婷挂断电话，隐约有一种不祥的预感。十几分钟之后，黄怡婷将车停在游乐场外的停车场，她叮嘱惊魂甫定的柳震凡在车里等待自己，然后便关上车门匆忙向门口奔了过去。此刻她心跳得厉害，因为她一直在担心一个人的安危——沈玄。

沈玄又一次走进魔术表演的小剧场里，舞台不大。沈玄坐在下面的座位上，于冠云背对着沈玄，一面收拾着舞台上的道具，一面说道："对不起，今天为了配合民警调查这里，不……"于冠云转过头见到坐在剧场中的沈玄，将最后的"营业"两个字咽了回去。

"不好意思，我又来打扰你了！"沈玄微笑着从怀里拿出一包烟，抽出一根递给于冠云，于冠云轻轻摆了摆手谢绝了。

"沈警官是不是还要搜查一遍？"于冠云淡淡地笑着说道。

"不必了！"沈玄叹了口气说道，"我只是想和你聊聊！"

"聊什么？"于冠云饶有兴趣地坐到沈玄身边说道。

“几年前在我身上发生了一个案子！”沈玄抽了一口烟说道，“我的女朋友被一只罪兽袭击之后身亡，而我赶到的时候也被那只罪兽击晕！”

“太遗憾了！”于冠云同情地望着沈玄说道，“那你找到那只罪兽了吗？”

沈玄失望地摇了摇头：“这么多年我一直在追踪着他的下落，但是那只罪兽就像是一个影子一样，总是在我的生活中一闪而逝。我们的追逐就像是捉迷藏，每次当我要淡忘的时候，它就会用一种黑色颗粒提醒我它的存在；而当我寻找的时候，它又形若空气。”

“现在我又发现了它的踪迹！”沈玄说着扭过头盯着于冠云说道，“就在这里！”

“这里？”于冠云显然有些诧异，“所以你刚刚来这里搜查的是那只罪兽？”

“嗯！”沈玄吸了一口烟接着说道，“但是很遗憾，这次它又消失得无影无踪了！”

“太遗憾了，不过我在这里这么久，也没有见过类似野兽一样的东西出没！”于冠云接着说道，“如果有的话，为什么不袭击我们？”

“是啊！”沈玄微微地笑了笑说道，“我一开始也以为那只罪兽就像是野兽一样，可是我忽然发现，也许那只罪兽根本不是野兽，而是……人！”

“人？”于冠云不禁诧异地笑了笑，“这……不可能吧！”

“可能这个人原本不是罪兽，而当他被那只真正的罪兽咬伤之后便失去了人的本性！”沈玄接着说道，“你知道狂犬病吗？”

“沈警官，你说的话太离奇了！”于冠云轻轻地摇了摇头。

“是吗？”沈玄叹了口气说道，“能再表演一次你的梦蝶吗？”

“梦蝶？”于冠云的神色略微有些慌张，不过那丝慌张瞬间在他的脸上荡然无存了，他沉着地笑了笑说道，“可以！不过需要你配合！”

一阵冰冷的夜风吹过，沈玄微微睁开眼睛，只见此时自己正坐在游乐场攀岩的假山上，双手被手铐紧紧地锁住。他刚刚就像是做了一场噩梦，觉得脑袋一阵阵疼痛，那些被他尘封的记忆就像是被人硬生生地用一把铁钩子从脑子里勾出来又放回去一样，从脑海中闪过却立刻又消失了。于冠云站在沈玄的身后，假山下面已经完全被警察包围了。

“于冠云，你现在已经被包围了，立刻放了人质！”吴华忠在下面喊道。原来在沈玄睡着的这段时间里，吴华忠已经带领着武警将游乐场包围了，于冠云带着昏迷的沈玄一直走到假山上，假山后面的警察正慢慢地围上来。

“放了他我还能走得了吗？”于冠云笑嘻嘻地说道，“现在为我准备一辆车，我要离开这里，否则的话我们两个人就同归于尽！”

“你走不了！”沈玄淡淡地笑着说道。

“你知道我在你的脑子里发现了什么吗？”于冠云凑在沈玄的耳根旁低声说道，“你根本不是什么沈玄，你甚至连自己是谁都不知道。其实你和我一样，我至少知道自己的名字，但是你呢？你连自己究竟是谁都不知道。”

“我究竟是谁？”沈玄不禁心头一惊。

“如果我死了的话，你一辈子都不会知道自己是谁！”于冠云大笑着说道，“你和我都曾经被它咬伤过，不过它不喜欢你，却更喜欢我。你一直在欺骗着自己，让自己遗忘，遗忘自己的身份，遗忘自己曾经被它咬过，遗忘罪兽的血液在你的身体里所给你带来的与众不同的能力。”

“你说什么？”吴华忠曾经说过，沈玄对罪兽具有一种强烈的敏锐感，这也是当时吴华忠一直坚持沈玄进入重案组的原因。

“我说的什么你很清楚！”于冠云低声说道，“其实我真是低估了你的能力，我没想到你竟然会想到我！是那颗黑色颗粒吗？”

“对，就是那颗黑色颗粒让我将怀疑的重点放在了马戏团里！”沈玄接着说道，“但是起初我真的没想到罪兽竟然是人，当我们按照以往的方式去寻找罪兽的时候却找不到任何线索。如果不是《画皮》提醒了我，恐怕我真的不敢把罪兽和你联系在一起！”

“画皮！”于冠云哈哈大笑道，“你看看下面的这群人，他们每一个人都是有罪的，他们每一个人的血液里都流淌着罪恶的兽性的因子，只是那种因子一直隐藏在阳光下面而已。他们每一个人都是画了皮的罪兽！”

“是的，每个人都是有罪的！”沈玄接着说道，“但是他们却不会伤害别人的生命！”

“呵呵！”于冠云冷笑了两声说道，“你不懂！”

“快，让你们的警察退下去，不然的话我现在就把他推下去！”于冠云抬起头威胁着走上假山的警察们，警察们迫于无奈向后退了两步。

“那颗黑色的颗粒究竟是什么东西？”沈玄抓住时机问道。

“你想知道的话就送我走！”于冠宁挑衅般说道。

“好，你可以用我当人质离开这里！”沈玄迫不及待地想知道结果，“但是你必须先告诉我那黑色颗粒究竟是什么。”

“一个……”于冠云的话未说完，只觉得身体被什么东西撞了一下，接着整个人被人抱紧快速下坠。“啊……”于冠云发出一声惨叫，最后从假山上摔落。

刚刚抱着于冠云摔下来的人不是别人，正是留在黄怡婷车内的柳震凡。也许她在看到白光的那一刻就将所有的事情都想起来了，也许那种绝望和仇恨让她做了这个决定，谁也没有注意到这个柔弱的女孩子会忽然从假山上冲出来，谁也没有预料到这一切会这样结束。

后来警方在于冠云的账户上发现了几笔来历不明的入账，想必是卖那些器官所得赃款，而这些钱很快便从账上消失了，至于去了哪里，因为于冠云死亡，所以无从查起。

据闫妍说，五年前于冠云曾经发生过一次意外。于冠云随同师父一起在外地演出，一个傍晚，二人在住处遭遇袭击，师父被害，而于冠云也受了重伤。

伤愈之后于冠云性情大变，整日将自己关在一个小屋子里。而就在那个时候他不断推陈出新，推出了很多令人炫目的魔术，其中最让人叹为观止的就是梦蝶。至于梦蝶的魔术究竟是怎么做到的，却没有人知道。

重案组第一次遇见这样的案件，以往他们所遇到的案件中罪兽往往是一些野兽，而这个案件中的罪兽却是一个被野兽咬伤的人。黄怡婷在整理卷宗的时候一直在不停地感叹，这个案子是他们迄今为止遇见的最离奇诡异的案件。当她将卷宗整理完之后，长出了一口气，这个案子终于了结了。于冠云多年前被罪兽咬伤，从而学会了某种催眠术。他利用这个来唆使一些不明就里的人杀死自己的至亲，然后令他们食尸，破坏尸体，掩饰偷盗器官的恶行。

虽然卷宗上这个离奇的案件结束了，但是对于沈玄来说，这一切却远没有结束。于冠云的话就像是一句咒语一样在他的心头缠绕，让他辗转难眠。他究竟是谁？他难道不是沈玄吗？

他将于冠云最后的话悄悄地告诉了吴华忠，吴华忠淡淡地笑了笑，拍了拍沈玄的肩膀说道："这很有可能是于冠云在最后时刻为了让你分心而编造出来的！”

那天晚上，吴华忠轻轻地翻阅着沈玄的档案，长出了一口气，然后合上档案，档案上写着“绝密”两个字，他小心翼翼地将档案锁在保险柜里……

第六案
河神

引子

看似平静的伊逊河每年都会吞掉个把人，因此从来极少有人靠近，只有每年的七月十四这里才会热闹起来，因为这一天是河灯节。天刚擦黑，附近村落的村民便拉家带口，倾巢出动，他们手里拿着自制的各色河灯，有些河灯工匠们花费极大心思，制作得极其精致，宛若龙舟一般，也有一些河灯制作得非常简单，只是在一块泡沫上挖一个小洞，放上一根蜡烛而已，他们都在为一年一度的河灯节做准备。

任何节日最快乐的应该就是孩子了，他们在人群中嬉戏打闹，不知疲倦地消耗着身上过剩的精力。当天完全黑下来的时候，第一盏河灯被轻轻放进伊逊河里，紧接着越来越多被点燃的河灯被推进河中。不一会儿工夫，整条伊逊河便被几百盏河灯点亮了。

河灯顺着平静的水流缓缓地向下游而去，站在岸边的人们翘首望着自己放进河里的河灯慢慢消失在那片灯海之中。

“妈妈，为什么要放河灯？”一个孩子拉着母亲的手问道。

“让那些死在这条河水里的人可以乘着河灯找到回家的路！”母亲的回答有些迷信。

“那……那怎么才能知道他们坐上河灯了？”小孩子的脑子永远装着十万个为什么。

“你看哪盏河灯熄灭了，他们就坐上了哪盏！”母亲的这句话其实没有一点根据，然而谁也没有注意到在那灯海的下游，河灯正在一盏接着一盏熄灭，渐渐沉入水中。

大概晚上9点的时候，月亮初上，将伊逊河照得如金子般闪闪发亮，此时伊逊河边的人群早已散尽。张铁发现这一点的时候，身边的伙伴早已经跟着人群回去了。他茫然地站在水边，耳边是伊逊河水哗哗的响声，眼前的河水让他有些眩晕。

他忽然有些恐惧，想起关于伊逊河的传说，他觉得自己的汗毛竖立了起来。他一步步地向后退，正在这时，他忽然看见一盏河灯正在逆流而上，他立刻皱紧了眉头。他盯着那盏河灯，惨白的月光下，河灯的光显得极其微弱。那盏河灯像是有生命一般向张铁的方向划来，片刻之后河灯停在了张铁的面前。

那是一只简陋的河灯，只是在一块木板上安上了一根蜡烛。他弯着身子蹲在河边痴痴地望着那盏河灯，它究竟是怎么逆着水流划上来的呢?

正在他看得出神的时候，一个黑乎乎的东西从河灯下面一点点地脱水而出。张铁一惊，身体连忙向后退，谁知这河边的淤泥太滑，他一脚滑了出去。那黑乎乎的东西向前一把抓住了张铁拖入水中，他只觉得眼前一黑，河水冲进鼻孔，挣扎了几下便失去了知觉。

几分钟之后，那盏亮着的河灯就像之前一样沿着岸边逆流而上，月光下河灯的光显得极其微弱……

1

“扑通”一声，宋一和卞虎同时钻进水中，如两条飞鱼一般快速地向前游去。宋一始终如一地自由泳，而卞虎却在不停地变化着方式，蛙泳、仰泳、自由泳，像是在耍花样。不过两个人的速度却不分伯仲，引来周围人一阵阵喝彩。

“吴老，你猜他们俩谁会赢？”黄怡婷穿着合身的分体泳装扒着岸边的护栏问道。

吴华忠笑了笑：“最快的泳姿应该是自由泳，而卞虎在保证速度的同时又不断地变换泳姿，所以即便是两个人同时到达，那么也应该是卞虎赢！”

几分钟之后，两个人几乎同时到达对面终点，宋一从水里站起身来说道：“不行了，老了！”

“嘿嘿，宋队不服的话咱们再来一圈？”卞虎大气不喘地说道。

宋一摆了摆手，微微笑了笑说道：“你小子正年轻，比不过你！”

卞虎得意地笑了笑。

“沈玄呢？”吴华忠忽然发现已经有半天没有看见沈玄了。

“他……”黄怡婷有些无奈地说道，“他好像不喜欢游泳。我和卞虎叫了他几次，他说在梳理案情，想把我们之前的案件全部梳理清楚，希望能找到那颗黑东西的来历！”

“哦！”吴华忠微微点了点头。

这是重案组的第一次集体休假。长时间高强度的工作已经让重案组成员极其疲惫了，虽然只有半天的时间，但是对于他们来说已经很奢侈了。再征得百分之八十成员的意见之后，吴华忠决定下午来体育中心游泳，而沈玄却死活不去。

坐在办公室里，沈玄一面抽着烟，一面注视着电脑屏幕。办公室的空调坏了，沈玄不停地用扇子扇着，外面法国梧桐上的一只知了整个中午都在聒噪，给这个炎热的夏天又平添了几分烦躁。

说实话，沈玄并不是不想和大家一起游泳，只是游泳对他来说有一种莫名的恐惧。这恐惧来源于高中时代的一次意外。那次意外之后，从前水性极好的他每次见到水胸口便会传来沉重的窒息感，身体像是冻住了一样，四肢无法动弹，只能慢慢下沉。

沈玄深深地吸了一口烟，将烟蒂丢在桌子上的烟灰缸中，然后站起身走到洗手间。他关上洗手间的门，堵住漏水器，拧开水龙头，看着水龙头中喷出的水一点点地注满水盆，神情渐渐紧张了起来。当水盆完全注满水之后，沈玄关掉了水龙头，双手按住水盆的两侧，水盆中映出自己的脸。

耳边依旧是知了无休无止的聒噪声，而沈玄的目光已经完全被眼前晃动的水纹吸引住了。他深吸一口气，猛然将头扎进水盆中，一瞬间觉得胸口像是压了一块巨石无法呼吸，身体完全僵住了，根本不听使唤，就像是被一双大手摁在了水中一样，耳边出奇地平静，刚刚聒噪的世界顿时安静了下来。时间在这水盆中被离奇地放大，短短的几分钟宛如一个世纪。沈玄将头平静地放在水盆中，两分钟之后，沈玄的身体忽然扭动了起来，他的四肢在水盆旁挣扎着，而浸入水中的头却始终无法动弹。

十秒、二十秒、三十秒……时间一秒一秒地流逝，沈玄的身体渐渐地失去了力气，最终停止了挣扎。正在这时，一只手忽然紧紧地抱住沈玄的身体向后猛拉，沈玄的头被一下子拉出水面，因为用力过猛，两个人都倒在了地上。

“喀喀喀！”沈玄的胸脯剧烈地起伏着，卡在喉咙中的水全部被他咳了出去。他爬起来，见是一身是水的黄怡婷，有些抱歉地说道：“谢谢！”然后伸出手拉起了黄怡婷。

“你？”黄怡婷疑惑地望着沈玄说道，“你是想自杀？”

“呵呵！”沈玄尴尬地笑了笑，扭过头见洗手间的地上全部都是溅出来的水，走到门口拿过墩布将地上的水渍墩了一遍。黄怡婷始终站在沈玄的身后，注视着他完成这一切之后才幽幽地说道：“我曾经看过一个报道！”

沈玄弯着身子双手紧紧握着墩布愣在原地。

“有些人因为受过刺激，因此一辈子都极其畏水，一旦接触到水，身体就再也不受控制！”黄怡婷缓步走到沈玄身边说道，“告诉我，你经历过什么？”

沈玄微微地摇了摇头道：“谁说我怕水？”

“如果你不怕水，刚刚怎么会出现那种情况？”黄怡婷反诘道。

“我的事不用你管！”沈玄一改常态忽然咆哮起来，对黄怡婷大声地喊道，接着将墩布往地上一丢，径直向门口走去，推开门正好与闻声赶来的卞虎碰上了。卞虎上下打量了一下沈玄，又看了看站在一旁愣住的黄怡婷，不禁讪笑着说道：“哎哟，两个人都湿身了！”

他本想开一句玩笑缓解一下紧张的气氛，谁知黄怡婷面若冰霜地走到沈玄身旁说道：“你的事情就让它永远埋在你心里吧，我以后不会再问了！”说完黄怡婷推开卞虎向办公室走去。

“怎……怎么了？”卞虎不明就里地望着黄怡婷的背影说道，黄怡婷毫不理睬。

“你……欺负黄姐了？”卞虎疑惑地望着沈玄。沈玄微微笑了笑，也离开了洗手间。

办公室内的气氛非常紧张，卞虎、黄怡婷、沈玄三个人一句话不说地坐在自己的办公桌前。半个小时之前，本来带着几个人游泳的吴华忠忽然接到了一个紧急电话，他立刻命令卞虎和黄怡婷先回到办公室与沈玄会合，而自己则带着宋一去了市委。一路上黄怡婷都隐隐有种不祥的预感，当卞虎的车刚刚停在警局大院中的时候，黄怡婷就立刻跳下车。她发现办公室内空无一人，那种不祥的预感便更加强烈了。当她推开洗手间门的时候，沈玄已经在水里足足待了六分钟。

吴华忠推开办公室的门，宋一紧紧跟在他的身后。吴华忠望着眼前的三个人，立刻感觉到气氛有些不对，他与卞虎对视了一眼，卞虎耸了耸肩，看了一眼沈玄和黄怡婷。吴华忠将手中的文件放在一旁，轻轻拍了拍手说道："大家注意一下，在河北德城发生了一起新的罪兽案！"

所有人的注意力都被吴华忠吸引了过来，吴华忠看了一眼宋一。宋一将几份文件分发给几个人，在黄怡婷的耳边小声地说道："沈玄欺负你了？回头宋哥帮你报仇！"黄怡婷轻轻地捶了宋一一下。

"现在大家看着手中的文件，我和大家说一下案情！"吴华忠坐在桌角上说道，"三天之前，在河北省德城南岳镇发生了一宗命案，受害人是一个叫张铁的年仅八岁的男孩。据说三天前的那个晚上正是当地一年一度的河神节，附近村落的人在这一天有放河灯的习惯。当天晚上张铁随同小伙伴一起去河边看河灯，可是直到深夜依旧没有回家。当天晚上张铁的父母便带着村里的人四处寻找他的下落，最后在河边发现了一只张铁遗落的鞋子。随即张铁的父母便和村子里的人沿着河寻找张铁，第二天凌晨的时候在距离南岳镇十五公里的一处水坝中发现了张铁的尸体。男孩面貌完整，身体只有细微伤痕，但是脸色微微苍白，伤口中甚至没有渗出一丝血迹！可是令人意外的是当民警将张铁的尸体打捞上来的时候，竟然发现了另外一具尸体。那具尸体同样是一个未成年的男孩，状况几乎与张铁一般无二。民警立刻张贴告示寻找尸源，很快便传来消息，另外一个受害者叫何东，家住距离南岳镇五公里左右的河道上游，是在三天前离开家的，离开家的时候他告诉父母去南岳镇的奶奶家小住几日，因此直到看到告示的时候，两家人才发现何东已经失踪了三天！现在在南岳镇一直流传着河中水鬼作祟的说法。”

“三天前？”黄怡婷敏锐地察觉到了什么，“那应该是农历的七月十四啊！”

“鬼节？”卞虎惊叫着。

“嗯！”吴华忠接着说道，“鬼节也叫中元节，很多地方有这一天放河灯的习俗，主要是为了悼念死者和祝福家人，恐怕正是因为民间传说的鬼节，因此关于水鬼作祟的说法才会流传极广！”

“只有这些资料？”卞虎将那些资料翻阅一遍，有些疑惑地说道，“这些资料也并不能确定是罪兽作案啊？”

“还有一份！”吴华忠从口袋中掏出一份资料放在桌子上，说道，“这是一份尚未公开的法医验尸报告，你们互相传阅着看一下！”

几个人相互对视了一下，疑惑地拿起那份验尸报告。

报告显示：死者张铁，男，八岁。从胃内溶解物分析，死者死亡时间大概为深夜2点至凌晨3点之间。眼内未见出血点，肺内未发现砂粒，因此排除溺水死亡。死者的身上发现大量外伤，伤口细密，应该是与河床摩擦形成的。死者体内存留大量动物麻醉剂，而且其手腕动脉处发现咬噬性外伤，身体内血液几乎被吸干。在四肢的指甲中提取到一根毛发和一些动物组织，未能在已知物种中找到与之配对的DNA样本。

“现在正值暑期学生放假期间，很多农村留守儿童会到河边玩耍。为了防止类似案件的发生，上面命令我们立刻出发，七天内破案！”吴华忠一字一句地说道，“现在大家还有什么疑问吗？”

“我有一个问题！”沈玄看着手中的资料说道，“关于目击者为什么只有一个名字，而没有她目击的内容？”

“那个目击者称她在半夜的时候看见一盏逆流而上的灯，不过……”吴华忠沉默了片刻说道，“据当地民警反映，目击者是一个有精神病的女人，因此他们并未采纳她的证言！”

“哦！”沈玄一面点头一面思索着什么。

“好，现在大家还有别的问题吗？”吴华忠从桌子旁站起来问道。

“没了！”几个人异口同声地回答。

“好，那我们立刻出发，连夜赶往南岳镇！”吴华忠命令道。

“是！”几个人都来了精神，站起身异口同声道。

2

河北德城是位于燕山山脉的一座山城，四周被群山环抱，武烈河从城市的中心缓缓流过，而伊逊河便是这武烈河的支流。因为德城气候宜人，是北方的避暑胜地，因此每年盛夏来此地旅游的人络绎不绝。

重案组连夜赶至德城，虽然是在盛夏时节，然而刚入德城便觉得凉气袭人，他们直接将车开往南岳镇。这南岳镇四面环山，伊逊河从北向南缓缓流淌，将南岳镇一分为二。水流来源主要是上游的云霸水库，平日水流平缓，河水清澈，最深处不过四五米深而已。

重案组赶到南岳镇派出所的时候，受到了当地民警的热情接待。南岳镇派出所是附近几个派出所中最大的一个，有民警十二名。派出所所长姓刘，叫刘万里，是一个四十多岁头发稀少的中年男人。

刘万里见到吴华忠，连忙赶上前去握住吴华忠的手说道：“吴老，早就听说过你们，但是没想到这次能得到您的帮助！”

吴华忠微微点了点头说道：“还是先谈一下现在的情况吧！”

半个小时后，南岳镇派出所会议室中，重案组成员一面吃着工作餐，一面听着刘所长的汇报。据刘所长说，这南岳镇总共有住户一千多个，而且大部分姓张。自从张铁的案子发生之后，派出所和村委会已经协商派人不分昼夜地轮流在伊逊河边巡逻，以免类似事件再次发生。关于那个目击证人，据刘所长说，她叫刘敏，是个北京人。因为身材矮小，只有一米二左右，再加上平日里不修边幅，精神上有些问题，所以当地人戏称她北京大妞。

虽然北京大妞一再说她看到了当天晚上的情形，但是刘所长觉得她多半和之前一样是哗众取宠，因此并没有采纳其证词。

“这个叫刘敏的人现在能找得到吗？”沈玄始终对这个目击证人念念不忘。

“这个……不大好找！”刘所长为难地说道，“北京大妞因为神志不清，所以极少回家，平时家人也不知道她会到哪里去！”

“哦！”沈玄有些失望地点了点头。

“我在这里待了十几年，这伊逊河几乎每年都会发生类似的命案，而且每年至少有两三个人死在这条河里，很多人最后连尸体都找不到了！”刘所长娓娓说道。

“那之前为什么没有人报案？”宋一奇怪地问道。

“其实那些人中大部分属于下河抓鱼溺死的！”刘队长无奈地说道，“这里位于云霸水库下游，每年到了七八月份就是雨季，一旦雨水超过了水库的承载能力，就不得不开闸放水，通知下达到的时候大水已经来了，因此很多人就是这样溺死在水中的！”

“为什么水库那边不能提前通知呢？”黄怡婷惋惜地询问着，“这可是人命关天的事情啊！”

“天有不测风云，谁也无法预料到一场雨究竟能下多久，会产生多少雨量！”沈玄幽幽地说道，“往往一场大雨过后还来不及通知，便已经超过了警戒水位！”

“对，您说得没错！”刘队长欣慰地看了一眼沈玄。

“我又没问你！”黄怡婷白了沈玄一眼，小声嘟囔着。

“那好！”吴华忠放下手中的筷子说道，“小黄，今晚你辛苦一下，和刘所长翻阅一下之前十年间溺死在这条河中的案件，看看里面有没有与这个案件类似的！”

“好！”黄怡婷点了点头。

“刘所长，还要麻烦您安排一个民警带我们四个人去一下案发现场！”吴华忠对刘所长说道。

“嗯，好！”刘所长站起身来说道，“我立刻安排人开车送你们过去！”

重案组兵分两路连夜展开调查，刘所长为重案组安排的司机姓王，是一个非常健谈的南岳镇人。他从小便生活在南岳镇，因此对于伊逊河并不陌生。很小的时候，长辈们就告诉他平时绝不要到伊逊河去捉鱼，因为每年都会有人死在那条看似波澜不惊的河里。

而且据老人们说，这伊逊河内是有河神的，很多年前，伊逊河一到了汛期便会洪水泛滥，将周边的水稻全部淹没。后来人们开始祭祀河神，说来奇怪，那洪水便不再如之前那般肆虐。越来越多的南岳镇人开始相信那条河中真的有河神，而每当有人溺亡的时候，便会有人说这是去侍奉河神了。

“小王，你从小在南岳镇长大，有没有见过河神？”卞虎半开玩笑地问道。

谁想到开车的小王脸色立刻紧张了起来，他从后视镜中瞥了卞虎一眼，表情认真地说道："见过！"

"你见过河神？"吴华忠忽然来了兴致，惊讶地问道。

"嗯，我亲眼见过河神！"小王一面开车一面娓娓地说道，"那时候我岁数还小，每年到了这个季节，上游的云霸水库便会开闸放水，那时候的堤坝没有现在这么高、这么牢固，因此洪水一来便立刻漫过堤坝，将伊逊河附近的水稻全部淹没，水大的时候会直接进入村子。那时候我家住的地方距离河边很近，一到洪水泛滥的时候，院子里、屋子里便全是过腰的洪水。一天晚上，我可能是睡前喝了太多的水，半夜被尿憋醒，听到外面哗哗的水声，我立刻就明白过来了，从炕上爬起来一看，那水已经快有床头高了。就在我想叫醒父母的时候，一个黑乎乎的长得像是一个成年男人的东西忽然从水中站了起来，幸好这时候我父亲也被外面的水声吵醒，那东西一眨眼便钻进了水里，再无踪迹！"

"这么说这条河中真的有河神？"卞虎虽然经历了许多离奇古怪的案件，但是对于河神这样的案件倒还是第一次遇见，他不禁讪笑道，"那我可要好好见识见识河神究竟如何神法！"

小王见卞虎分明是在怀疑自己，不禁尴尬地笑了笑，便不再继续说下去了。

在距离伊逊河边还有一两里的时候，他们便隐约看到河边有两束手电光，那应该是被安排连夜巡逻的民警和村民的手电射出的。车子停在伊逊河边的时候，两束手电光向车子的方向射了过来。

"小王，这么晚你到这里来干什么？"一个人用手电照着小王的脸粗声喊道。

"哦，我是陪重案组的同志来勘查现场的！"小王说着指了指身后的吴华忠。

两个人听说是重案组，立刻将手电关掉，走上前来与吴华忠等人握手道：“早听说你们会来，之前听刘所长说过你们破过的几个离奇案子，真是太过瘾了！”

吴华忠淡淡地笑了笑说道：“你们辛苦了，如果没有你们这些基层民警为我们提供线索，恐怕就算我们再有本事也不可能破获那些案件！”

吴华忠这几句话虽然是谦虚，但是也确实是实情，不管是“嗜血狼人案”还是“饕餮案”，那些最初的线索都来自于这些基层的民警。

“你们在这里有什么发现吗？”吴华忠接着问道。

“没有，我们的主要任务是保护现场和警示路人，以防类似事件发生！”前面那个警察答道。

“看这天气应该不会有人这么晚来这里了吧？”卞虎抬起头看了看头顶上密布的乌云说道。

“嗯，雨季估计就是这几天了！”小王附和着。

“走，带我们去案发现场看看！”吴华忠拍了拍那个民警的肩膀说道。

“好，就在那里……”民警忽然愣住了，他神色慌张地望着前面的伊逊河，身体僵在了原地。

余下几个人相互对视了一眼，均向那个方向望去，不禁都倒吸了一口冷气。在那伊逊河平静的水面上，一盏河灯正顺着河道逆流而上……

3

几个人几乎毫无停滞地向河边狂奔而去，那盏河灯像是忽然意识到了什么，骤然加快速度向河对岸划去。

卞虎体力最好，一面向河边奔跑，一面脱掉外套，刚到河边，便纵身跳入了河中。宋一紧随其后，而沈玄却在距离河边尚有四五步的地方停下了脚步。卞虎一入水便如蛟龙一般一个猛子深入水底，双腿发力，再出水面的时候已经到了伊逊河中央。那河灯的速度越来越快，已经快接近对面的岸边了。卞虎毫不懈怠，双手快速地拨着水，身体如梭鱼一般向对岸游去。

那河灯到达对岸之后忽然停了下来，卞虎紧随其后也赶到岸边，一把抓住河灯。正在这时，河灯轻轻一颤，一截绳子从河灯的前端弹出，卞虎顺着那绳子消失的方向望去，只见岸边的草丛中一个黑影在晃动。卞虎连忙将河灯放在岸边，从河里爬上去消失在了岸边的草丛中。

乌云越来越重，终于随着第一滴雨从天空中落下来，越来越多的雨滴如瓢泼一般从天上落下来。

硕大的雨点拍打着窗玻璃啪啪作响，打断了黄怡婷的思路。她坐在南岳镇狭小的档案室内，一旁的桌子上放着两摞厚厚的卷宗，这些卷宗记录着过去十年间发生在这伊逊河中的案件。她将这些案件归纳整理之后，发现这十年间竟然发生了三十二起溺亡的案件，奇怪的是其中有二十二起案件是发生在南岳镇至下游十五公里处，这与张铁的案件极为类似。这二十二起案件全部发生在近七年间，在这之前伊逊河虽然每年都有溺亡案件发生，但是南岳镇一段却没有任何记录。

外面的雨水越来越大，雨点落进档案室，飞溅到黄怡婷的身上，有种凉凉的感觉，她站起身望着窗外的大雨，脑海中浮现出沈玄的样子。这么大的雨，沈玄他们在做什么？正在这时，黄怡婷的耳边传来了一阵轻微的脚步声，黄怡婷微微皱了皱眉头，一个穿着制服的民警出现在门口，微笑着对黄怡婷说道："您好，您是重案组的黄警官吧，刘所长怕您一个人在档案室里找不到需要的资料，所以派我来帮您！"

"你是？"黄怡婷疑惑地望着眼前的年轻人问道。

"我叫吴强！"年轻的民警拍打着身上的水渍说道，"平时都是我来整理档案室的！"

"哦！"黄怡婷点了点头，"去现场的人还没有回来吗？"

"嗯，应该是还没有回来！"吴强瞥了一眼桌子上那两摞厚厚的卷宗说道，"没想到你已经找到了！"

"嗯。吴强，你是南岳镇人吗？"黄怡婷坐在椅子上示意吴强坐下。吴强点了点头："从小就在南岳镇长大。"

"我有个疑问想问问你！"黄怡婷满是疑惑地问道，"这伊逊河的南岳镇一段在七年前是不是发生过什么变化？"

"变化？"吴强有些丈二和尚摸不到头脑，他想了想说道，"河道加宽、加固算不算变化？"

黄怡婷有些失望地摇了摇头，将整理好的资料递给吴强说道："我把近十年来发生在咱们管辖范围内的所有案件全部整理出来了，发现一个问题，那就是七年之前，从南岳镇到下游张铁尸体发现的那个水坝这将近十五公里的范围内，从未发生过溺亡案件，但是在近七年内却发生了二十二起溺亡事件。我在想七年前究竟发生了什么！"

吴强望着黄怡婷的资料喃喃自语道："七年前好像是北京大妞的孩子溺亡在伊逊河里的时候！"

"什么？"黄怡婷诧异地望着吴强。

"呵呵，至于河道有什么变化我倒是不记得了！"吴强憨笑着说道，"不过我记得七年前正好是北京大妞六岁的儿子溺死在河里的那年，好像地点就是在南岳镇附近，至今也没有找到尸体！那件事之后北京大妞就疯了，所以我对这件事记忆犹新！”

“北京大妞？”黄怡婷默念着这个名字。

北京大妞刘敏的双手被卞虎紧紧地扣在身后，卞虎一面用带血的手拉着她，一面收拾着地上长长的渔线。大约十分钟之后，卞虎顶着雨将刘敏带到了吴华忠面前。

吴华忠诧异地望着卞虎说道：“她是什么人？”

“北京大妞？”小王用手电照了照刘敏被淋湿的长发贴着的脸，惊讶地说道。

“啊？”卞虎惊异地说道，“她就是北京大妞？”

“嗯，对！”几个民警纷纷点头道。吴华忠皱着眉头说道：“你怎么会抓到她？”

“你瞧！”卞虎将手中的渔线递给吴华忠说道，“刚才我游到对岸的时候，发现那只河灯前面绑着一根渔线，于是我就顺着这根渔线追了过去，没想到却抓到了她，还被她咬了一口！”

“你叫刘敏？”吴华忠弯下身子尽量与刘敏平视。

“小心！”卞虎的话音刚落，北京大妞忽然扭过头张着嘴向吴华忠咬来，幸好卞虎的手抓得紧，刘敏的身体扭动了几下无法挣脱，这才退了回去，恶狠狠地盯着吴华忠。

“哎，先把她带回去吧！”说完重案组一行人带着刘敏返回了南岳镇派出所。

回到南岳镇派出所的时候，几个人都已经被大雨淋得如落汤鸡一般。小王将刘敏关在审讯室之后，便回到房间换了一套干净的衣服。

深夜2点左右，当吴华忠带着沈玄和黄怡婷来到审讯室的时候，刘敏已经双手抱着肩膀缩在墙角睡着了。吴华忠让黄怡婷拿条毯子给刘敏盖上，谁知黄怡婷刚刚靠近刘敏，刘敏立刻警觉地醒了过来，茫然地看了一眼黄怡婷，便向她猛扑上来。幸好黄怡婷眼疾手快，身体向后退了两步，刘敏碍于一只手戴着手铐无法动弹，黄怡婷这才躲过一劫。

“你就是刘敏？”吴华忠走到刘敏面前柔声地问道。

刘敏的手一直不停地挣扎着，想从手铐中脱出，当听到吴华忠的问话时，她忽然平静了下来，顿了顿，痴痴地抬起头，眼神混浊地望着吴华忠，口齿不清地说道：“孩子死了，被河神吃掉了！孩子死了，被河神吃掉了！”她越说越激动，到最后已经是泪流满面了。

“你看见河神了？”吴华忠盯着刘敏的眼睛说道。

“河神？”刘敏时而清醒时而迷糊地重复着吴华忠的话，她皱起眉头咬着嘴唇，痛苦地回忆着，忽然眼神中掠过一丝惊恐，她连忙向角落里退了几步，双手抓着脑袋，似乎要将所有恐怖的事情一股脑地从脑海中揪出去一般。

接着刘敏便缩在审讯室的角落中渐渐睡着了。吴华忠将毛毯披在刘敏的身上，带着沈玄和黄怡婷离开了审讯室。

会议室中，宋一帮卞虎包扎好伤口之后，两个人趴在桌子上睡着了。电视的声音开得很大，里面正在播放着新闻，警方近期破获了一起贩毒案，警方在毒贩的住处发现了一种新型毒品。画面中，几个警察正带着一个毒贩从其家中走出。

吴华忠走到近前关掉电视，随着那声音的消失，卞虎和宋一两个人几乎同时从桌子上爬起来。

“现在趁着大家都在，我们梳理一下案情！”吴华忠点上一根烟说道。

“就目前的情况来看，北京大妞刘敏显然是知道些什么，但是她神志不清，很难从她口中得到一些确凿的信息！”吴华忠认真地分析着。

“对，我看那个逆流而上的河灯应该就是刘敏所为！”卞虎肯定地说道，此时他被刘敏咬伤的手依旧隐隐作痛。

“嗯！”吴华忠不置可否地点了点头，然后扭过头对身旁的黄怡婷说道，“你那边有什么发现？”

黄怡婷将花费了一整晚整理出来的资料递给吴华忠，将自己对那二十二起溺亡案件的怀疑一一陈述完毕之后，又拿出其中的一份卷宗说道：“这是北京大妞刘敏的儿子溺亡案的卷宗！”

吴华忠接过卷宗，黄怡婷平静地说道：“我整理了那二十二起发生在南岳镇这一段的溺亡案，这些案件全部发生在最近这七年之中，而北京大妞刘敏儿子的案件正好是发生在这一段的第一起案件。”

“我详细地阅读了刘敏儿子的溺亡案，据卷宗记载，当时也正值这个时候，刘敏带着刚满六岁的儿子到伊逊河边来放河灯，因为她怕河灯最后被水冲走，所以在河灯上拴上了长长的渔线。谁知河灯越漂越远，最后渔线挂在了远处岸边的石头上。她带着儿子准备将河灯收回，孩子好奇心起，先刘敏一步跑到那块石头上将渔线拨弄开，然后往回收渔线，就在这个时候孩子不慎落水了！”黄怡婷回忆着卷宗内记载的内容说道。

“而据刘敏说，当时她距离儿子只有四五米远，她亲眼看到儿子将河灯拉起的时候，一个黑乎乎的东西从水中钻出来将孩子拖进了水里。虽然后来她跳进水里寻找孩子，但是已经踪迹全无了！”黄怡婷顿了顿说道，“后来刘敏一直在四处寻找着孩子的下落，一直没有任何发现！”

“咦？这个卷宗后面的部分呢？”吴华忠翻阅着卷宗惊奇地问道。

“我开始也很好奇，不过据吴强说，那卷宗可能是在档案室搬家的时候不小心遗失了！”黄怡婷有些失望地说道。

“那你是怎么想的？”吴华忠望着黄怡婷说道。

“我想刘敏之所以会在夜半用渔线拉着河灯沿着河逆流而上，很有可能是为了抓住当年拖走她孩子的那个东西！”黄怡婷皱了皱眉说道，“综合那七年的结点，我希望调查一下在七年前这条河发生过什么，究竟是什么力量能在短短七年间让二十二起溺亡案连续发生！”

“其他人呢？”吴华忠向周围人环视了一圈，最后目光落在了一直沉默不语的沈玄身上，“沈玄，你有什么看法？”

“河灯！”沈玄皱着眉一字一句地说道，“我始终觉得那个逆流而上的河灯没有我们想得那么简单！”

“有什么根据吗？”吴华忠追问道。

沈玄摇了摇头。吴华忠微微笑了笑说道：“好，那下个阶段我们的突破口重点放在七年前伊逊河究竟发生了什么变化上，关于这一点，卞虎和宋一你们两个去走访一下附近的村民。另外刘敏虽然精神上有些问题，但是我觉得她肯定知道些什么，沈玄和黄怡婷你们去调查一下刘敏家人的情况。大家有什么意见吗？”

“有！”黄怡婷忽然站起来说道，“刘敏那边我自己就可以了！”说完她白了沈玄一眼。

吴华忠看了看黄怡婷，又看了看沈玄，微微笑了笑道：“那好，沈玄你协助宋一和卞虎走访一下附近的村民，向他们了解一下伊逊河的情况。”

“嗯！”沈玄不置可否地说道，他的脑子里始终在思索着一个问题。

“好，那大家都去休息吧！”吴华忠说着伸了伸懒腰，“明早还要忙碌一天呢！”

“吴老，您还不休息吗？”黄怡婷见吴华忠并没有睡觉的意思，不禁好奇地问道。

“我还要等等……”吴华忠自言自语道，“等一份重要的东西！”

4

北方夏天的连雨天少则三四天，多则十几天。这期间，蓄满雨水的云层就像是沾满了水的蜘蛛网，刚刚停歇，哪怕你咳嗽一声，轻微的震动也会下起一阵雨来。这一阵接着一阵的小雨可害苦了重案组的几个人。

早晨醒来的时候，南岳镇的街道已经满是泥泞。宋一带着卞虎和沈玄走进了南岳镇，三个人兵分三路，分开走访镇子中的村民。吴华忠虽然整晚未眠，但始终没有等来他所期待的那份重要的东西。

黄怡婷刚一走出派出所，便听到有人在后面按汽车喇叭，黄怡婷回过头，只见昨天晚上在档案室遇见的吴强正开着一辆车出现在身后。他将车开到黄怡婷身边道：“黄警官，去哪里？我送你！”

黄怡婷微微笑了笑道：“不用了！”

“没事，您要去哪里我送您过去，在这南岳镇我比你熟！”吴强的话不无道理。确实，一个外来客怎么能和一个土生土长的南岳镇人相提并论呢？黄怡婷有些不好意思地说道：“那麻烦你了，你能找到刘敏的家吗？”

“刘敏的家？”吴强皱着眉想了片刻，眉头舒展开来，说道，“您说的是刘敏前夫的家吧？”

“什么？她已经离婚了吗？”黄怡婷诧异地说道。

“早就离婚了，孩子在河水中溺死不久，刘敏的丈夫就和她离婚了！”吴强接着说道，“你先上车吧，我带你过去！”

黄怡婷上了车，吴强发动了车子，径直向南岳镇刘敏的前夫家驶去。吴强开车的技术很好，虽然在这颠簸泥泞的土路上，却依旧开得平稳。

“对于这个案子你怎么看？”黄怡婷想听听眼前这位干练的民警的意见。

吴强目不斜视地开着车微笑着说道：“其实伊逊河溺水的事情非常常见，这么多年也很少有人在意这些事。”

黄怡婷淡淡地笑了笑，她能听出吴强话中的意思，他认为这也许仅仅是一起普通的溺亡案而已。

“你对刘敏知道多少？”黄怡婷接着问道。

“她啊？她可是我们附近十里八村的名人！”吴强调侃道，“第一个嫁到这穷乡僻壤的北京人。自从发生了孩子溺死那件事之后，她就整天疯疯癫癫的，逮着人就说孩子是被河神抓走了。其实照我看，就是她没有将孩子看护好，才会发生这样的惨剧。”

“那你们当时没有调查过她所说的那些话吗？”黄怡婷不解地问道。

“调查过，当时北京大妞整天来派出所大吵大闹，要求我们寻找她口中的河神，所长无奈之下只得答应了她这个荒诞的要求！”吴强长叹了一口气说道，“但是那分明就是没有的东西，又怎么能找得到啊？当时我们从县里调来了巨大的排网，然后在河里成片打捞，可是除了鱼虾之外，再无其他了！”

“原来是这样！”黄怡婷有些失望地说道。

半个小时后，吴强带着黄怡婷来到了刘敏的前夫家，刘敏的前夫和现任妻子已经外出打工，刘敏的前公婆听说警察是因为刘敏的事而来，脸色都不好看。

“事情都过去七年了，而且我儿子和她早已经离婚了，还提那些做什么？”刘敏的前婆婆低着头，一面给刚满三岁的小孙子喂饭，一面说道。小孩子十分淘气，手里一直摆弄着玩具，对奶奶送到嘴边的饭似乎没有多大兴趣。

黄怡婷看了看顽皮的孩子，苦口婆心地说：“大妈，您应该知道前几天在伊逊河里又溺死了两个孩子。我能理解您当年失去孙子的痛苦，相信您也不希望类似的事情再发生了，所以我很想知道当时的真实情况！”

“过去的早就忘记了！”刘敏的前婆婆轻轻地摆了摆手，“你们还是走吧！那些事我不想再想起了！”

“大妈……”黄怡婷有些失望地喊了一句，只见老人低着头，微笑着在小孙子耳边轻轻耳语着什么。吴强轻轻拉了拉黄怡婷的衣角，说道：“走吧，估计再问下去也不会有什么结果了！”

黄怡婷长叹了一口气，她知道吴强的话不无道理，恐怕这次也只能这样无功而返了。坐在车里，黄怡婷有些失落，本想着能从刘敏的前婆婆口中得到一些当年的线索，也许能有助于破案，谁知却吃了闭门羹。吴强开着车，从后视镜中瞥了一眼黄怡婷，微笑着说道：“我带你去见一个人，他可能会知道一些当年的情况！”

“什么人？”黄怡婷柳眉微颦，疑惑地问道。

“一个当年那起溺水案的目击者！”吴强的话让黄怡婷立刻来了兴致，她有些兴奋地说道：“当年那起溺水案真的有目击者？”

“嗯！”吴强开着车沿着泥泞的小路向南岳镇旁边的一个小村庄驶去。

在靠近村边的一座茅草屋门口，吴强停下了车。这座茅草屋在一片青砖绿瓦之间显得格外引人注目。他坐在车里，指着村边的这座茅草屋说道：“他就住在这里！”

说完吴强撑着伞带着黄怡婷走进了那间茅草屋。这屋子阴暗潮湿，还有些漏水。黄怡婷紧紧跟在吴强身后，猜测着即将见到的这个目击证人究竟是一个什么样的人。

“谁啊？”一个老者痛苦地拉着长声说道。

“孙大爷，是我！”吴强显然与这个老者十分熟悉，那老者听到吴强的声音，连忙从床上爬起来，语气中有些兴奋地说道，“原来是吴所长啊！”

他的这句话让黄怡婷一愣，吴强淡淡笑了笑说道：“早就不是了，您还这么叫！”说着吴强已经带着黄怡婷走进了茅草屋东侧的房间里。

一进房间，一股浓重的恶臭味便扑面而来，黄怡婷连忙掩住鼻子，而吴强却似乎没有闻到一般，指着黄怡婷介绍道：“孙大爷，这是上面派下来的调查组的同志，想向您了解一下七年前刘敏儿子溺水的那个案子！”

“那个案子？”老者顿了顿说道，“不是早已经结案了吗？”

“现在南岳镇附近不是又发生儿童溺水案吗？调查组怀疑与之前的案子有联系，所以特意来这里向您询问一下当时的情形！”

“哦哦哦！”老者恍然大悟般说道，“那你们坐，你们随便坐！”说着老头拍了拍土炕。黄怡婷在屋子内环顾一周，只见这屋子内破烂不堪，炕上放着一张小木桌，桌子上摆放着一只没有刷过落着两只苍蝇的碗。而那张小桌子下面是一床黝黑的被褥，老者盖着被子靠着枕头坐在炕上。那股强烈的恶臭味便是从老者的被子里散发出来的。

黄怡婷尴尬地笑了笑说道：“我还是站着吧！就您一个人住？”

“嗯，是啊！”老头苦笑两声说道，“我是村里的老绝户，要不是吴所长早就死了！”

“早就不是了！孙大爷还是不要这么叫了！”吴强摆着手说道，“黄警官，你不是要问关于七年前溺水案的事情吗？你们两个聊，我出去抽根烟！”说着吴强冲着黄怡婷笑了笑向外面走去。

“吴所长是个好人啊！”老孙头望着窗外吴强的背影叹了口气说道，“如果不是因为七年前的那件溺水案的话，现在吴所长应该已经可以到县局去了！”

“七年前的案子他也参与了？”黄怡婷疑惑地顺着老孙头的目光向外望去。

“嗯，是啊！”老孙头点了点头说道，“当时他就是南岳镇派出所所长，是我连累了他啊！”

“这究竟是怎么回事？”黄怡婷越听越糊涂。

“七年前，那时候我还是南岳镇的防汛员。这伊逊河几乎每年到了汛期都会发洪水，所以便从村镇一级选出一批闲散人员作为防汛员，一旦洪水到来，就立刻通知村里人。其实那时候河堤已经加固，即便是洪水来袭，也不会像之前一样造成太大的损失，所以对防汛员的要求也不高，都是几个村子里过了五十岁的老头儿。”

“刘敏孩子溺水的当天晚上正好是我值夜班。那天晚上，几乎所有放河灯的人都已经回家了，只剩下刘敏和她儿子两个人在河边玩耍。我本来也准备在河边再溜达一圈，便回到临时的茅草窝棚里睡觉了，谁知正在这时候忽然听到河边有人大喊救命，我便拿着镰刀向呼喊的方向奔去。呼救声距离我有一里多的路程，当我赶到的时候，只见岸边放着一盏亮着的河灯，却空无一人。我在岸边找寻了半天，却始终没有找到一个人影！”老孙头叹了口气说道，“就在我以为是哪家孩子恶作剧的时候，忽然一个黑影从水中冒出来，我心头一惊，用手电一照，才发现原来是北京大妞。那北京大妞从水中出来便哭喊着说自己的孩子被河神拖进了水里。”

“我当时心头一紧，因为南岳镇很多人都说自己曾经亲眼看见过河神。我连忙将北京大妞拉到岸上，然后报告了镇里人。很快镇子里的青壮年全部来到河边帮助找寻刘敏的儿子！”老头叹了口气说道，“直到现在也没有找到那孩子的尸体！”

“那你说连累了吴强是怎么回事？”黄怡婷疑惑地问道。

“刘敏的儿子溺死在水中之后，她几乎天天到派出所去闹。吴所长只得答应刘敏全力寻找孩子的下落，但是派出所内的人手不足。吴所长便和镇子里的人商量，让镇子里的人协助寻找，当时我也参与了。你们恐怕不知道，这伊逊河在八九年前曾经改过一次道。原来的河道有一个巨大的回弯，极其狭窄，非常容易淤堵，一到汛期那个地方就被洪水携带的淤泥和树枝堵塞住了，致使洪水泛滥。因此八九年前，在镇里的统一安排下，在回弯处的山上开掘出了一条河道，但是那段河道相当险要难行，人们稍有不慎便会坠入水中。我当年便是因为寻找那孩子的下落而不慎落入水中，不想被水中暗藏的木桩刺穿了大腿，要不是就医及时，恐怕早已经命丧黄泉了。虽然最后治好了，但是走路也是一瘸一拐的，而且每到夏天伤口便会开始溃烂！”说着老者将被子撩开，一股刺鼻的强烈臭味扑面而来。黄怡婷轻轻地掩住鼻子，只见老者右腿根部用纱布缠着，脓水已经浸透纱布向外溢了出来。

老者苦笑两声将被子盖好，说道：“我的事故是由于协助派出所办案所致，因此吴所长挨了处分，从所长的位置上撤换了下来！”

“哦，原来是这么回事！”黄怡婷若有所思地说道。

“受伤之后我也不能再干活了！这么多年，如果没有吴所长平日的照顾，恐怕我这孤老头早就见阎王去了！”

正在这时，吴强走了进来，他拍了拍身上的雨点说道：“外面的雨大起来了，估计过不了多久伊逊河又要涨水了！”

“你不错！”黄怡婷微笑着对吴强说道。吴强一愣，然后笑了笑说道：“怎么？情况了解得差不多了吧？”

“嗯！”黄怡婷点了点头。

坐在车上，吴强依旧专心致志地开着车。黄怡婷上下打量着眼前的这个年轻人，轻声说道：“你为什么不告诉我七年前你就是南岳镇派出所所长？”

“呵呵！”吴强淡淡地笑了笑说道，“这个重要吗？”

“重要，我想知道当年你们在调查那个案子的时候有什么发现。”黄怡婷语气坚决地说道。

吴强无奈地摇了摇头说道：“呵呵，那只是一起再普通不过的溺水案而已！”

“不对，我看过当时的卷宗，卷宗上遗失了一部分，我想知道那部分的内容！”黄怡婷说道。

“你真的想知道？”吴强看着后视镜里的黄怡婷淡淡地说道。

“嗯！”黄怡婷肯定地点了点头。

“好！”吴强长出一口气说道，“我带你去一个地方！”

5

逆流而上的河灯、若隐若现的河神、夜半拖着河灯的北京大妞、被抽干血液的受害者，这一切就像是黑暗中无数的点，悬浮在沈玄的脑海中，他必须找出那条隐藏在黑暗中将这些点串起来的线。

沈玄一面琢磨着，一面在雨中缓慢向前。他已经走访了几户人家，可是收获无非是民间传得神乎其神的关于河神的种种传说。那些传说就像是他们现在的案件一样扑朔迷离，虽然每个人都声称亲眼见过河神，但是一旦询问细节，便不难从中找出许多破绽。沈玄只是淡淡地听着，却不愿意将其戳破。不过一上午沈玄还是有一点收获的。正如黄怡婷所怀疑的那样，伊逊河的河道在九年前曾经有过一次改道。伊逊河原本在距离南岳镇五公里处被一座大山挡住，河水在大山北面绕行一周回到南面。而河道弯曲处极易淤堵，所以当时镇政府决定在大山处开掘一条新河道。

据说由于在开掘河道之时激怒河神，发生了一次严重的事故，事故中五人殒命。究竟是一场什么样的事故，村民却很难叙述清楚，因为当时开掘隧道的是一个外地的工程队，而那场事故也仅仅是一个传言而已。虽然是传言，但是沈玄依旧敏锐地从中察觉到了什么。

想到这里，沈玄立刻加快了脚步向南岳镇派出所走去。

回到南岳镇派出所的时候，沈玄发现除了他之外，重案组的几个人都已经到齐了。此时，黄怡婷正在与吴华忠讨论着什么，而卞虎和宋一两个人正在拿着一份资料专心致志地看着。

“事情就是这样的！”黄怡婷说完抬起头瞥了一眼一头雾水的沈玄。

“沈玄，你手机没电了？”吴华忠此时也注意到了浑身湿透的沈玄，沈玄掏出手机看了看，确实已经自动关机了。

“小黄，你把现在的情况和沈玄大致说一下！”吴华忠双手交叉放在胸前，眉头紧皱地思索着什么。

“现在是什么情况？”沈玄望着满脸兴奋的黄怡婷说道。

黄怡婷冷着脸将卞虎和宋一放在桌子上的资料递给沈玄说道：“你先看看这个！”

“这是什么？”沈玄不解地接过那份资料，轻轻翻了翻，不禁眼前一亮，痴痴地坐在椅子上翻阅着手中的资料。这是一份当年关于刘敏儿子溺亡案的调查报告，从上面可以详细了解到当年民警调查的情况。

刘敏儿子溺亡案发生之后却始终找不到尸体，作为家属的刘敏几次三番来到派出所所长办公室大哭大闹，要求出动警力寻找落水孩子的下落。民警迫于无奈，与镇政府商议之后开始展开全面搜索和调查。

然而长达半个月的搜索，结果却不尽如人意，警方几乎将南岳镇到下游十五公里的河坝之间打捞了十几遍，可是始终没有发现任何刘敏孩子的遗物。这让警方十分困惑，下游的河坝是用钢筋筑成的，一般而言，如果真的落水，往往会被河坝上的钢筋挂住。

警方在搜索的同时发现，受害者家属刘敏的行为怪异。当办案民警向其询问孩子落水的过程的时候，她不能详细描述孩子落水时的情况以及自己具体在做些什么。不仅如此，据村民反映，曾经有人看到刘敏在案发前几分钟抱着一团东西急匆匆地向镇外奔去，而从镇子到河边的距离，普通人至少要走上七八分钟，对于她一个身高只有一米二的女人来说，恐怕需要十分钟。从这个角度推断，孩子溺水的时候，刘敏并不在现场。

由于刘敏当时种种怪异的行为，警方将调查的重点转移到了刘敏的身上。最后警方在刘敏家距离伊逊河不远的池塘中发现了一些已经腐烂的孩子的零散骸骨。刘敏见到那些遗骨之后便昏了过去，从那之后便开始神志不清。警方怀疑孩子不慎坠入水中之后，刘敏为了躲避公婆以及丈夫的责骂，这才谎称是河神拖走了孩子。

可令警方大为不解的是，当他们在池塘中打捞尸体的时候，却并未发现池塘里有鱼虾之类的水产品。当警方向刘敏家属询问池塘中究竟豢养着什么的时候，他们竟然对此毫不知情，只知道刘敏在长达一年的时间内都在为池塘忙碌。

沈玄将那份资料又重新读了一遍，抬起头望着黄怡婷说道：“只有这些吗？”

“嗯！”黄怡婷点了点头道，“因为当时负责调查这个案子的人——南岳镇派出所前任所长吴强由于管理失职被停职，所以虽然这个案子疑点重重，却没有再继续调查下去！”

“小黄，把你的看法和大家说一下！”吴华忠等黄怡婷将案情叙述完之后说道。

“从我们手中掌握的这部分卷宗来看，我怀疑所谓的河神正是被刘敏豢养在池塘中的东西。很可能是刘敏的孩子不慎落水，而刘敏发现之后唯恐被家人责怪，这才匆匆忙忙地带着衣物走到伊逊河边，将孩子的衣服投入河中，谎称孩子是在伊逊河边玩耍的时候被河神所害！”黄怡婷缜密地分析着，“这一点从当晚村民看到刘敏带着一包黑色的东西匆忙赶往河边可以得到证实，我想她所抱着的就是孩子的衣物！”

“如果是刘敏豢养的河神，为什么警方在池塘中打捞尸体的时候并没有找到它的踪迹呢？”沈玄疑惑地问道。

“这……”黄怡婷为难地皱着眉。

“因为那时候河神已经不在池塘了！”一个声音从会议室门口传来，众人同时向门口望去，只见一个民警正在收雨伞，他轻轻地拍了拍身上的雨水，走进会议室微笑着说道，“我就是吴强，南岳镇派出所前所长！”吴强冲着黄怡婷微微笑了笑，接着说道，“当时我们在池塘里打捞的时候确实没有发现河神，但是在池塘与伊逊河连接处本来用木桩隔开的地方却发现了一个大洞，我想那只河神应该是从那个洞钻出去的！”

“嗯，从时间上来看，那只河神离开池塘正好与小黄从卷宗中发现南岳镇到下游十五公里处这七年间频繁发生溺水案对上了！”吴华忠想了想说道，“接下来我会请求武警支援，在南岳镇的这段水域仔细打捞排查，我想应该能找到它的踪迹！”

6

有人说世上的事情是无巧不成书，其实往往破案也是这样，过往很多真实案件的破获并不像《名侦探柯南》所描述得那样步步为营，很多时候一个偶然的发现便会成为破案的关键。正如2003年在西安发生的一件杀人碎尸案一样，丈夫将妻子在家中残忍地杀掉，这个案子当时闹得满城风雨、人心惶惶，却始终找不到证据，而一个高中生无意间在河边捡到的一条床单，却成了这个案件最终告破的关键。而随着吴强提供的尘封多年的档案再次现世，这个案子终于有了眉目。虽然沈玄的脑海中尚有很多疑惑，但是很快武警便开始介入。

武警是在第二天一早来到南岳镇的。巨大的渔网从伊逊河一边拉到另一边，数十名武警在河水中一寸一寸地推着渔网向前。为了不遗漏任何一个地方，排查的进度非常缓慢。重案组、派出所民警以及南岳镇的居民站在伊逊河两边焦急地等待着，他们也好奇那河神究竟是什么模样。

从早晨8点一直到次日深夜1点，武警在伊逊河内除了发现大量的鱼虾之外，没有其他任何发现。吴华忠站在岸边焦急地抽着烟，从现在手中掌握的资料推断，既然那只河神是刘敏所豢养的，而且黄怡婷整理的资料显示这七年间在这段河水中连续发生类似案件，那么河神应该就在这段水域中，可是……正如沈玄一样，一些难解之谜也在吴华忠的脑海中萦绕着。

到深夜2点的时候，伊逊河边开始变冷了。德城本来就是一个避暑胜地，即便是在盛夏时节，夜晚的温度也只有十六摄氏度，而伊逊河边受到河水的影响，温度应该只有十二三摄氏度。围观的村民渐渐散去，武警却不能停歇，否则这一整天的努力便付之东流了。

“吴老！”黄怡婷轻轻在吴华忠耳边喊道，然后将一碗热腾腾的方便面端到吴华忠面前，吴华忠轻轻地摆了摆手说道：“还是等排查完再吃吧！”

黄怡婷一怔，然后将面递给了旁边的卞虎，卞虎接过面，目不转睛地望着河里排查的武警，狼吞虎咽地将面吃了个精光。

正在这时，一个黑色的东西忽然在河水中一翻，河水中的武警立刻兴奋了起来：“有发现！”

吴华忠立刻丢掉手中的烟向河边走去，只见武警已经将大网渐渐收缩，一个黑乎乎的东西在大网范围内的水面上时进时出，忽然它猛地游到渔网前面，从水中一跃而出，向渔网猛扑过去，正好扑在一个武警的身上。那东西袭击人的力道极大，一下子将那名武警扑倒在水中。幸好其他人立刻将渔网拉起来，才不至于让它逃脱，它一击不成，立刻从口中喷出一股带着腥味的水珠。

“小心，有毒！”吴华忠大喝一声，但这一声还是喊晚了，它的毒液已经喷溅到一个武警战士的身上，那个武警战士的身体立刻麻木了，动弹不得，倒在了水里。眼看渔网就要合拢，而那只罪兽却像是一只被激怒的雄狮一般疯狂地攻击着周围的人。

“可以用枪吗？”卞虎在吴华忠耳边低声说道。

“嗯！”吴华忠微微点了点头，卞虎掏出手枪拉上枪栓便跳进了水中。在距离渔网还有十几米的时候，那只罪兽忽然从渔网中一跃而起，此时众人才看清楚那东西竟然长得和鳄鱼差不多，只是它的头比鳄鱼更圆。眼看着它要逃离包围圈，卞虎扬起手枪对准它的脑袋按下了扳机。

“砰”的一声，那只罪兽应声落入水中，卞虎这一枪恰好打在罪兽的脑袋上。那只罪兽落入水中又挣扎了几下，这才缓缓地浮出水面。

为害一方的罪兽被击毙的消息不胫而走，早已睡下的村民都从床上爬起来，穿上衣服跑到伊逊河边，想要一睹那传说中的河神究竟长得什么样子。

南岳镇几乎所有人都出来了，他们敲锣打鼓放鞭炮，就像是过年一般热闹。

吴华忠轻轻地拍了拍黄怡婷的肩膀说道：“这个案子你立了一个大功！”

可是黄怡婷却不知怎么了，始终高兴不起来。按理说罪兽找到了，这个案子便算是破了，但是黄怡婷心中的那块石头却始终放不下来。她茫然地在人群中环视一圈，却并未发现沈玄的身影。几乎没有人注意到，沈玄已经消失了整整一天。在所有人都在为找到罪兽欢呼的时候，沈玄独自一个人躲在南岳镇派出所的会议室里梳理着案情。

逆流而上的河灯、豢养罪兽的北京大妞、七年前在南岳镇河段开始伤人的河神、忽然出现的卷宗，这里似乎隐藏着什么。沈玄皱着眉头盯着放在桌子上的资料，他们肯定遗漏了什么。沈玄走进南岳镇派出所的档案室，将所有的溺水案重新整理了一遍，忽然脑海中闪过了什么，他立刻向吴华忠请了假。

所有人都沉浸在喜悦之中，传说中的河神被连夜运走。而重案组的人在短暂休息之后却被挽留了下来，这个危害镇子七年之久的罪兽终于被下虎射杀，镇子里的人准备为重案组开一场别开生面的庆功宴。

刘万里之前曾经听说过重案组的处事风格，他唯恐重案组会悄悄离开，便特意派人一直跟着他们。重案组忙碌了两天两夜，几乎没有休息，当他们醒来的时候，外面已经是人声鼎沸了。可能是南岳镇人的喜悦感动了老天，持续下了两天的雨此时已经停歇了，太阳照在身上暖融融的。镇子里的人连夜为重案组制作了一面锦旗，上面写着“警中警”三个字。吴华忠从张铁父亲的手中接过这面沉甸甸的锦旗，个中滋味，竟然激动得说不出话来。

"吴老，今晚留下吧，民心不可违啊！"刘万里拉着吴华忠的手说道，"这种场面我当了这小半辈子警察也没遇见过！"

吴华忠有些犹豫地望了望跟在自己身后的几个人，卞虎和宋一微笑着点了点头，而黄怡婷似乎有些神不守舍。吴华忠狠了狠心说道："好，那我们就在这里休息一天，明早出发！"

"太好了！"刘万里立刻将这个消息告诉了镇子里的人，很快村民们便在镇子里的开阔地摆起了桌子，拉上电线，为晚上的庆祝做准备。重案组的几个人则全部回到住处休息，他们很奇怪，吴华忠从不在破案之后在一个地方继续停留，这次显然是个例外，然而没有人愿意去想，他们确实是太累了，难得有一个完全放松的机会。

卞虎和宋一两个人倒在招待所的床上呼呼大睡，吴华忠站在窗口抽着烟，不时看看自己的手机，他还在等待，等待着一份重要的资料。而黄怡婷则在隔壁的房间里不停地翻阅着之前的卷宗，她隐约觉得自己疏忽了某个重要的细节，但是她将所有的卷宗翻阅了一遍，却始终没有找到那个让自己担心的细节。

她有些失望地躺在床上，所有的线索在脑海中不断地重复，七年前刘敏出现在南岳镇，七年前刘敏的儿子被罪兽所害，七年前罪兽逃出了刘敏家的池塘，这所有的变化似乎都与刘敏有关，这案子看起来顺理成章，没有丝毫破绽，但是究竟是什么让她如此不安？

黄怡婷在床上辗转反侧，最后离开卧室径直向档案室的方向走去。由于之前调查卷宗的原因，刘所长给了黄怡婷一把钥匙，案子办完了，黄怡婷还没来得及归还，因此很顺利地进入了档案室。

依旧是浓重的霉潮味，黄怡婷按照卷宗的时间将那些档案搬到桌子上，然后依照顺序排列整齐，从口袋中拿出之前自己总结的那张单子，按照顺序将那些卷宗依次排列开来，一一核对。整整一个小时过去了，黄怡婷把全部溺水案的卷宗从头到尾整理了一遍，与之前自己整理的没有丝毫出入。忽然黄怡婷想到了什么，她快速地在卷宗中翻阅着，对照着七年前和七年后的那些卷宗皱起了眉头。

正在这时，吴强忽然出现在黄怡婷的身后，黄怡婷猛地扭过头，不禁一怔，手中的卷宗哗的一下掉在了地上。“你是什么时候来的？”黄怡婷惊异地望着身后的吴强。

“呵呵，案子不是已经结了吗？你这是做什么？”吴强望着黄怡婷桌子上那叠厚厚的卷宗微笑着说道。

“哦，我有些奇怪，之前经常在卷宗中出现的一个叫卧龙山的地方怎么在七年后的卷宗中像是忽然失踪了一样！”黄怡婷疑惑地说道。

“卧龙山？”吴强笑了笑说道，“那个地方距离这里不远，我带你去看看！”

黄怡婷迟疑了一下，说道：“好！”

吴强开着车顺着伊逊河旁边的小路向下游的卧龙山驶去，他依旧像之前一样沉默，而黄怡婷的目光却始终盯着外面的伊逊河，脑海中一直不停地思索着。

“你怎么忽然想到卧龙山了？”吴强打破了车内尴尬的气氛问道。

“我只是觉得奇怪，七年前的溺水案里这个地名频繁出现，那时的溺水案百分之五十都是在卧龙山附近，而七年之后这个地名却凭空消失了！”黄怡婷回忆着卷宗说道。

“这与案子有关吗？”吴强接着追问道。

“我也不知道，我记得孙大爷曾经说过伊逊河在九年前曾经改过道！”黄怡婷皱着眉头说道，“你还记得那次改道用了多久吗？”

“大概……一两年的时间吧！”吴强目不转睛地开着车子。

7

车子停在县公安局大院的时候，沈玄立刻钻进了档案室。他的手中拿着一张伊逊河改道图，那张改道图上清楚地标注着九年前伊逊河的河道，由于当年卧龙山挡在伊逊河的正前方，致使河道不得不绕卧龙山半圈。河水改道项目进行了两年时间，在七年前结束，人们舍弃了之前绕卧龙山的河道，而是直接在卧龙山中间开掘出一条新河道。而据说在开掘这条河道的时候发生过一次重大的事故。

这也是沈玄来到档案室的目的，他在管理员的帮助下很顺利地找到了当年关于那次重大事故的卷宗。

2000年5月16日，工程队在卧龙山中段开掘河道的时候，在西面的河堤处发现一个地下溶洞。这在北方是极为罕见的，溶洞的地下入口与伊逊河相连。由于施工疏忽，溶洞入口上方一角遭到破坏。施工方面立刻将这一情况上报到了市里，当时市委领导极为重视，为了避开溶洞将河道向东错开五米。在发现溶洞不久之后，五名好奇的工人在下班之余深入了溶洞，从此下落不明。随即警方介入调查，但是由于溶洞极深，洞穴错综复杂，而且由于溶洞底部低于河床一米有余，溶洞的隧道内全部溢满了积水，这给搜寻工作增加了极大的难度。警方虽然费尽周折在溶洞中找寻了半个月，却只找到了一些残缺不全的带血衣物，似乎那些工人在溶洞内曾经遭受过野兽的袭击。警方又在溶洞内搜查数日，发现了一具已经腐烂的动物尸体，从尸体的形状来看有些像鳄鱼，但是其头部却呈椭圆形。为了安全起见，警方最后退出了溶洞。

为了让施工顺利进行，警方将此消息严密封锁了起来，并将溶洞的破损处用水泥覆盖住。

沈玄将卷宗翻到最后一页，一个熟悉的名字出现在负责人一栏——

吴强。

沈玄皱着眉下意识地从口袋中掏出一根烟，刚要点燃，便被管理员制止了。沈玄抱歉地笑了笑，将烟凑到鼻子前闻了闻。淡淡的烟草味让沈玄的脑子清醒了许多，他脑海中渐渐出现这样一条线索：伊逊河河流改道工程进行的时候，吴强便是南岳镇派出所所长，因此他负责找寻在溶洞内失踪的民工。他发现溶洞内罪兽的尸体，于是上报退出溶洞。如果是这样的话，那么他应该很早就知道罪兽的存在，而绝不是七年前刘敏出现的时候，可是他为什么不反映这个情况呢？

沈玄将手中的伊逊河改道图放在桌子上，那卧龙山正挡在南岳镇与下游发现张铁尸体的水坝之间，而七年前由于河水改道而舍弃的那一段绕行卧龙山的水道也在这之间，他终于明白了自己的疏忽究竟在哪里。此前沈玄在档案室的卷宗里发现七年前卧龙山段经常出现溺水案，而自从河水改道之后，那段水道从此在河图上消失了，而实际上发生的溺水案依旧集中在这一段河道上，七年前和七年后根本没有变化。河道的变化和范围本应该在卷宗上标注清楚，但是沈玄记得在卷宗上河道是以下游发现尸体的河坝为界点划分的，七年前的案件发生地点是在河坝到卧龙山之间，而七年之后的卷宗却描述成从南岳镇到河坝处，这样的颠倒描述很容易让人产生卧龙山是河道下游的错觉。

沈玄在七年前的卷宗中发现尸体最终被河坝挡住，他随即产生了疑惑，倘若卧龙山河段在河坝下游的话，那么尸体怎么会逆流向上漂呢？所以他立刻找到了河水改道图，这才会有这样的发现。这应该不仅仅是笔误的问题，而是有人故意这样记录，想混淆视听。唯一能做到这一点的人只有卷宗的记录者。沈玄立刻拨通了黄怡婷的手机，但是奇怪的是黄怡婷的手机一直处于关机状态。一种不祥的预感悄然爬上心头，沈玄立刻站起身离开了县公安局，在门口坐上一辆车快速向南岳镇驶去。他在车上拨通了宋一的手机，告诉宋一到档案室内查询一下最近七年间溺水案的卷宗记录者。

宋一虽然不明白沈玄的用意，但还是很快告诉了沈玄结果，这七年间的卷宗全部是由档案室管理员吴强负责记录的。在宋一告诉自己结果之前，沈玄心中已经隐隐地有了预感。

“宋队，立刻控制住吴强，这个人有重大嫌疑！”沈玄急切地说道。

“怎么回事？”宋一不解地问道。

“吴强很可能在卷宗上做了手脚，让我们误认为罪兽是与刘敏同时出现的，从而将我们的视线引到刘敏身上！”说到这里，沈玄忽然想到了什么，“宋队，黄怡婷的手机始终处于关机状态，她不会出什么事吧？”

“你等下，我到她房间去看看！”宋一也察觉到了事态的严重性，他一路狂奔到黄怡婷的卧室，在门上敲了半天，里面始终无人应答。他对着电话说道，“没有人！”

正在这时，外面的喇叭忽然响了起来：“村民们注意啦，村民们注意啦，由于前几天雨量过大，超过了水库的承载能力，云霸水库已经于今天早晨开始开闸泄洪，请大家不要靠近伊逊河！”喇叭的声音重复了两三次。

“宋队！”沈玄只听到宋一的手机里一片嘈杂，却没有听到那边具体在说什么。

“怎么样？黄怡婷在吗？”沈玄焦急地问道。

“不在，我敲了半天门，始终没有回音！”宋一一面走一面说道。

“糟了，她不会是和吴强在一起吧？”沈玄自言自语道，“宋队，你赶紧派人在镇子周围找找黄怡婷，我……”沈玄忽然愣住了。

8

“啪”的一声，吴强轻轻地按了一下打火机，将叼在嘴里的烟点着。这溶洞内潮气很重，刚进来不久烟便受到了潮气，吴强点了几次才将其点燃，然后用力地吸了一口烟，烟头上的火光随着他的吞吐一闪一闪的。

黄怡婷躺在吴强眼前不远的黑暗处，缓缓地恢复了知觉，她醒过来发现双手被吴强用手铐反铐在了身后。

“你醒了！”吴强坐在距离黄怡婷身边两三米远的一块凸出的石头上说道。

“呵呵，醒了，彻底醒了！”黄怡婷冷笑着，觉得肩膀隐隐作痛。她隐约记得当两个人开车来到卧龙山头的时候，吴强在自己的脖子上重重地砸了一拳，自己整个人便失去了知觉。

“醒了就好！”吴强冷漠地抽着烟说道，“其实我倒是希望你能一直睡下去，这样它们来的时候你不会感到疼！”

“它们？”黄怡婷迟疑了一下说道，“河神不止一只，对吗？”

“当然，如果只有一只的话，怎么能提供那么多原料？”吴强长出一口气站起身来说道，“我其实真的不想杀你，本来我帮你们找到刘敏，找出河神，这案子就应该了结了，可是你为什么还一直追着河水改道不放？”

“我现在把一切都想明白了！”黄怡婷冷冷地说道，“你在卷宗上做了手脚，将两条河道混淆，让我误以为溺水案是最近七年发生的，就在我向你询问七年前河道有什么变化的时候，你巧妙地将我的注意力转移到了刘敏的身上。巧合的是那天晚上正好抓到了刘敏，于是我们的注意力彻底放在了刘敏身上。这个时候你又将所谓的卷宗拿出来，将刘敏钉死在嫌疑人的绞刑架上。而最后你要做的一件事就是放出一只河神，让我们以为案件已经了结了！”

吴强赞许地拍了拍手说道：“知道吗？我的计划几乎天衣无缝，唯一的疏忽就是低估了你！只是你还有一点没猜对，刘敏是我的合伙人！”

“什么？”黄怡婷诧异地张大嘴巴，虽然在黑暗中看不清楚吴强的脸，但是依旧能从吴强的语气中听出他的得意。

“其实刘敏才是这件事的始作俑者！”吴强淡淡地笑了笑，缓缓地吐着烟圈说道。

“哈哈！”吴强站起身将烟蒂小心地收好放在口袋中说道，“黄警官，你知道吗？我真的不想杀你，而且经过这几天的相处，我开始对你有了好感。女人不应该太聪明，否则会让男人很为难！”

“能告诉我事情的原委吗？”黄怡婷疑惑地说道。

“黄警官，我们接触了这几天，你应该知道我不是一个话痨！”吴强凑到黄怡婷身边说道，“很多事情都只有谜题而没有谜底。我要走了，它们已经饿了！”说着吴强站起身来便要离开。

“你这样杀了我不怕别人怀疑你吗？”黄怡婷厉声道。

“怀疑我？所有人都在为抓住河神庆祝，没有人注意到我把你带出来！”吴强冷冷地说道。

“你不怕他们最终发现这里？”黄怡婷不甘心地说道。

“你放心，我会主动带着他们到这里来找你的，那时候相信你的尸体都已经没有了，他们还能找到什么？”吴强讪笑着说道。

“他们一定会发现卷宗上的秘密，像我一样怀疑到你的！”黄怡婷肯定地说道。

“哈哈，你说服他们相信刘敏是案件的主谋，现在案子结了，一切都顺理成章，你觉得别人还会去调查那些卷宗吗？”吴强自信满满地说道。

“他们一定会挖出你的，至少我知道一个人肯定会去调查那些卷宗！”黄怡婷知道沈玄是一个不把所有的谜团都解开决不罢休的人。

“那好，我等着他们！”说完吴强打开缠在手腕上的防水手电，走进了齐腰深的水中，沿着隧道向外走去。走出几米，吴强忽然顿了顿，这隧道中的水似乎比进来的时候深了许多。耳边传来一阵“哗哗”的水流声，似乎有水正在向这隧道里流淌，他加快步子向外走去，这时水流越来越大、越来越急，未走出几步，水已经没过了胸口。

正在这时，一个黑影忽然从水中一跃而出径直向吴强扑来，黑暗中吴强并没有看仔细，只觉得身体被一个人牢牢抓住摁进水里。他喝了两口水，用力扳着那个人的手，身体凭借着求生的本能向上挣扎，可是抱着他的那个人似乎根本不怕水，无论吴强怎样挣扎，那个人的手始终牢牢地扣着吴强的身体，将吴强浸在水中。

水面出现片刻的平静之后，吴强终于用尽了全身的力气冲出水面，他深吸了一口气，大声喊道：“你是人是鬼？”话音刚落，那人又将吴强摁在水里，吴强觉得肩膀和肋下剧烈地疼痛，那个人的手指和牙齿已经深深地嵌入了他的皮肤，双腿牢牢地扣住他的腰，似乎要与他同归于尽一样。

“沈玄！”黄怡婷似乎感觉到了什么，大声喊道。抱着吴强的人正是沈玄。就在沈玄告诉宋一寻找黄怡婷的时候，他忽然看到了眼前的这座卧龙山，于是他便在卧龙山附近下了车，按照河水改道图上所标记的地点向溶洞的入口处走去。

这溶洞的入口位于河边四五里的草丛中，封着入口的水泥已经被人挖开了。沈玄在洞口处发现一串钥匙，他一眼便认出那串钥匙就是黄怡婷的。毫无疑问黄怡婷一定进入了溶洞，他立刻将这一情况告知了吴华忠。挂断电话之后，沈玄知道现在形势紧急，分秒必争，吴华忠他们恐怕赶到这里至少需要十几分钟的时间，也许这十几分钟黄怡婷就会被害。想到这里，沈玄决定先行进入溶洞，就在沈玄想进去的时候，他察觉到河水似乎比之前大了很多。站在洞口，洞口周围的砂粒滑下，在下面激起了“哗哗”的水声。

沈玄有些犹豫，他在洞口盘桓了几秒钟，最后还是跳了进去。幸好这溶洞中的水并不深，刚没过膝盖而已。他走了几步，却发现溶洞中的水好像在不停地上涨。他想起卷宗上曾经说过这溶洞的另一个入口在伊逊河水底。现在河水暴涨，水平面上升，那么溶洞里的水自然也会随之上涨。

沈玄一刻也不敢停留，但是当他进入溶洞之后还是迷惑了。这溶洞的洞口错综复杂，想要短时间内找到一个人极为困难，而且这溶洞中也许还藏着没有找到的河神。他犹豫片刻，忽然耳边传来了微弱的说话声，沈玄顺着那声音一直来到了吴强和黄怡婷所在的溶洞隧道。

当沈玄遇见吴强的时候，便全力向其扑了上去，两个人双双入水。一进入水中，沈玄的脑海忽然一片空白，身体僵硬，完全不听使唤。他的脑海中只有一个念头，那就是先要控制住眼前的这个人。因为缺氧，沈玄的意识越来越模糊，当他听到黄怡婷喊自己名字的时候，像做了一场大梦一样，忽然惊醒。他觉得胸口一阵沉闷，然后双脚猛地蹬地冲出水面，深吸一口气，剧烈地咳嗽了两声。吴强见沈玄的手松开了，也连忙将头伸出水面快速地吸了两口气。此时溶洞内的水位暴涨，刚刚齐腰深的水刚好与黄怡婷所在的高台齐平，现在已经没过了平台，黄怡婷的身体已经浸入水中。

吴强吸了两口气，趁着沈玄不备迅速钻进水中，当沈玄再找他的时候，发现他已经没了踪迹。

“沈玄！”黄怡婷又喊了一声，沈玄顺着声音的方向走到黄怡婷所在的隧道旁边的平台上。

“你是怎么找到这里的？”黄怡婷望着浑身湿透的沈玄说道。

“先别问了，我们尽快离开这里，上面的云霸水库已经开始泄洪了，恐怕用不了多久这里就会被洪水灌满！”沈玄拿出一把钥匙，这是刚刚他在与吴强厮打的时候从他腰间摘下来的。他摸到黄怡婷的手铐，快速地帮她打开，说道：“走吧！”

他拉着黄怡婷正准备向外走，忽然黑暗的水底透出一丝光亮，那是手电的电光。只见那光随着水流快速地向下游移去，那应该是吴强的防水手电。

“你在这里等一下！”沈玄说着便要跳入水中去捞那手电，黄怡婷一把抓住沈玄的手说道，“你有畏水症，还是我去吧！”

沈玄微微笑了笑，一纵身跳入了水中。黄怡婷不知道就在刚刚沈玄听到她叫自己名字的时候，曾经对水的阴影已经荡然无存了。此时隧道内的水流很急，这隧道像是有巨大的吸力一样将沈玄的身体向溶洞内部吸去。沈玄竭力抓住隧道内凸起的石头，向手电的方向游去。那只手电在水底漂了片刻之后，尾部的绳子挂在了水底的石头上。沈玄一把抓起手电，双脚用力向上蹬，从水底游了上来。黄怡婷连忙赶到平台的边上拉住沈玄。

“这手电不是被吴强带走了吗？怎么会出现在这里？”黄怡婷不解地说道。

沈玄拿着手电向溶洞的隧道照去，然后有些失望地说道：“你看前面的隧道，现在已经全部注满水了，我刚刚进来的时候发现前面的隧道非常低矮，越往里走隧道越宽敞，这里是这一段隧道中最为宽敞的地方。现在连这里都已经被水淹没了的话，恐怕前面全部注满了水。”

“那不能潜水出去吗？”黄怡婷疑惑地望着沈玄说道。

“从这里到入口处至少有三百米，而且刚刚我下去的时候发现水流很急。任何人在没有装备的前提下都不可能潜水出去。我想吴强应该没有预料到这一点，中途便憋不住气被激流冲走了！”沈玄接着说道，“如果外面的洪水太大的话，我估计用不了多久这里也会被洪水灌满！”

“那我们怎么办？”黄怡婷有些焦急地说道。

“只能希望吴老他们能尽快赶到，否则我们的处境就危险了！”沈玄的话音刚落，只听隧道深处忽然传来一声惨叫，那声音应该是吴强的。黄怡婷和沈玄面面相觑。这急速灌注隧道中的河水已经让他们两个人忘记了在这幽深的溶洞中还潜伏着另一种危险——河神。

时间一分一秒地过去，河水不停地向溶洞内倒灌进来。只是短短几分钟的时间，原本在平台上刚刚过腰的河水已经到了胸口。沈玄拿着手电向头顶照去，虽然平台要高出下面的隧道很多，但是也不过只有三四米的高度，站在平台上伸出手几乎可以碰到溶洞顶，恐怕用不了五分钟，这里就将完全被河水注满了。

“跟我走！”沈玄忽然抓住黄怡婷的手说道。

“去哪里？”黄怡婷诧异地望着沈玄。正如沈玄所说，从这里潜水到洞口几乎没有可能，唯一的出路就是在这里尽量等待，希望吴华忠他们可以尽早赶到。

“估计再有几分钟这里就会被洪水灌满，但是我没有感觉到这里水流很急，我想下面一定还有比较大的空间，我们顺水而下速度会很快，说不定这溶洞还有其他的出口！”沈玄坚定地说道。

“嗯！”黄怡婷点了点头，继续等在这里无异于坐以待毙，与其这样被活活淹死，不如顺流而下，说不定还能有一线生机。

两个人深吸一口气，从隧道内潜入水底。正如沈玄第一次进入水中那样，隧道内的水流很急，沈玄紧紧拉住黄怡婷的手，在水中几乎不费什么力气地向更深处漂去。

吴华忠带着卞虎、宋一在当地民警的引领下来到溶洞入口处的时候，洪水已经完全淹没了入口，站在河岸上能明显地看到溶洞入口处产生的巨大漩涡，正在将河水不断地吸入到溶洞里。

“这就是溶洞入口？”卞虎指着依旧不停上涨的河水中那个巨大的漩涡向身边的民警询问道。

“对，那应该就是入口！”

“沈玄在电话里说黄怡婷被吴强带入溶洞，难道他也进去了？”卞虎焦急地说道。

“吴老，现在怎么办？”宋一目光焦急地注视着吴华忠，希望他能想出一个行之有效的办法。

吴华忠望着那巨大的漩涡，从旁边的岸边捡起一块胳膊粗细的木棍投入到漩涡之中，只见那木棍在漩涡中快速地旋转了几下便被巨大的吸力折断了。他无奈地摇了摇头：“水流太急，任何人跳入漩涡，恐怕来不及进入溶洞就会被漩涡的吸力击碎，即便能侥幸进入溶洞，恐怕里面也已经被注满了水，没有潜水设备，去了也只能是送死！”

“那就这样让他们俩死在里面？”卞虎愤愤地吼道，“我水性好，我下去找他们！”

“卞虎，你冷静点！”宋一一把抓住正准备跳入水中的卞虎说道，“现在这种情况，谁也没有办法！”

吴华忠忽然扭过头对旁边的民警说道：“立刻帮我联系云霸水库，问问他们现在是否已经低于警戒水位，一旦水位下来立刻停止泄洪！”

“卞虎、宋一，你们两个现在立刻赶往市局，让他们配合寻找潜水装备，准备随时进入溶洞寻找沈玄和黄怡婷！”卞虎和宋一得到吴华忠的命令立刻开始行动。

而溶洞内的两个人已经在激流中漂流了一分多钟，沈玄一面拉着黄怡婷，一面用手电向上照，希望能找到一个更开阔的空间，可是这溶洞隧道极其幽深，而且时而宽阔时而狭窄。黄怡婷这一口气已经有些憋不住了，她紧紧抓住沈玄的手。正在这时，沈玄忽然发现河水渐渐缓慢了下来，他拉着黄怡婷拼命向上游，终于两个人冲出了水面。

黄怡婷和沈玄两个人深深地吸了一口气，沈玄用手电向四周打量了一圈，发现这个溶洞极大，大概有两个足球场那么大，他们所在的位置是溶洞的入口处。沈玄拉着黄怡婷向溶洞壁游去。

正在这时，一个黑乎乎的东西忽然从溶洞壁上跳入了水中，沈玄和黄怡婷心头一紧。沈玄连忙用手电向溶洞壁望去，只见一个人正趴在溶洞壁的一块凸出的石头上，看到亮光，那个人似乎清醒了许多，他抬起头气息奄奄地说道："救……救救我……"

"吴强？"黄怡婷惊呼一声，沈玄拉着黄怡婷向吴强所在的石头游去，这块石头有桌面那么大，高出水面二三十厘米。沈玄将黄怡婷推上石头之后，自己又在周围环视了一圈，才吃力地爬上石头。

"吴强，你怎么样？"黄怡婷看着趴在石头上的吴强说道。沈玄用手电照了照吴强，只见他身上头上都是鲜血，衣服已经被撕碎了，后背满是深深的伤口。沈玄继续向下照，当手电光落在吴强的腿上的时候，黄怡婷不禁一阵惊骇，吴强的右腿从根部开始已经不见了。

"呵呵，养虎为患！"吴强哆嗦着说道，身体不停地颤抖着，"终究自食恶果！"

正在这时，沈玄觉得石头下面似乎有东西在游弋，忽然那东西从水面上一跃而起，直奔沈玄的后背而来，黄怡婷眼疾手快，立刻掏出枪对着那东西就是一枪。黄怡婷这一枪虽在紧要关头却丝毫未受影响，正好击中那东西的脑袋。只听“啪”的一声，那东西击破水面，紧接着水中传来了一阵嘈杂的声音，似乎有东西正在抢夺啃噬着尸体。

沈玄拿着手电向石头下面望去，只见四五只河神正在撕咬着刚刚被黄怡婷杀死的同伴的尸体。沈玄一时恼怒，说道：“吴强，这里究竟有多少只罪兽？”

“总共有九只，为了欺骗你们我放出去一只，这里还有八只！”吴强声音极其微弱地说道。

“刚刚被我杀死一只，这里应该还有七只！”黄怡婷幽幽地说道，“你究竟为什么要豢养这些吃人的东西？”

“毒品？”卞虎和宋一两个人站在溶洞入口处诧异地望着吴华忠说道。在吴华忠的催促下，云霸水库已经停止泄洪，但是因为距离较远，所以洪水退去尚需一些时间。卞虎和宋一已经将潜水设备带了回来，准备一旦洪水退去，便立刻带人进入溶洞，寻找沈玄和黄怡婷的下落。

“您是说豢养河神的目的与毒品有关？”卞虎瞠目结舌地问道。

“嗯，在发生了这起案件之后我便和宋一去了市局！”吴华忠回忆着道，“市缉毒大队的同志发现了一种新型昂贵的毒品，这种毒品成分极其罕见，普通毒品的致幻作用一般只能维持极短的时间，可是这种新型毒品却能维持几天甚至一周的时间。这种毒品相当昂贵，价格极高，警方一直在查找毒品的来源，可是始终找不到。但是当这个案子发生之后，警方竟然在死者的血液里找到了这种毒品的成分！”

“您是说在张铁身上发现的动物麻醉剂？”宋一警觉地说道。

“对，麻醉药物一般都具备致幻作用，而这种成分的发现令市局高度重视，这才让我们火速破案！”吴华忠说着将手机递给宋一和卞虎说道，“你们看看这个！”

“这是……”卞虎和宋一两个人接过手机，手机上是一张照片，两个人看着照片不禁一愣。

“吴老，这照片里的人看着很眼熟啊！”卞虎琢磨着在什么地方见过照片里的人。

“她叫王佳，十多年前，她的丈夫张翼辉因涉嫌制造以及贩卖毒品被国际刑警拘捕，怀孕的她逃逸。”吴华忠淡淡地说道。

“她和这个案子有什么关系？”卞虎不解地问道。

“她逃逸之后的名字叫刘敏！”吴华忠望着还未退去的河水幽幽地说道。

“刘敏才是这一切的幕后黑手！”吴强气息奄奄地说道，“是她带着我一步步走向了这条……死路！”

“九年前，因为伊逊河年年在卧龙山一带淤堵，所以镇上向县里申请准备将伊逊河改道，这个项目很快获得了批准。工程进行的时候发现了这个溶洞，几个民工准备到溶洞中一探究竟，谁知却失踪了。后来我带着民警进入溶洞寻找失踪者的下落，可是这溶洞里面全部是积水，极其难行，而且越往里走岔路越多。最后终于在这里发现了一具已经快要腐烂的河神的尸体。我当时出于好奇，便将尸体上的獠牙藏了起来。

“谁想到这只獠牙却改变了我的一生。七年前，北京大妞刘敏嫁到了这里，一次偶然的机会刘敏看到了那只獠牙，于是便向我询问獠牙的来历。刘敏虽然身材矮小，却极其精明，很会办事，她第一次单独找到我，便给我带来了许多礼物。我于是将河神的事情告诉了刘敏，几天之后刘敏告诉我，如果能抓到一只活的河神，可以卖上一个大价钱。刘敏当即就给我拿来了两万元钱作为定金。

“当警察一年能有多少钱，就这样我悄悄地来到这里。起初这里总共有三只河神，我将其中的一只打死带给了刘敏。刘敏很痛快地又给了我十万元。她告诉我，如果可以抓到一只活的河神，那么价钱会更高。

“我想尽办法终于为她抓到了一只幼年的河神，她将其豢养在池塘里。起初我并不知道她用这些做什么，后来一次偶然的机会，我见她正在从那河神的口中提取毒液。我问她毒液的用途，她开始隐瞒，后来便将制毒的事情告诉了我，而且警告我一旦泄露出去的话，我也是她的同谋，脱不了干系。那时我才发现，眼前这个矮小的女人原来心肠如此狠毒。

“善恶到头终有报，刘敏的儿子溺水，那孩子也许是她除了钱之外唯一关心的，她整天跑到我的办公室哭闹，威胁我如果找不到孩子的下落她就去自首。无奈之下，我只得带着人去寻找，结果却发现那孩子根本就是死在刘敏所豢养的河神的手中。刘敏精神受了刺激，从此神志不清，而我也从刘敏的手中接过了制毒的生意。”

吴强嘿嘿冷笑着说道：“可是没想到，最后连我也死在了这些畜生的手里！”

黄怡婷和沈玄听完吴强的叙述，不禁有些惊讶，他们直到此时才明白这个案子究竟有多复杂。

“可以……可以扶我起来吗？”吴强小声地请求道。

沈玄将手电递给黄怡婷，然后用力将吴强扶起来靠在溶洞壁上。吴强吃力地从口袋中掏出已经浸透的香烟，歪歪斜斜地叼在嘴边，然后拿出打火机吃力地按着，可能是由于打火机进水的缘故，除了火石擦出的火花外，没有任何反应。他一遍一遍不停地按着打火机，手渐渐松软了下来，在打火机擦出最后一点火花之后，吴强的脑袋沉甸甸地倒在了石头上。

洪水依旧没有停歇的迹象，只是因为这里空间开阔，因此水面上升得并不快。但是如果洪水依旧持续的话，用不了多久，这块勉强能护卫他们的石头也会被洪水淹没。沈玄和黄怡婷背靠着溶洞壁，紧紧地贴在一起，尽量避免靠近水面，唯恐那些罪兽会忽然暴起。

“谢谢你！”黄怡婷忽然低声说道。

“呵呵！”沈玄轻声笑了笑，“其实我要感谢你。高中时代的一堂游泳课，我和同桌比赛跳水。我们从三米跳台开始，最后同桌觉得不过瘾，在无人注意的情况下，自己偷偷溜到了十米跳台上，我在下面极力向他招手，让他不要往下跳，可是他对我做了一个胜利的手势，然后纵身一跃扎入水中，落在了我的面前。一瞬间，我周围的水都变成了血红色，带着血腥味的水飞溅进我的嘴里。从那时候开始，每当我入水的时候，便能闻到那种浓重的血腥味，身体僵硬的不能动弹。如果那时不是你叫我的名字，恐怕我这次也溺死在水里了！”

“呵呵！”黄怡婷笑了笑说道，“如果我们能出去的话，下次陪我去游泳吧！”

“嗯！”沈玄点了点头。在这黑暗的溶洞内，时间像是被夸张地拉长了，水面上升的高度就像是死神的沙漏，在一点点吞噬着他们的生命。他们两个人都清楚即将面对的是七只凶神恶煞般的罪兽，而黄怡婷即便每一枪都命中，子弹还是不够。水面越来越接近石头，忽然一只罪兽从水中腾空而起，黄怡婷连忙举起枪凭着感觉开了一枪，一条火舌从枪口喷出，罪兽应声落入水中。和之前一样，水中传来了一阵嘈杂的声音。

“这样不是办法，一会儿如果河水淹没了石板，那么这些罪兽肯定会一起攻击我们。我们必须在那之前将它们尽量多地除掉！”沈玄忽然意识到了这个关键性的问题。

“可是它们一直潜伏在水底。”

“我来做诱饵！”沈玄说着将手电递给黄怡婷，“一会儿我跳到水里去，你注意观察我的周围，一旦发现罪兽就立刻开枪！”

“不行，这太危险了！”黄怡婷觉得沈玄的提议太过冒险。

“总比我们最后被他们撕碎要好得多！”沈玄说着已经跳入了水中，黄怡婷连忙站起身双手握住枪，将手电抵在枪口下方，目不转睛地盯着水面上的动静。沈玄双手抓着石块，双脚在水中搅动着水面。果然不一会儿，几只罪兽便被沈玄吸引了过来。黄怡婷眼疾手快地冲着水中的黑影连开三枪，她的枪法极准，每一枪都命中了罪兽的脑袋。还有三只，黄怡婷在心中默念着，可是那几只罪兽似乎受到了惊吓，无论沈玄如何在水中摆动身体都不出现。

大约过了十分钟，忽然一个黑影从黄怡婷的身后一跃而起，黄怡婷连忙回头，一枪击中那罪兽的脑袋，而与此同时，两只罪兽同时对沈玄发起了攻击，黄怡婷转过身击中了一只罪兽的头，而另外一只罪兽却将沈玄扑进了水中。

水面立刻水花四溅，片刻之后忽然恢复了平静。黄怡婷拿着手电在附近的水面上搜索着，可是水面平静得如镜子一般，耳边只有哗哗的水流声。

“沈玄……”黄怡婷终于忍不住大声喊道，声音在空旷的溶洞中被奇妙地放大，空洞，绝望，无助。

“沈玄……”

黄怡婷一直在喊着沈玄的名字，她不知过了多久，只知道自己喊到最后已经用尽了所有的力气，水面再也没有上涨，她瘫软地坐在石头上。手电的光渐渐变得微弱下来，黄怡婷最后的喊声如蚊蝇声，如同自言自语。她靠在墙上缓缓地闭上了双眼。

时间过得很快，也过得很慢，忽然黄怡婷睁开眼睛，隐隐地觉得有东西在水中游弋。黄怡婷警觉地拿起枪，虽然枪里已经没了子弹，但是这是唯一能给她安全感的东西。

“黄姐？你在哪里？”卞虎穿着潜水装从水中钻出来，一面用手电照着附近的水域，一面大声喊道。

“卞虎！”黄怡婷用尽全身的力气大喊道。

“在那边，在那边！”卞虎对身后的人说道，卞虎很快游到了黄怡婷所在的那块石头下面，此时水面距离石头只有一米之遥。卞虎用绳子挂住石头爬了上去，他见到虚弱的黄怡婷和她身边已经死去的吴强，疑惑地问道：“黄姐，沈玄呢？”

黄怡婷的眼泪瞬间夺眶而出，她一下子扑进卞虎的怀里说道：“你们怎么才来？沈玄被罪兽摁进水里了！”

“什么？这里还有罪兽？”卞虎连忙扭过头对身后的人说道，“大家注意警戒，这里可能还有活着的罪兽！”几个人听到卞虎的话之后全部聚拢到石头旁边。

黄怡婷跟随卞虎走出溶洞的时候已经是夜里11点钟了，她将在溶洞中的遭遇详细汇报给了吴华忠，吴华忠立刻派人再次进入溶洞寻找沈玄和最后那只罪兽的下落。

由于洪水退去，溶洞中的水位也降低了很多，隧道中很多被淹没的地方都露出了本来面目。虽然吴华忠再三劝说黄怡婷不要跟随搜寻队进入溶洞，然而黄怡婷依旧执拗地坚持。最后吴华忠无奈地答应了黄怡婷的请求，命令卞虎和宋一一定要注意保护黄怡婷的安全。

黄怡婷带着搜寻队再次回到了溶洞深处，搜寻队十几个人在那巨大的空间内搜寻着罪兽和沈玄的下落。然而出乎意料的是，搜寻队在水下发现了八具罪兽的尸体，其中六具是完整的，其他两具已经残缺不全。这八具尸体中有七具身体上有中弹的伤口，而另一具死因不明，只有请求法医进一步解剖才能确认。

至于沈玄，除了在河底发现一只沈玄的鞋之外，便再无发现。罪兽的尸体很快便被运往了法医处进行解剖，其中七只罪兽死于黄怡婷的枪下，而另外一只罪兽的死因成谜，它身上只有轻微外伤，内脏完好，在胃内未发现人体组织。

关于沈玄的搜寻持续了半个月之久，半个月后，重案组离开了南岳镇。来时五个人，现在只剩下了四个，车内一片死一般的沉寂。沈玄，就像是空气一样，凭空出现，又忽然失踪了。

9

有句话叫失去了才懂得珍惜。

黄怡婷写完最后一个字，轻轻地合上卷宗，抬起头下意识地看了看钟，已经是凌晨3点多了。她习惯性地看了看沈玄的座位，虽然沈玄失踪已经二十多天了，但是重案组几个人像是约定好的一样都避免提及沈玄，而沈玄的办公桌始终没有动过，就像他依然还在一样。

她站起身长出一口气，旁若无人地对沈玄空荡荡的办公桌微笑着说：“沈玄，该睡觉了！”然而她的笑容最后化成了一丝悲伤，她从抽屉里掏出一包咖啡沏上。从南岳镇回来之后，黄怡婷没有睡过一天好觉，一闭上眼睛就是那个黑暗的溶洞，那些藏在暗处的罪兽，还有沈玄支离破碎的样子。

起初在未发现沈玄的时候她一直抱着一丝希望，没有发现就是最好的结果。然而随着时间的流逝，那仅存的希望也渐渐变成了绝望。

她手中端着咖啡杯走到窗前，欣赏着这静谧城市的夜景。也许只有在夜深人静的时候，她的心才能稍微平静下来。远处林立的高楼，繁华大街上闪烁的霓虹灯，影子被路灯拉得长长的路人。黄怡婷的目光在眼前的景物上游走，忽然她发现在院子里站着一个人，那个人正痴痴地盯着自己。望着那熟悉的身影，黄怡婷手中的杯子悄然滑落，她不顾一切地推开门跑了出去。然而当她来到院子的时候，却发现院子里空荡荡的。

她依旧不死心地追出院子，向两边环视了一圈，却再也没有看到那个身影。这难道是自己的幻觉吗？黄怡婷摇着头回到办公室，办公室的门虚掩着，她在心中暗骂自己。碎裂的玻璃散落一地，黄怡婷拿过笤帚低着头收拾着地面上的玻璃碴子。忽然她似乎察觉到了什么，抬起头见沈玄办公桌下面的柜门虚掩着，她皱着眉缓缓地走过去，轻轻地拉开柜门，一个黑乎乎的东西从里面悄然滚落……

（第一季　完）